SHULAMIT GILBOA

Vier Männer und eine Frau

Buch

Es sind vier Männer, die Dana beeinflusst, geprägt, geformt haben. Vier Männer, die sie alle liebte, und die behaupteten, Dana zu lieben, und doch scheiterten diese Liebesbeziehungen kläglich. Da ist der ältere, angesehene Professor, der sie als Achtzehnjährige verführt und sie in die sexuellen Freuden einweiht. Erst als sie einen jungen Mann kennen lernt, kann sie sich aus dieser fatalen Abhängigkeit befreien. Doch auch die Beziehung zu dem jungen Mann scheitert, vielleicht, weil sich die unabhängigen Partner wirklich ebenbürtig sind. Denn Dana sucht zu diesem Zeitpunkt ihres Lebens einen Mann, an den sie sich anlehnen kann. Den findet sie in Joram. Schnell hat sie freilich die Ehe satt, das Begehren lässt nach. Wieder flüchtet sich Dana in die nächste Beziehung, doch auch der Geliebte wird fade.

Die ältere Dana betrachtet nüchtern diese Beziehungen, beschreibt sie offen und genau – auch gerade die sexuelle Komponente, die in Danas Leben eine zentrale Rolle spielte. Doch nun, am Ende ihres Lebens, muss sie sich eingestehen, dass nichts und niemand ihre große innere Sehnsucht stillen konnte …

»Vier Männer und eine Frau« ist wohl eines der gewagtesten Bücher, das die israelische Literatur in den letzten Jahren hervorgebracht hat. Es ist die Geschichte eines ernüchternden Reifeprozesses, durchtränkt von Sex, der mit Abhängigkeit beginnt und mit Unabhängigkeit endet. In einer selten schonungslosen Offenheit werden vor dem Hintergrund der sich verändernden israelischen Gesellschaft die emotionalen Koordinaten abgesteckt, innerhalb derer sich sexuelle Ausbeutung zu wahrer Liebe und wilde Glut zu grenzenloser Langeweile wandeln kann.

Autorin

Shulamit Gilboa, geboren 1943, ist Literaturredakteurin der Tageszeitung Yediot Aharonot und hat in dieser Zeitung eine wöchentliche Kolumne über Bücher. Sie veröffentlichte zwei von der Kritik viel beachtete Bände mit Erzählungen, bevor ihr mit ihrem ersten Roman »Vier Männer und eine Frau« ein Bestseller gelang.

Shulamit Gilboa

Vier Männer und eine Frau

Roman

Aus dem Hebräischen von
Paul Anetzeder und Anna Reich

GOLDMANN

Die Originalausgabe erschien 2000 unter dem Titel
»Arba'a gvarim ve'ischa«
bei Jediot Acharonot, Tel Aviv

Umwelthinweis:
Alle bedruckten Materialien dieses Taschenbuches
sind chlorfrei und umweltschonend.

Deutsche Erstveröffentlichung 5/2002

Published by arrangement with the Institute for the Translation
of Hebrew Literature

Umschlaggestaltung: Design Team München
Umschlagfoto: Photonica/Ladig
Satz: Uhl + Massopust, Aalen
Druck: Elsnerdruck, Berlin
Verlagsnummer: 45255
CV · Herstellung: Heidrun Nawrot
Printed in Germany
ISBN 3-442-45255-4
www.goldmann-verlag.de

1 3 5 7 9 10 8 6 4 2

Für die vier Männer meines Lebens:
Eli und die Söhne Niv, Ithamar, Daniel

1

Ein verrücktes Mädchen

Die vier Männer meines Lebens. Vier Männer, eine Frau. Nur eine?

Ich liege auf wild geblümten Laken, die Wände des Zimmers bilden meine Welt innerhalb der Welt. Was bleibt mir noch? Zwischen der in Wellen aufsteigenden Übelkeit atme ich tief, versuche, die vom Magen ausgehenden Botschaften zu ignorieren. Die Gesichter der vier, schön der Reihe nach, warten auf mein Startzeichen. Erst jetzt, in ihrer Abwesenheit, bin ich im Stande, ihnen das Leben zu geben, das ich ihnen vorenthalten habe; erst jetzt kann ich die verschiedenen Gesichter der Liebe erkennen, die mir damals alle gleich erschienen.

Die vier Männer meines Lebens. Jeder zu seiner Zeit und keiner zu meiner Zeit.

Die Erinnerungen an die Männer sind meine Fata Morgana, das Wundermittel, die Droge zur Verdrängung der Krankheit, die vielleicht verschwindet, wenn ich sie nicht beim Namen nenne. Eines Morgens werde ich zu den Vogelstimmen in den Zweigen der Jakaranda erwachen und wieder in Uniform zur Autobushaltestelle gehen, die Brüste frei schwingend, leicht wippend, wie mich der *Verführer* gebeten hat.

Vom Rama-Kino zur Frischmannstraße, von der Frischmann zur Ibn-Gvirol, von der Ibn-Gvirol zur Manestraße. Vierter Stock. Eine Atelierwohnung, deren Dachterrasse einen kleinen, geschützten Park überblickt. Darin Mütter mit Kindern. Kindermädchen mit Babys.

Was werde ich mit meinen Kindern anfangen, wenn ich welche bekomme?

Ich werde keine Kinder haben. Never. Niemals.

Sag niemals nie.

»Good morning, Da-na. How are you?«

Vicky lächelt. Sie beugt sich über mich, glättet die Laken, richtet mit einer Hand das Kissen, stopft mit der zweiten zusätzlich zwei kleine darunter, und ich frage, aufgerichtet, hoffnungsvoll: »Somebody called, Vicky?«

»No.«

»Nobody, sure?«

»Yes«, lacht sie.

»Vielleicht Berta?«

»No.«

»Joram?«

»No.«

»Juval?«

»No.«

»Dana?«

»Da-na ist hier«, sagt sie lächelnd, und der Klang ihrer Stimme ist bar jeglicher Erinnerungen, wie ein Säugling, der gerade zu sprechen begonnen hat.

»Ja, nur hier!«, bestätige ich mit Nachdruck.

»Nur hier?«, wiederholt sie, in dem Versuch, ihrer Stimme einen dunkleren Klang zu verleihen, die im Vergleich zu meiner weich und verführerisch aus ihrer Kehle dringt.

»Dana ist im Bett«, setze ich das Ritual fort, wie jeden Morgen. Einen weiteren Morgen. Wie viele Morgen gab es schon? Wie viele bleiben? Wie viele wird es noch geben ohne Erinnerung? »Dana geht nicht, Dana liegt.«

»Lieg-t«, sagt Vicky, erfreut darüber, dass das Wort herauskommt, wie es sich gehört.

»Dana liegt«, fahre ich fort, »Dana is laying.«

»Lie-ying?!«

Ihre Hand liegt neben meiner, ein helles Braun neben bräunlicher Helle. Der Motor pumpt Luft in die Gummiblasen, hebt und senkt ihre Hand, hebt und senkt mich.

Nun ist sie an der Reihe zu fragen. Sie blickt mir in die Augen: »Joram?«

»Nein.«

»Berta?«

»Nein.«

»Viel-leicht Pi-pi?«

»O ja«, bestätige ich.

Seit einer halben Stunde wandere ich die Straße auf und ab in der Hoffnung, dass die Bewohner des ersten Stocks nicht auf mich aufmerksam werden. Hinter ihren Fenstern spielt sich die Szene eines üblichen israelischen Familienabends ab: ein weißes Unterhemd auf einer haarigen Brust, das Flimmern eines Fernsehers, laut streitende Stimmen. Ich gehe hin und her. Auf und ab. Schon zum dritten Mal. Falls sie mich bemerken, werden sie mich erkennen? Und was werden sie sagen? Das ist die, die zweimal die Woche hierher kommt und hinaufgeht. Das ist die kleine Geliebte von dem da oben.

Alles zurück zum Anfang, zu einem unglaublichen Zustand der Verfremdung und Unsicherheit: War es, oder war es nicht? Hat er es gesagt oder nicht? Und wenn er es sagte, dann wann? Flüsterte, knurrte, seufzte er? Und sein Lächeln, hingebungsvoll? Verführerisch? Sachlich? Künstlich? Kühl? Glühend?

So viele Worte, nur um das eine zu sagen, das unserer Beziehung den angemessenen Platz zuweist: seine Frau.

Jetzt ist sie in seiner Wohnung, denn es brennt Licht auf der Terrasse, und solange sie da ist, kann ich nicht hinaufgehen.

»Du weißt, Dana, auch wenn wir uns verabredet haben, kann es sein, dass sie plötzlich vorbeikommt, nicht? Du verstehst, dass ich nicht zu ihr sagen kann: ›Liebste Helena, meine Dana kommt heute Abend zu mir.‹«

»Meine Dana«, wie er es sagt, fließt glühend durch meine Adern.

»Meine Dana, sehe ich dich heute Abend?«

»Meine Dana, mein Eichhörnchen.«

»Meine Dana.«

Die Manestraße mündet mit einem kleinen Dreieck in die Ibn-Gvirol. Leere Zigarettenschachteln häufen sich an den Rändern. Als ich sie zum vierten Mal abschreite, beschließe ich, die Schritte zu zählen, um die Monotonie zu durchbrechen. Ein Schritt folgt dem anderen und führt nirgendwo hin. Alle zehn Schritte blicke ich nach dem Licht. Achtzehn, neunzehn, zwanzig, aber es brennt noch.

Achtundzwanzig, neunundzwanzig, dreißig. Immer noch. Gib das Zeichen, bitte, lieber Gott, mach schon. Aber vielleicht hat er einfach vergessen, es auszuschalten? Seine Frau ist schon weg, war vielleicht nicht einmal da. Die Lampe ist von gestern oder noch vorgestern brennen geblieben.

Neununddreißig, vierzig, einundvierzig, zweiundvierzig. Einmal sind wir direkt aufeinander gestoßen. Aus dem Aufzug im Treppenhaus hastete ein junges Paar, und dicht dahinter eine hoch gewachsene Frau mit straff nach hinten gekämmtem weißem Haar. Schneller Schritt, ein blaues Tuch um den Hals. Was ist das passende Wort – beeindruckend, gut aussehend? Die Augen im gleichen Blau wie das

Halstuch. Und erst als ich an seine Tür klopfte, die sich sofort öffnete, erst als er mich in seine Arme nahm und flüsterte: »Wenn du zwei Minuten früher gekommen wärst, wärst du Helena begegnet«, erst da stellte ich die Verbindung her: »Zusammengebundenes Haar? Blaue Augen?«

»Ich liebe langes Haar«, nickte er.

»Eine schöne Frau.« Ich spielte die reife Nonchalante. »Nun, war sie einmal«, setzte ich mit einem Anflug von Boshaftigkeit hinzu.

»Komm«, er überging es, und von dem schmalen Flur aus betraten wir sein Büro. Ein rechteckiges Studio, Bücherregale an den Wänden und neben dem Schreibtisch ein langes Brokatsofa, ein Teetischchen, ein Ledersessel.

»Setz dich.«

Er kehrte in seinen Direktorenstuhl hinter dem Schreibtisch zurück, richtete einen viel sagenden Blick, den ich inzwischen zu deuten gelernt hatte, über die vier Meter Abstand auf mich und lächelte: »Es passt nicht zu dir, Rechnungen aufzumachen. Sie ist sie, und du bist du, meine Schwalbe.«

Genügt eine Schwalbe, um den Frühling zu bringen?

Ich bin der Frühling, er ist der Winter. Ein Jahr, nachdem wir uns kennen gelernt hatten, miteinander schliefen und ich schwer verliebt war, stolperte ich über das Klischee von der Liebe des Frühlings und des Winters. Ich fühlte mich vulgär. Unzüchtig. Bis dahin hatte ich mich immer als den Herbst gesehen. Langes kastanienbraunes Haar, Mandelaugen, Olivenhaut. Drei Bäume in einem Mädchen, das seine Macht noch nicht kennt.

»Professor Jakir Jehoiada?«

»Am Apparat.«

»Meine Lehrerin, Ora, hat mir gesagt, ich soll Sie anrufen. Ich schreibe eine Arbeit über die Geheimorganisation der NILI.«

»Ora?«, fragte die Stimme am anderen Ende der Leitung, warm, heiser, ein momentanes schweres Atmen unterdrückend, das ich noch kennen lernen würde. »Ora Sternhof?«

»Nein«, ich bin verwirrt. »Ora Efrat.«

»Hooo«, er schnauft wieder. »Natürlich, Sternhof vor ihrer Heirat. Und was bist du?«

»Ich?« Ich bin durcheinander. »Ich lerne bei ihr. Muss eine Arbeit in jüdischer Besiedlungsgeschichte schreiben, für die Abschlussprüfung. Ora hat mir gesagt...«

»Magst du sie?«

»Ja. Nein. Sie ist meine Lehrerin.« Wer ist dieser Mann, der Sachen fragt, die nicht zu beantworten sind. »Sie ist eine gute Lehrerin«, füge ich hastig hinzu.

»Und wie alt bist du?«

»Achtzehn. Bald.«

»Ok. Weißt du, wo mein Büro ist? Ibn-Gvirol, südlich vom Kino. Du biegst links in die Mane ab. Zweiunddreißig. Aufzug ganz hinauf und ein paar Stufen, nicht zu verfehlen. Montag. Zehn nach sieben.«

Nicht der leiseste Ton in seiner Stimme bereitete mich auf die Zukunft vor.

Eine dichte Wolke hängt jenseits des Fensters. Bei den wenigen Schritten zum Klo rutsche ich auf den Fliesen aus. Vicky ist an meiner Seite. Eine warme fremde Hand, dünn, aber kräftig, packt mich, als der Holzpantoffel herunterfällt und meine Aschenputtelzehen daraus auftauchen.

»Pass doch auf, dumme Kuh!« Ich kann mich nicht beherrschen. Vicky blickt mich mit ihren schmalen Augen an. Schon seit drei Monaten ist sie hier, der *Fels* hat das veranlasst. Und was gebe ich ihr dafür außer Geld? Wenn ich ins Bett zurückkehre und mich wieder darin übe, die Schmerzen auf Distanz zu halten, die giftigen Brillenschlangen mit Erinnerungen einzulullen, wird sie die Decke zu beiden Seiten meines Körpers festzurren.

»Nebel, Vicky.«

Ein verständnisloses Lächeln huscht über ihr Gesicht.

»Fog.«

»Ahh, fog.« Sie blinzelt.

Ich halte mich an ihr fest, zwicke sie in den Oberarm, zu schwach, um wehzutun, müder denn je. Die Wärme meines Körpers, die zwischen Laken und Decke gewartet hat, weckt Mitleid in mir, wie ein Messerstich.

»Genug, geh.«

Ein Morgen, der mit einer Wolke beginnt, wird mit Hitze enden.

Ich wandere immer noch auf und ab, nun zum fünften Mal, aber wer zählt schon. Irgendwo zwischen achtzig und neunzig überquert ein Langhaarcollie die Straße, begleitet von einem jungen Paar. Ich beobachte sie voller Neid. Die ganze Welt geht pärchenweise, bloß ich bin in einen alternden Dozenten verliebt, der zweiundvierzig Jahre älter ist als ich.

Als ich kehrtmache, an der Ecke Dubnov, entdecke ich, dass das Licht erloschen ist. Eine Hitzewelle brandet in mir auf, überrollt mich von der Brust bis zu den Füßen, trägt mich im Flug vorwärts, rötet mein Gesicht, treibt den Puls in die Höhe. Sie ist gegangen, sie ist weg, und er hat es nicht vergessen. Er wartet. Wartet. Auf wen auf wen auf wen. Ich beeile mich, renne aber nicht. Mit emsigen kleinen Schritten passiere ich die grüne, quadratisch gestutzte Hecke, sehe aus den Augenwinkeln die zum Abendessen gedeckten Tische, an denen die Familien in schweißigen Unterhemden zusammensitzen. Was habe ich mit ihrem bürgerlichen, konventionellen Leben zu tun, einem Alltag mit Geldverdienen, Kindern und gemeinsamen Mahlzeiten vor dem bläulich flimmernden Rechteck?

Der Eingang der Mane 32 ist mit Marmor gefliest, der Lift saugt mich in seinen klaffenden schwarzen Schlund. Vier Stockwerke, danach ein paar Stufen, und da ist schon die Tür. Und er späht mir wartend hinter einem winzigen Spalt entgegen und zieht mich hinein. Und wieder schmelze ich in seinen dünnen Armen dahin, atme den Duft der erlesenen Seife ein, den ich bereits zu identifizieren gelernt habe, vergrabe meine Nase an der Stelle zwischen Hals und Brust und sage atemlos: »Ich hatte solche Sehnsucht.«

Es gibt keine Scham zwischen uns. Die altkluge, penetrante Besserwisserin in mir, die ich später einmal Oma Schlaumeier nennen werde, bestimmt noch nicht mein Verhalten. Er führt mich zum Brokatsofa, lässt sich neben mir nieder, eine Hand auf meiner Schulter, die andere hält die meine, und sagt: »Lass mich dich anschauen, mein Kind. Wir wollen herausfinden, wie viel du gewachsen bist in der Woche, in der wir uns nicht gesehen haben.«

Wo verläuft die Grenze, jenseits derer ein Mädchen zur Frau wird?

An seiner Seite, sogar nach Jahren noch, würde mich dieses bange Gefühl der Erwartung durchströmen. Die Erregung des unschuldigen Mädchens auf der Suche nach dem Guten und Wahren.

»Erzähl mir jede Einzelheit«, sagt er, »wen du gesehen, mit wem du gesprochen, was du gemacht hast. Wie eine Woche ohne mich für dich vergeht.«

»Wie jede Woche, so eben«, versuche ich zu antworten. Und meine Schulter fühlt sich warm an, spürt deutlich jeden einzelnen seiner Finger.

Professor Jakir Jehoiada hat blaue Augen, wie seine Frau, und die Falten ringsherum sprechen von seiner Klugheit. Mit jeder Begegnung nehme ich sie weniger wahr. Auf der Stirn und von den Mundwinkeln abwärts, am Halsansatz. Die verästelten Adern auf seinem Handrücken und die braunen Flecken. Nur noch das Lächeln sehe ich, das sich zu langen Sonnenstrahlenfalten ausbreitet, das Aufblitzen der Freude über mein Kommen.

Das erste Treffen. Montagabend.

Ich halte den Ordner, repetiere wieder und wieder Namen und Daten, damit ich eine eventuelle Blitzprüfung bestehe. Wiederhole wie ein Mantra die einleitenden Sätze, die sich im entscheidenden Moment in alle Winde zerstreuen.

»Schalom, ich bin Dana. Ora Efrat hat mich geschickt. Sie erinnern sich, wir haben am Telefon einen Termin ausgemacht. Zehn nach sieben.«

»Herein, bitte.«

»Es tut mir Leid, dass ich zu spät komme.«

»Komm herein.«

»Ich mache eine Arbeit über Alexander Aaronsohn, der den palästinensischen Weizen entdeckt hat.«

»In Ordnung, setz dich.« Er führt mich zu einem Fransensofa, ein Bezug aus Gold und Bordeaux, deutet mit der Hand auf die rechte Ecke. Versunken im Ledersessel studiert er lange mein Gesicht, meinen Hals, meine Brust. Ein Gefühl von Unsicherheit steigt in mir auf. Was soll ich mit meinen Händen machen, meinem Haar, dem oberen Blusenknopf? Und die Beine, säuberlich zusammengepresst, schräg gestellt, wie ich es in einer Frauenzeitschrift gesehen habe.

»Eine Arbeit über Alexander? Aus welchem Grund?«

»Man kann statt der Prüfung beim Abitur eine Arbeit

einreichen, noch in der elften«, beginne ich zu erklären und verstumme sofort.

»Du hast mich nicht verstanden. Ich fragte, wieso Alexander, weshalb nicht über Sara, über Lischansky oder Aaron.«

»Die Lehrerin hat es vorgeschlagen.« Ich komme mir klein und dumm vor.

»Die Lehrerin hat es vorgeschlagen«, wiederholt er, steht auf, wendet sich seinem Schreibtisch zu und nimmt eine schwarze Pfeife aus dem viereckigen gläsernen Aschenbecher. Die Ränder seiner weißen Hemdsärmel, die unter dem Jackett aufscheinen, werden von viereckigen goldenen Manschettenknöpfen zusammengehalten. Langsam, gelassen steckt er sich die Pfeife in den Mund und hält ein Feuerzeug daran, das er aus seiner Hosentasche gezogen hat, ebenfalls aus Gold. In gebanntem Schweigen verfolge ich seine Bewegungen, überzeugt, dass alles hundert Karat haben muss, reines Gold.

»Was hast du bis jetzt schon zu Stande gebracht?« Er hebt seinen Blick und stößt einen Rauchring aus.

»Ich habe das Lehrbuch gelesen, aber –«

»Es steht nichts darin.«

»Genau. Und ich war in der Schulbücherei, aber auch dort gibt es nichts, und die Bibliothekarin konnte mir auch nicht so recht helfen. Aber ich habe ein bisschen über die Zeit und die Organisation der NILI gelesen, und ich habe mich gewundert, wie –«

»Augenblick, Augenblick, sag mir noch einmal, wie bist du auf mich gekommen?«

»Sie wissen doch, über Ora Efrat.«

»Ah.«

»Sie hat gesagt, dass Sie über diese Zeit forschen und dass Sie –«

»Ich habe darüber geforscht.«

»Sie hat gesagt, dass Sie mir helfen könnten.«

»Wir werden sehen«, äußert er leise, für sich, als sei ich nicht da, »wir werden noch sehen, ob dir von mir geholfen werden kann.«

Und als er die Bestürzung bemerkt, die sich auf meinem Gesicht abzeichnet, lächelt er, wobei die Augen jedoch kühl bleiben: »Wieso ist dir ausgerechnet Alexander so wichtig, gibt es denn nicht genügend andere Themen über diese Epoche?«

»Aber der interessiert mich gerade«, sage ich. »Ich möchte etwas Neues machen.«

»Etwas Neues?«

Und wieder erhebt er sich aus seinem Sessel, in dem er sich erst einen Augenblick zuvor niedergelassen hat, und wendet sich dem schweren Vorhang hinter dem Schreibtisch zu, der die große Glastüre auf die Terrasse hinaus weitgehend verdeckt. Er dreht mir den Rücken zu, Rauchkringel steigen senkrecht über seinem silbernen Haar auf, und dann sagt er mit unbeteiligter Stimme: »Bevor man etwas Neues macht, sollte man etwas wissen, meinst du nicht? Du wagst es, zu mir zu kommen und um Hilfe zu bitten, ohne auch nur irgendetwas zu wissen. Sogar die Namen bringst du durcheinander. Aaron hat den Weizen entdeckt, nicht Alexander. ›Ich möchte über Alexander schreiben, der den palästinensischen Weizen entdeckte‹, imitiert er meine Stimme, und was ist das, ›palästinensischer Weizen‹? Er hat den Urweizen, den wilden Emmer gefunden, von dem der uns heute bekannte Weizen abstammt, verstehst du? Weißt du überhaupt, was Evolution ist?«

Auch jetzt, während die Schlangen im Bauch noch zusammengerollt schlafen, die großen Augen in der warmen, verdauenden Schwärze geschlossen, empfinde ich erneut und glasklar die brennende, ungekannte Demütigung, das Gefühl bedrückender Unterlegenheit, das jedes Mal wieder Bestätigung erfährt.

Und wie ich dann, in einem verlorenen Kampf, um den Schmerz zu kaschieren, aufstehe, ihn entschlossen anblicke und fortfahre: »Die Eltern kamen aus Bacau. Rumänien. Sie hatten vier Söhne. Der Älteste, Aaron, kam mit sechs Jahren ins Land. Sie hatten auch vier Töchter, zwei starben. Sechs Kinder –«

»Gut, gut, aufsagen kann jeder«, winkt er ungeduldig ab.

»Ich habe die Namen verwechselt. Das heißt nicht, dass ich dumm bin.«

Er dreht sich zu mir um, gleichmütig lächelnd, mit Blick auf meine Blusenknöpfe. »Ich weiß, was wir machen. Weder Aaron noch Alexander, nicht Sara noch Rivka. Wir werden über Schmuel schreiben. Nein, eigentlich über Zvi. Du wolltest etwas Neues, nicht? Da ist unsere Gelegenheit zu etwas Neuem.«

Verletzt und verwirrt gehe ich zur Tür, achte darauf, die wenigen Schritte fest und aufrecht zu tun. Ich werde dieser Bestie nicht erlauben, sich so über mich lustig zu machen. Doch als ich nach der Klinke greife, bemüht, den Kloß der Demütigung zu schlucken, der mir im Hals steckt, fangen mich von hinten zwei harte, aber sanfte Hände ein, drehen mich um, umfassen mein Gesicht. Ein blauer Blick bohrt sich in meine Augen, und in jener Nanosekunde von Verweigerung, Zorn und Überraschung bemerke ich grünliche Punkte, die in diesen Augen tanzen, Funken von Verletzlichkeit. Als er mit seinen Fingern mein Gesicht entlang fährt, von der Schläfe bis zum Kinn und wieder hinauf, wird sein Blick plötzlich entrückt: »Kindchen, du bist so schön, wenn du verletzt bist.«

Mit einem Schlag sinke ich wieder auf das Sofa, wie versteinert. Und dort, an jenem Punkt ohne Wiederkehr, begann unsere Beziehung. Er setzt sich neben mich, seine Hand auf meinem Haar, und flüstert mit seiner warmen, vom Rauch heiseren Stimme: »Verzeihung, ich habe es nicht so gemeint, ich entschuldige mich.«

Was ist mir in Erinnerung geblieben von jener ersten Begegnung, die weiteren, anderen ersten Malen voranging?

Sein besticktes Taschentuch, das er mir zart fühlend reichte. Die hauchdünne englische Porzellantasse mit dem Nescafé, den er mir aus der Küchennische brachte, stark und süß, und der gemeinsame Gang zur Autobushaltestelle.

»Ich werde dich begleiten«, sagte er, »und ich habe einen kleinen Rat. Berichte Ora, deiner Lehrerin, dass ich mich geweigert hätte, dir zu helfen. Sie wird auf mich böse sein und Mitleid mit dir haben, und am Ende kriegst du eine besonders gute Note, einverstanden?«

»Ich weiß nicht, warum denn?«

»Sag ja, sag ja.« Er verlieh seiner Stimme einen flehenden Ton, und ich ging darauf ein, ohne es zu merken. Der erste Schritt von vielen, die noch folgen würden.

»Wir kennen uns im Grunde nicht, und bei unserem Treffen ist nichts herausgekommen, denn ich bin ein schlechter Mensch.«

Er zwinkerte mir zu. »Aber du wirst mich am kommenden Dienstag um fünf Uhr nachmittags besuchen, und ich werde dir eine detaillierte Liste mit einer Pflichtbibliografie erstellen, die du dir besorgen kannst. Einverstanden, Kindchen?«

Und ich nickte verwirrt, betrachtete die Leute um uns herum auf der Straße mit einem Gefühl der Überlegenheit und Furcht. Ich, Oberschülerin, knapp über siebzehn, das süße Geheimnis von Professor Jakir Jehoiada, dem großen Wissenschaftler.

Und bevor er seines Weges ging, nahm er meine Hand und rieb mit dem rechten Daumen über meinen weichen Handballen: »Fühlst du dich besser?« Und fuhr, ohne meine Antwort abzuwarten, entschieden fort: »Bring am Dienstag ein Heft mit, einen Stift und etwa eine halbe Seite über das Haus Aaronsohn. Nicht abschreiben. Mit deinen eigenen Worten, hast du verstanden?«

Und diese erneute Beleidigung war der Anstoß, einen Entwurf zu formulieren.

2

Mein Zichron-Jakov

Vicky klappt das Gestell des weißen Holztabletts zu beiden Seiten meines Bauchs aus, grenzt die Krankheit ein, die ihre Fühler nach neuen Lebensräumen ausstreckt. Schaler Nescafé, halb Milch, und ein trockener Schokoladekuchen im Plastikgeschirr.

»Igitt.«

Sie sieht mich mit einem Aufblitzen an. Ihre sich senkenden Lider signalisieren Unverständnis, Verwunderung, vielleicht Missbilligung.

»Was bringst du mir da, Karton?«

»Kar-tun?«, wiederholt sie, mit langem u.

»Ich will was Frisches. Fresh.«

»Fresh«, bestätigt sie erfreut.

»Ja. Und Creme!« Das Wort kitzelt meine Geschmacksnerven und macht mir den Mund wässrig, was die Brillenschlangen, die ich gerade erfolgreich eingeschläfert habe, von ihrem Lager aufschreckt.

»Gut, keine Creme, etwas anderes, aber weich.«

»Jetzt Kar-tun«, lächelt Vicky, probiert die Worte auf der Zunge, »und auch pills, ja?«

Und eine nach der anderen drückt sie die Tabletten in meine Hand, die heilige Dreieinigkeit des Morgens: Pramin gegen Erbrechen, Ritalin zur Stimmungsaufhellung und M. A. R., dessen Morphiumanteil mir Joram erst nach langen Befragungen verraten wollte.

Joram. Der *Fels*.

»Take it«, ich versuche, das Tablett wegzustoßen.

»Qua-ker?«, folgert Vicky und eilt lächelnd in die Küche, um die Gesundheitsmischung zuzubereiten, das Schröpfglas für einen Toten, vier Löffel Quaker, ein halbes Glas Wasser, ein Drittel Glas Milch. »Eine Portion täglich und Schluss mit Sodbrennen und Schmerzen, glaub mir, da brauchst du keine Pillen mehr«, hallen mir die viel versprechenden Instruktionen Michals, der Schwester vom ambulanten Pflegedienst, in den Ohren.

»Nein!«, schreie ich ihr nach, »Brot, brown, and olives.«

»Du schikanierst sie?« Halb Frage, halb Feststellung vom *Fels*, nachdem Vicky einen Monat hier ist. Er folgt ihr mit seinen schwarzen Augen. Sie geht zum Einkaufen. Ein oranges Sackkleid spannt sich über ihr flaches Hinterteil.

»Sie versteht überhaupt nichts, wenn man ihr etwas sagt, absolut gar nichts«, klage ich und frage mich, was sein Mitleid hervorruft, ihr dünner Körper oder sein Hass auf mich.

»Aber du lässt sie für alles zweimal laufen.«

»Sie ist eine gesunde Filipina, und vom Gehen ist noch keiner gestorben.«

»Du bist ein braves Mädchen, ich weiß«, probiert er es noch mal.

»Du weißt überhaupt nichts.«

Er erhebt sich vom Sofa gegenüber meinem Bett.

»Geh, geh nur, du kommst sonst zu spät zur Arbeit«, sage ich und beweise so, dass ich noch in der Lage bin, an meinen Nächsten zu denken.

»Schwarze, keine grünen«, sage ich zu Vicky und schiebe den Frühstücksteller in ihre Richtung.

Der Nebel ist verschwunden. Heller Sonnenschein überflutet das Bett, das Sofa, das Bild an der Wand, auf dem zwei Frauen einander umarmen. Wenn die Sonne aus den Niederungen des Himmels emporsteigt, werden sich ihre Strahlen zurückziehen, und die direkte Hitze wird einem angenehmen Licht weichen. Erst sieben Uhr morgens. Anfang Mai. Frühling in Geschichten und Liedern. Hier jedoch nicht.

»Das Pramin soll ihr eine viertel Stunde vor dem Essen gegeben werden, um Erbrechen zu vermeiden, damit sie ihrem Körper Nahrung zuführen kann«, hat Michal dem *Fels* erklärt, akribisch jede einzelne Tablette und ihre Wirkung aufgelistet. Als sie ging, stellte er sich hin und erklärte es Vicky. Als er ging, stand sie da und –

»Es-sen«, Vicky betont jede Silbe. »Pills. Muss sein.«

»Schwar-ze«, gebe ich ihr entsprechend zurück. »O-liven. Und Knoblauchbutter auf dem Brot.« Cholesterol ist momentan meine geringste Sorge.

Vicky geht wieder in die Küche und kehrt mit dem Olivenglas zurück, fischt mit einem Löffelchen haargenau drei heraus und legt sie mir auf den Teller.

»O-kay?«

Da liegen sie, glänzend vor Öl, sehen weich aus und reizen mich auf der Stelle zum Erbrechen. Ich richte mich überstürzt auf, werfe die Daunendecke beiseite, die ich von Jehoiada zu meiner Hochzeit mit dem *Fels* erhielt, und die Flut ergießt sich unaufhaltsam in die Plastikschüssel, die Vicky, aus Erfahrung klug geworden, schleunigst darunter hält.

Als ich den *Fels* kennen lernte, trug er einen langen Ledermantel, der um seine Beine schlotterte und ihn größer erscheinen ließ. In der Schlange vor dem Kino tauschten wir einen eingehenden, warmen Blick. Am Ausgang wartete er an der Hintertür und wandte sich an uns beide: »Hat irgendjemand einen Regenschirm?«

Dorit und ich, unzertrennliche Busenfreundinnen, schauten einander an.

»Nicht für dich«, antwortete sie.

»Draußen herrscht ein Monsun«, fuhr er fort.

»Chamsin meinst du wohl, Idiot«, erwiderte sie, während ich vor mich hinsummte: »Wir zwei zusammen unter einem Regenschirm.« Bei der leichten Drehung, als ich mich von ihm abwandte, spürte ich, dass seine Hand etwas in meine Tasche gleiten ließ. Meine Finger untersuchten es hastig und schlossen sich um ein Stück Papier, befühlten es und beherrschten sich; denn obwohl Dorit schon verheiratet war und ich nicht befürchtete, dass sie sich über mich lustig machen würde, wollte ich das Machtgefühl auskosten, etwas zu wissen und es nicht zu sagen. Erst in meinem Zimmer glättete ich den Papierfetzen, der von der Eintrittskarte abgerissen worden war, und entzifferte zwischen der Platz- und Reihennummer die mit stumpfem Bleistift geschriebenen Worte: »Ich würde mich freuen, wenn du anrufst.« Die Zahlen der Telefonnummer waren gestochen klar.

Ich wartete zwei Tage. Vielleicht eine Woche. Weshalb nicht einen Monat? Was hatte ich zu verlieren? Nach Jehoiada und Uri hatte sich bereits die rechthaberische alte Besserwisserin namens Oma Schlaumeier in mir breit gemacht, die wie Hamlet donnerte: »Teuer, meine Tochter, ist dein Entgelt.« Und ich verhielt mich danach. Ich genoss das süße Gefühl des Hinauszögerns, kämpfte mit mir, ob ich die Nummer wählen sollte, und verlor gerne. Erst nach einer Ewigkeit, die vielleicht eine Woche oder vielleicht zwei Tage währte, zu einer helllichten Mittagsstunde mit wolkenlosem Himmel, das liebliche Himmelblau aus den Kindergeschichten, stürzte ich kurzentschlossen zum Telefon. Wählte eisern, wie immer in der Gewissheit, dass keiner antworten würde. Und als das lange Klingelzeichen wieder und wieder verhallte, verwandelte sich die Freude an meiner Zurückhaltung in ein Gefühl brennenden Versäumnisses, das mich dazu zwang, es noch einmal zu versuchen, jede halbe Stunde, alle viertel Stunde, krampfhaft fixiert, bis irgendwann gegen Abend die Erlösung von dem schwachsinnigen Unterfangen eintrat, in Form eines vagen, unbekannten »Hallo«, das vom anderen Ende der Leitung zu mir herüberkroch.

Was sollte ich antworten? Hier ist die, die du in der Schlange vor dem Kino angeschaut hast, die, der du einen Zettel in die Tasche geschoben hast?

»Hallo?«

»Ich…«

»Ja?«

»Du hast mir deine Nummer gegeben…«

Schweigen. Er schweigt. O Gott, wer weiß, vielleicht ist das die übliche Masche von ihm, läuft durch die Straßen der Stadt und schmuggelt seine Telefonnummer in die Taschen der Mädchen, als wären es Briefkästen.

»Im Kino«, fahre ich fort. Blödsinnig. Einfach idiotisch.

»Oh!«, ruft er plötzlich aufgeschreckt, und ich beruhige mich, setze mich. »Es ist so lange her. Ich war sicher, du hast es vergessen oder bist nicht interessiert«, fügt er, wieder leiser, hinzu.

Diese Aufrichtigkeit. Habe ich damals schon gespürt, dass es diesmal so laufen würde, wie es sich gehört?

»Nun, wie du siehst, ich hab's nicht vergessen.«

»Wunderbar. Dann müssen wir uns jetzt treffen.«

Ich schweige. Bemüht, nicht zu schreien: Wann?

»Wir wissen ja wenigstens schon, wie wir aussehen«, fährt er mit einem Lachen in der Stimme fort.

»Aber nicht die Namen.«

»Stimmt. Ich heiße Joram.«

»Ich bin Dana.«

»Da-na?«

Und ich bin mir ganz sicher, erkenne an seinem gedehnten Ton, was er jetzt gleich sagen wird. Er sagt es tatsächlich: »Dana Lama, Dana Banana, was für ein Name! O Entschuldigung.« Er nimmt sich zusammen. »Ich bin absolut nicht originell. Pardon.«

Und ich beschließe, ihm Pardon zu gewähren. Habe erneut das sichere Gefühl, dass es diesmal gelingen wird.

Wusste ich wirklich damals schon, was danach passieren würde, dass wir heiraten und eine Wohnung suchen würden, Kinder haben wollten, gemeinsame Abendessen und ein gemeinsames Konto, einander in die Augen schauen würden, als zählten wir mehr als der Rest der Welt? Wusste ich es, oder ermöglicht mir die Sicht aus der Distanz der Jahre, mir das jetzt vorzumachen? Aber im Grunde ist es nicht von Bedeutung, man könnte genauso gut sagen: Ich wusste es, auch wenn ich es nicht wusste.

Vicky bringt ein mit lauwarmem Wasser getränktes kleines Handtuch und wischt mir das Gesicht ab. Den Mundraum säubert sie mit Sodawasser und einem Spritzer Zitronensaft. Einige Minuten später, als ich wieder rückwärts auf den hohen Kissenberg sinke, tödlich erschöpft, teilt sie die kleine Brotscheibe, säbelt mit dem Messer ein wenig vom Fleisch einer Olive ab und steckt es mir in den Mund.

Oh, meine Vicky, ich muss mich beherrschen, um nicht in Tränen auszubrechen. Was täte ich ohne dich.

Auch an jenem fernen Abend, als ich einen Finger mit abgebissenem Nagel über die Falten um Jehoiadas Mund gleiten ließ, das lange Warten auf der Straße vergessen war, die

Woche voller Sehnsucht, seine Frau, erinnerte ich mich noch sehr genau an unsere zweite Begegnung, jenes Treffen, das der Auftakt zu dem war, was ich Jahre danach, in langen und verrückten nächtlichen Gesprächen mit dem *Fels*, als »die Verführung« bezeichnen würde.

Den ganzen Dienstagvormittag fiel Nieselregen, der Himmel weinte über mich. Viermal schrieb ich zehn Zeilen über die Familie Aaronsohn, und jedes Mal warf ich sie wieder in den Papierkorb. Als der Unterricht zu Ende war, eilte ich in die Bücherei wegen eines Buches über die jüdische Kolonisationsgeschichte Palästinas, um das Ganze etwas anzureichern, vielleicht einen Satz zu finden, der das Urteil über mich gnädig ausfallen lassen würde.

Die ganze Woche hatte ich immer wieder die Einzelheiten des Treffens durchgekaut, die Demütigung herausgefiltert, die Berührung zu erklären versucht. Eine Ohrfeige, dachte ich, einfach eine Ohrfeige, beschloss ich. So muss ich beim nächsten Mal reagieren.

»Beim nächsten Mal?«, fragte Dorit verwundert. »Was, du hast vor, wieder zu ihm hinzugehen?«

»Nicht seinetwegen«, antwortete ich überzeugt, »wegen der Arbeit. Er ist Professor, verstehst du? Ich werde eine Eins kriegen.«

»Und du wirst Ora nichts erzählen?«

»Wozu?«

»Und wenn er weitermacht?«

»Dann gebe ich ihm eine Ohrfeige«, trompetete ich fröhlich.

»Ausgezeichnet. Das wird ihm eine Lehre sein«, lachte sie, und ich stimmte in ihr Lachen mit ein.

Den ganzen Vormittag fiel Nieselregen, doch der Himmel hatte kein Mitleid mit mir. Um vier Uhr fünfundvierzig stand ich bereits auf den Stufen der Mane 32, an dem

Platz, von dem ich in Zukunft jeden Spalt und jedes Unkraut im Pflaster kennen lernen würde, hielt eine blaue Aktenmappe umklammert, die eine einzelne Seite in vornüber gebeugter Handschrift beinhaltete.

Zweimal klingelte ich, bis Professor Jakir Jehoiada die Tür öffnete, mich eine Sekunde erstaunt ansah, als versuche er sich zu erinnern, danach ins Rauminnere wies und mir bedeutete einzutreten und Platz zu nehmen. Daraufhin schloss er die Eingangstür ab (wozu macht er das?), setzte sich mir gegenüber in den Ledersessel und betrachtete mich.

Wortlos reichte ich ihm das Blatt Papier.

Das kleine Herz pocht, schlägt bis zum Hals, als Professor Jehoiada eine Brille mit vergoldetem Rahmen aus der Tasche seines Jacketts zieht, sie aufsetzt und zu lesen beginnt. Mein Blick ist auf sein undurchdringliches Gesicht gerichtet, während ich tonlos die Worte der wenigen Zeilen wiederhole, die ich den ganzen Vormittag beim Schreiben auswendig gelernt habe: »Efraim Fischel Aaronsohn, Kornhändler, und seine Frau Malka, wanderten 1882 aus Bacau in Rumänien nach Zichron-Jakov ein. Mit ihnen zusammen war Aaron Aaronsohn, ihr sechsjähriger Sohn. Sie ließen sich an den nordwestlichen Hängen des Karmel nieder und leisteten harte Landarbeit. Die Umgebung war feindlich gesinnt. Arabische Fellachen saßen überall, wohnten in Lehmhütten und arbeiteten auf dem Feld. Auch viele Beduinen gab es. Die Malaria forderte ihre Opfer unter den Pionieren, und dazu herrschte im Land die osmanische Regierung, unter der die Juden auch zu leiden hatten.

Im Lauf der Jahre wurden dem Paar noch drei Söhne und vier Töchter geboren, von denen zwei starben. Die Namen der Söhne waren Zvi, Schmuel und Alexander, die der Töchter Sara und Rivka. Außer Rivka lebt niemand mehr von ihnen.«

»Schön«, sagt er und legt das Blatt weg, und mein Herz setzt einen Schlag aus: Schön ist schön, gut, ausgezeichnet, oder schön, das war's, Ende, ich bin fertig?

»Du bist ein fleißiges Mädchen«, meint er, »sogar pflichtbewusst. Kann ich dir etwas Warmes zu trinken bringen?«

»Danke, nein.«

»Zier dich nicht. Ich habe dir zu Ehren eine heiße Schokolade vorbereitet.«

Und ohne die Antwort abzuwarten, verschwindet er in der Küche und kehrt mit einer riesigen Porzellantasse zurück, die er vor mich auf einen Strohuntersetzer stellt. »Trink, mein Kind.«

»Was machen deine Eltern?«, fragt er unvermittelt.

»Meine Mutter ist Hausfrau und mein Vater Bakteriologe. In einem Labor.«

»Hast du mit ihnen über dein Thema gesprochen?«

»Nein, warum?«

»Weil es interessant wäre, ihre Meinung zu erfahren. Die Arbeiterparteien waren gegen die Organisation der NILI. Sie sahen die Mitglieder der Gruppe als die kapriziösen Kinder reicher Bauern an, die sich der hebräischen Landarbeit verweigerten. Ich nehme an, das war einer der Hauptgründe, weshalb die NILI-Leute aus dem allgemeinen Konsens herausgehalten wurden.«

»Ich erzähle meinen Eltern gar nichts«, rutschen mir plötzlich die Worte heraus. Wieso, weiß ich nicht. »Sie verstehen überhaupt nichts.«

Er hebt seinen Blick über den vergoldeten Rand der Brille, nimmt sie langsam mit einer feinen Bewegung ab, von der ich noch lernen würde, was sie zu bedeuten hatte, und setzt sich neben mich auf das Sofa.

»Erzähl mir von dir.«

»Was soll ich erzählen?«

»Hast du einen Freund?«

»Nein.«

»Hattest du einen?«

»So was Ähnliches.«

»Bist du eine gute Schülerin?«

»Nicht direkt.«

»Stimmt nicht. Du bist klug. Und hübsch und süß. Sieh mich an«, sagt er, und mich beschleicht ein unbehagliches Gefühl. »Schau mir in die Augen.« Und als ich meinen braunen Blick in seinen grün schimmernden Glanz tauche, steigt plötzlich ein hingebungsvoller Ausdruck darin auf: »Erlaubst du mir, dir einen Kuss zu geben?«

»Wieso«, entgegne ich schnell, bestürzt und überrascht von meinen widerstreitenden Gefühlen: Freude über die Schmeicheleien, gierige Erwartung, Anflüge bebender Wut.

»Ein Kuss der Wertschätzung. Keine Bange.«

Und wieder ohne die Antwort abzuwarten, umfasst er mein Gesicht mit den Händen und zieht mich an sich, während ich darauf bedacht bin, ihm nicht entgegenzukommen, und meinen Halt hinter mir am Sofa verstärke. Doch mein Kopf neigt sich, ohne mein Zutun, einfach ohne mein Zutun, und seine fremden kühlen Lippen küssen mich erst auf die rechte und dann auf die linke Wange. »Wie arabische Diplomaten.« Ich breche in Lachen aus, will mich erleichtert zurücklehnen.

Und da verstärkt er mit einem Mal seinen Griff, schwebt mit seinen Lippen über meiner Stirn, streift die Nasenspitze und presst sie entschlossen auf meinen Mund. Ein anhaltender Druck – und lässt los.

»Das ist für das Talent«, sagt er, während ich regungslos dasitze und sich ein ungekannter, unangenehmer Sturm unter der Haut zusammenbraut. Das war's. Zeit für die Ohrfeige. Na, los!

»Wir haben viel Arbeit vor uns.« Er wird sachlich. »Worum genau hatte ich dich gebeten?«

»Eine halbe Seite über die Familie«, antworte ich. Atme erleichtert auf.

»Und was hast du gemacht?«

»Was heißt das? Ein paar Zeilen über –«

»Die Epoche, die Familie, nicht über –«

Wir befinden uns wieder auf vertrautem Terrain. Einer weiß, eine lernt, einer doziert, eine wird geprüft. Eine geordnete Hierarchie, in der keine Abgründe lauern, die Groll auslöst, in ihren Grenzen Sicherheit bietet.

»Aber ich habe doch über die Familie geschrieben –«

»Und wo ist das Haus?«

»Was?«

»Ich hatte eine halbe Seite über das Haus Aaronsohn erbeten.«

»Das Gebäude?«, frage ich verblüfft.

»Gebäude ist eine Bedeutung von Haus. Wände und Baustoffe. Zimmer und Möbel. Länge und Breite. Und ein Gebäude ist auch eine Epoche – Lehmverschläge oder Zeltbaracken, Holz- oder Ziegelhütten, Jerusalemer Stein oder Fertigbau. Jedes Material gibt Auskunft über die Zeit, über die materiellen Mittel, die Technologie. Und jedes Haus sagt etwas über seine Bewohner aus. Die Araber siedelten in Lehmhütten, die sie mit eigenen Händen aus Stroh und einer nassen Schlammmischung herstellten. Ein Teil von ihnen lebte in Holzhütten. Verstehst du, was ich dir damit sagen will? Auch die jüdischen Siedler, die sich auf dem Berg niederließen und die Steine entfernten, bauten sich zuerst Hütten aus Holz und Lehm. Aber sie haben auch sehr schnell begonnen, Häuser zu errichten. Initiative, verstehst du? Entschlossenheit. Hast du das Haus der Familie gesehen?«

»Einmal auf einem Schulausflug, vor vielen Jahren.«

»Vor vielen Jahren«, er lacht.

»In der vierten Klasse Volksschule.«

»Nunu.« Er beginnt, an seinen Fingern abzuzählen, »jetzt bist du in der achten, sieben, sechs, fünf«, wobei er jedes Mal einen Finger aus der geballten Hand hochstreckt. »Vor neun Jahren«, stellt er plötzlich mittendrin fest, ein wahrer Schnellrechner.

»Die Hälfte meines Lebens«, bestätige ich.

Er blickt mich mit nachdenklichem Ernst an: »Für dich tatsächlich viele Jahre.«

Und nichts für dich, möchte ich sagen und schweige.

Sie haben uns hineingeführt, eine ganze Horde Kinder. Ich erinnere mich kaum mehr daran, was ich gesehen habe. Das Badezimmer, in dem Sara sich umgebracht hat. So ganz klein. Und dieses Schränkchen, aus dem sie den Revolver holte.

»Du kannst keine Arbeit schreiben, ohne das Thema, über das du schreiben willst, zu sehen, zu berühren.« Er spricht wie zu sich selbst. »Das ist der Unterschied zwischen einer Lehmhütte und Jerusalemer Stein, beides wird mit der Hand gefertigt, aber der Stein wird für lange Jahre behauen.«

»Und kein Vergleich an Schönheit«, ergänze ich.

»Richtig, nicht zu vergleichen. Auch wenn«, fährt er nach einer kurzen Pause fort, »jedes auf seine Art schön und passend ist.«

»Du kommst mit mir nach Zichron-Jakov«, sagt er dann plötzlich, richtet sich entschlossen auf. »Ich bin nächste Woche dort. Ich erwarte dich.«

»Wieso«, ich schrecke zusammen, »ich kenne den Weg nicht.«

»Nimm den Bus«, lacht er, »das ist nicht das Ende der Welt.«

»Aber –«

»Ein Tag Urlaub von der Schule. Machst du so etwas nie?«

»Doch, aber –«

»Und niemandem etwas erzählen. Das ist unser Geheimnis. Wenn wir dort sind, werde ich dir ganz genau erklären, was ich über die nahe und ferne Vergangenheit weiß«, er zwinkert mir zu, verkehrt meinen Altersvorteil in einen Nachteil.

»Aber –«

»Passt es dir am Dienstag? Du nimmst den Autobus von der zentralen Busstation um acht. Zu früh? Du wirst um zwanzig vor zehn dort ankommen, und keine Sorge, ich werde schon auf dich warten.«

»Gut, aber –«

»Wir essen zusammen zu Mittag in einem Restaurant mit Blick aufs Meer, und am späten Nachmittag bist du schon wieder zu Hause. Meinst du, du wirst die Verspätung erklären können?«

»Kein Problem. Nach der Schule gehe ich normalerweise zu Dorit.«

»Wer ist Dorit?«

»Meine beste Freundin.«

»Also abgemacht.«

Und nach einer kleinen Pause, in der seine akzentuiert gesprochenen Worte verklingen, fährt er fort: »Bei den nächsten Malen solltest du vielleicht auch sie mitbringen.«

Das klingt wunderbar beruhigend. Denn wenn es weitere Male gibt, ist das ein Zeichen dafür, dass er meine Arbeit ernst nimmt, und wenn er Dorit einlädt, ohne sie zu kennen, bedeutet das, dass ihm mein Wohlbefinden wichtig ist. Und unversehens verleihe ich ihm den Zauber einer Liebe, die ich niemals empfand, was mir selbst im Nachhinein zum x-ten Mal beweist, wie verführbar Mädchen werden, wenn sie sich selbst von etwas überzeugen, von dem sie geträumt, dessen Möglichsein sie sich eingebildet haben.

»Mein Zichron-Jakov, o du mein…« Die Fischteiche funkeln smaragden in der Ebene zwischen Meer und Berg. Weswegen haben wir unser zweites Haus hier eingerichtet, und um wessentwillen? Ein zweigeschossiges Haus mit zwei Gärten, in dem Joram, der *Fels*, einen Monat nach der Fertigstellung vor fünf Jahren im Wohnzimmer, dessen gesamte Möblierung aus einem Karmelteppich und zwei Sesseln bestand, zu mir sagte, das war's, Schluss aus.

»Es ist Zeit«, sagte er. »Du hast ein Haus mit Grund und Boden«, es fiel ihm schwer, seinen Widerwillen zu verbergen, »wie du es immer gewollt hast. Die Hypothek verspreche ich weiterhin zu zahlen. Was ist sonst noch zwischen uns geblieben? Es hat keinen Sinn mehr weiterzumachen.«

»Hatte es denn je einen?« Ich beeilte mich zurückzuschlagen, um den Schock zu kaschieren.

»Ich weiß nicht. Vielleicht hatte es wirklich nie einen.«

Jorams altbekannte beherrschte Zurückhaltung. Blind und taub wie immer für subtile Regungen des Inneren.

»Trotzdem haben wir uns einundzwanzig Jahre durchgeschleppt«, sagte ich, und er blickte mich überrascht an: »Stimmt, das ist auch etwas.«

»Hab ich nicht ein Fleißbildchen verdient?« Ich schaute ihn herausfordernd an.

Joram wandte mir sein offenes Gesicht zu: »Es wäre von Vorteil, wenn wir das wie zwei Erwachsene regeln. Ich habe keinerlei Absicht, einen Rechtsanwalt zu finanzieren.«

»Ich auch nicht.«

Du armes Wesen. So mutig in den wahrhaft schweren Augenblicken, so zerbrechlich in den guten. Warum hast du nicht geschrien, geweint. Was tust du, was habe ich getan? Verlass mich nicht – tränenüberströmt –, sag mir, warum.

»In Ordnung. Wir teilen den Besitz wie zwei Erwachsene«, sagte ich. Und nach einem Moment der Stille: »Hast du jetzt eine Neue?«

»Warum musst du dermaßen banal sein? Nein, ich habe keine.«

Wieso bedrängt dich dann plötzlich, was so lange Jahre dahingedümpelt ist? Dachte ich. Heraus kam: »Wie teilen wir?«

»Du wolltest das Haus in Zichron, oder nicht?« Er lächelte. »Ich bleibe in der Stadt.«

»Einverstanden.«

»Aber die Option, die Häuser zu verkaufen und das Geld aufzuteilen, bleibt bestehen.«

»Hängt von den Umständen ab, ob sie sich ändern.«

»Sicher werden sie sich ändern.«

Wer hat diesen prophetischen Satz geäußert? Keiner von uns will ihn wirklich gesagt haben.

Dreieinhalb Jahre danach kehrte ich in die Stadt zurück, zu dem Kampf mit der Krankheit, die mich meinen Körper kosten sollte.

»Ich habe nicht vor, zu mittelmäßigen Preisen zu verkaufen. Da wird nicht genug Geld für zwei Wohnungen in der Stadt übrig bleiben.«

»Und ich habe nicht vor, im Norden zu bleiben«, sagte ich.

»Aber ich arbeite hier. Ich muss in der Stadt bleiben.«

»Und ich brauche ärztliche Behandlung.«

»Gibt es in Haifa keine Ärzte?«

»Schämst du dich eigentlich nicht, mit mir noch zu diskutieren?«

»Was hat das mit Schämen zu tun, man muss rational sein. Als ob die Frauen im Norden keinen Krebs bekämen.«

Und da, als er die Sache klipp und klar beim Namen nannte, und ich wusste, dass ich allein auf der Welt war, ohne Mann und Kind an meiner Seite, stellte ich mich auf die Hinterbeine, und anstatt zu jammern, wie bin ich nur in eine solche Situation geraten, ich, die Kluge, Sanfte, Gute, packte ich mich sozusagen an den wenigen Haaren, die mir noch verblieben waren, und zog mich mit einem ordentlichen Ruck aus dem Sumpf: »Ich lasse mich auf keine Diskussion ein. Miete dir eine Wohnung, alles andere interessiert mich nicht. Kommende Woche kehre ich in unsere Wohnung in Tel Aviv zurück.«

Und so machte ich es. Ein Laster, Arbeiter und Entschlossenheit.

Taten. Keine Worte.

Das ist die Sprache, die man mit ihnen sprechen muss. Nur Direktheit verstehen sie.

3

Don't Worry, Be Happy

Ich besteige nach einer schlaflosen Nacht den Bus 912 nach Zichron-Jakov, Pardes-Hanna, Haifa. Am Fenster, in der vorletzten Reihe, schaue ich auf den Dünenabschnitt an der Küste hinaus, mit blanken Augen, die nichts wirklich wahrnehmen. Dorit hat mich gebeten, geradezu angefleht, nicht zu ihm zu fahren.

»Warum musst du dir für die verdammte Arbeit irgendein verrottetes Haus anschauen? Gibt es denn kein Material in der städtischen Bibliothek?«

»Ich will ein Gefühl für die Zeit kriegen. Welche Möbel es gab, was sie anhatten, wo sie die Waffen versteckten, die Signallampen.«

»Blödsinn«, sagte sie, »du willst bloß ihn sehen.«

»Wieso denn das. So ein alter Typ.«

»Pass auf«, bat sie mich und versprach, meinen Eltern gegenüber und jedem, der nach mir fragen sollte, zu bestätigen, dass ich nach der Schule bei ihr gewesen sei.

Jehoiada wartet bereits auf der anderen Straßenseite, unter dem Vordach eines Zeitungsstands, erkennt mich und winkt schnell mit der Hand, doch als ich lächelnd näher komme, setzt er ein fremdes Gesicht auf.

»Nimm eine Zeitung«, flüstert er hastig durch die geschlossenen Lippen, »damit man uns nicht zusammen sieht. Geh mir in großem Abstand nach, und wenn wir an die Kreuzung kommen, achte nicht auf mich, sondern biege rechts ein, bis zur ersten Straße links. Das vierte Haus, ein braunes Ziegeldach. Ich werde dort auf dich warten.« Und schon ist er verschwunden, hat seine Zeitung in meiner Hand zurückgelassen.

Zum Autobus, aber sofort und auf der Stelle!, zischt Oma Schlaumeier, wenn sie sprechen könnte und ich es hören würde.

Auch jetzt, in dem Bett, das mit einem hohlen Oberflächenbelag zur Vermeidung von Druckstellen ausgestattet ist, spüre ich den Stich der Erniedrigung. Alles in allem ein Pfadfinderausflug zum Hause Aaronsohn. Und was passiert? Wusste ich es wirklich nicht?

Aus der Distanz der Jahre erscheint die Naivität des jungen Mädchens vorgetäuscht. Du hast es gewusst, sage ich zu ihr, alles –

Und du bist gegangen. Trotz allem. Erwartungsvoll. Provoziert. Fasziniert. Deine Fantasie hat sich dutzende Möglichkeiten ausgemalt, aber dein Verstand hat sie ignoriert. Denn was machst du sonst dort, etwa zehn Meter hinter ihm herstiefelnd, mit spähendem Blick wie eine erfahrene Agentin, die die massiven Häuser hinter den Hecken wahrnimmt, ihren vernachlässigten Zustand. Eine Egge liegt in einem Hof zur Seite gekippt, ein von Unkraut überwucherter Kalksteinpfad zu irgendeinem Eingang. Und da ist er schon an der Kreuzung und geht geradeaus weiter, schaut sich nach dir um, neigt den Kopf nach rechts, um dich an die Richtung zu erinnern. »Ich wusste, dass ich dich nicht erinnern muss«, wird er nachher sagen, als er die Tür öffnet, auf eine Art, die du noch kennen lernen wirst, verborgen jenseits des schmalen Spalts, öffnend, noch bevor du geklopft hast.

Das kluge Mädchen betritt einen dunklen Gang, dessen Raum von einer großen Kommode nahezu ausgefüllt ist.

Der Geruch eines ungelüfteten Hauses schlägt ihr entgegen, und natürlich der intensive, erlesene Seifenduft. Ihr Körper fiebert dem entgegen, was ihm bevorsteht, ein schneller, entschlossener Kopfsprung in eine ungewisse Zukunft. Das idiotische kluge Mädchen betritt ein Haus, das nicht ihres ist, in einer fremden Stadt, die keine richtige Stadt ist, steht in einem Wohnzimmer, voll gestopft mit schweren Möbeln, die geschnitzte Füße mit Rosen und Kopfstützen mit Löwenköpfen zieren, schaut auf die Spitzendeckchen, die in überwältigender Vielfalt auf Sessellehnen, Buffets und in Schrankfächern verstaut sind. Sie bemerkt den Staub, den leeren Kamin mit dem in schwarzen Stein gehauenen Gesicht.

»Wer ist das?«

»Das ist Alexander«, sagt er, »möchtest du etwas trinken?«

»Nein, nein.«

»Von Chana Orloff. Sieh dir das starke Gesicht an. Hast du je ein Bild von Aaron gesehen?«

»Ja.«

»Das straff nach hinten gekämmte Haar. Die gerade Nase. Und die Augenbrauen? Ein wenig zusammengezogen. Wie die seiner Mutter. Blickt rebellisch in die Welt. Ein massiver Hals. Ein Stier, in einen Anzug gezwängt, mit grüblerischem und überheblichem Blick, verbirgt ein Lächeln, das wenigen vorbehalten ist. Beliebt als Modell für Gemälde und Skulpturen.«

War das das erste Mal, dass ich Jehoiadas speziellen Sprachstil wahrnahm? Die fast druckreif gesprochenen Worte.

»Und jetzt trinkst du etwas.« Er nimmt meine Hand, die ich nicht wegziehe, und führt mich in die Küche, öffnet die Tür des riesigen General-Electric-Kühlschranks, ein rares

Objekt hier zu Lande. Saftflaschen, Soda und Milch in den ansonsten leeren Fächern.

Die Süße des leichten Getränks veranlasst mich, um mehr zu bitten, und Jehoiada schenkt mir lachend nach, tritt dann zurück, betrachtet mich ausgiebig und beschließt: »Geh dich waschen, mach dich frisch.« Und eine Sekunde darauf: »Du kannst dich auch hinlegen und ausruhen. Die Fahrt hat dich sicher ermüdet.«

Wenn Dorit jetzt hier wäre!

Auch Jahre später, wenn ich in der Welt herumreisen und mein Traumhaus in Zichron-Jakov errichten würde, würde ich nie mehr ein solches Badezimmer zu Gesicht kriegen und mir niemals leisten können, etwas Ähnliches einzurichten. Die Schönheit erschlug mich. Eine schwarze Badewanne von riesigen Ausmaßen, glänzend in ihren Wölbungen; ein Waschbecken auf einem stilisierten Schwanenfuß, ebenfalls schwarz; vergoldete Hähne, fein und massiv zugleich, mit schwarzer Steindekoration; der Boden schwarzer Marmor in Rechtecken, in der Ecke zwei Kloschüsseln, ebenfalls schwarz; und weiches, milchiges Licht von verdeckten Lampen erhellt die Düsternis.

»Du kannst ein Bad nehmen«, ist Jehoiada hinter mir zu hören. Stand er dort amüsiert, betrachtete er das provinzielle Mädchen, das dachte, es sei ans Ende der Welt gereist, und betäubt entdeckte, dass es sich mitten im Zentrum befand?

Meinen verwirrten Blick einordnend streckt er die Hand aus und lächelt: »Nicht verwechseln, mein Fräulein, hier ist die Toilette, und das dort ist das Bidet.« Und zieht irgendwo zwei flauschig weiche beige Handtücher heraus. »Was immer du möchtest, mein Kind«, flüstert er, »fühle dich ganz wie zu Hause.«

Und das ist noch nicht alles. Ein elfenbeinfarbenes Sofa,

für zwei zu groß, für drei zu klein. Ein Fenster, in dessen Scheiben Rosen eingeschliffen sind, ein farblich auf das Sofa abgestimmter Seidenvorhang fließend zu beiden Seiten. Ein faltbarer Paravent aus Kirschholz mit geschnitzten Engeln und Lilien. Und eine Fülle von Flakons, Seifen und Parfüms auf offenen Holzregalen, mit goldenem, unten wallendem Netzvorhang verziert. Was hat das noch mit den Badezimmern zu tun, die ich kenne, mit ihren weißen Waschbecken, schlichten Kloschüsseln und Badewannen, die kaum für einen nicht allzu großen Menschen Platz lassen, schauderhaft funktional, glänzend wie im Krankenhaus, Geruch nach Sagrotan mit Zitronenaroma verbreitend. Was soll die brave kleine Dana angesichts der Schönheit tun –

Angesichts des Reichtums, füge ich jetzt hinzu. Nur enormer Reichtum ermöglicht es, sich abzuheben, einzigartig und individuell zu sein in einer Welt der Masse und Dürftigkeit. Die Entscheidung, sofern es überhaupt eine gab, fiel leicht, ergab sich von selbst.

Als ich den Schlüssel in der Tür umdrehe, entdecke ich dahinter zwei Samtbademäntel an goldenen Haken. Über die riesige schwarze Badewanne gebeugt drehe ich das Wasser auf, spüle sie aus, suche nach dem Stöpsel und Duftzusätzen, und als das Wasser laut plätschernd ansteigt, schäumend von den diversen Flüssigkeiten, die ich hineingeschüttet habe, setze ich mich lange auf das Klo, untersuche die zusätzliche Schüssel daneben, rätsle über deren ordnungsgemäße Benutzung, lege meine Kleider über den Rand und tauche dann mit einem Seufzer der Befriedigung in das heiße Wasser ein, überlasse mich dem wohligen Gefühl, das von meinen Zehen bis zu den Haarspitzen aufsteigt, und sage mir: Wenn er versucht hereinzukommen, werde ich schreien.

Er versuchte es nicht.

Und ich schrie nicht.

Leise Musik dringt durch die Tür, ein Konzert von Dvořák, wie er mir nachher sagen würde. Und ich überlasse mich der beruhigenden Berieselung, vermeide es, meine Brüste anzuschauen, die auf der Wasseroberfläche zu schweben scheinen. Ich sehe auch das dichte Schamhaar nicht, das sich unter den Schaumblasen verbirgt. Noch kein Mann hat es je berührt, und wenn es nach mir geht, so denke ich mit neu erstarkter Entschiedenheit, werden wir sofort nach dem Bad zum Haus Aaronsohn marschieren. Denn was ich hier sehe, ist gewiss nicht das der Öffentlichkeit zugängliche Haus, von dem mir noch etwas in schwacher Erinnerung geblieben ist.

»Alles in Ordnung?«, fragt Professor Jakir Jehoiada jenseits der verschlossenen Tür.

»Ja«, antworte ich hastig, aus dem sanften Dämmerzustand hochschreckend, der sich über mich gesenkt hat.

»Findest du dich zurecht? Hast du alles, was du brauchst?«

»Ja, ja.«

»Kann ich hereinkommen? Ich habe ein Glas Wein für dich.«

Habe ich Nein geantwortet oder nicht? Und wenn, war es zu hören? Eingetaucht in die wispernden Blasen erinnere ich mich an einen Schlüsselsatz: Hab keine Angst. Lerne zu genießen. Und als sich die Türe öffnet, o Gott, ich schwöre, dass ich sie abgesperrt habe, und er hereinkommt, rutsche ich trotz meiner Schaumdecke tiefer in die Wanne, meine Hände über den aufgerichteten jungfräulichen rosa Brustwarzen, und er, in seinem sorgfältig gebügelten, blendend weißen Hemd, in der einen Hand ein rundes Tischchen, Elfenbein und Holz, in der anderen ein hohes Glas. Lächelt, als seien wir zwei verlorene Gäste, lässt einen aufmunternden Blick über mich gleiten, von den Füßen bis zum Hals, geschützt im Schaum, bohrt ihn in meine Augen, stellt das Glas ab und flüstert mit seiner melodischen Stimme: »Das ist nicht bloß Wein. Champagner. Trink. Lerne zu genießen.« Und geht hinaus. Er geht tatsächlich.

Erleichterung und Enttäuschung kribbeln unter meiner Haut. Kurz entschlossen nippe ich an dem Getränk. Dutzende winziger Bläschen explodieren mit unvermittelter Süßsäuerlichkeit, prickeln die Speiseröhre hinunter. So ist das gute Leben, denke ich. Das richtige Leben.

Ich steige aus dem Wasser und versinke in dem weichen Bademantel, der nach unbekannten Parfümen duftet, die ich auch im Lauf meiner jahrelangen unermüdlichen Suche an fremden Flughäfen während der Wartezeiten nie finden sollte. Ich wollte ja den Duft jener einzigartigen Schönheit, üppig, voll und tropfend, ungekannt und pure Erwartung.

Weshalb habe ich die Kleider, in denen ich gekommen war, nicht wieder angezogen? Den weißen Baumwollschlüpfer, den Kunststoffbüstenhalter, den hellblauen Jeansrock und das Flanellhemd darüber. Was hielt mich davon ab, zu jener Dana Lama, Dana Banana zurückzukehren, dem braven Mädchen aus gutem Hause? Stattdessen trete ich, das leere Champagnerglas in der Hand, mit ordentlich geschlossenem Bademantel ins Wohnzimmer, rot, ungekämmt, strecke eine schmale Hand in seine Richtung aus und sage: »Kann ich noch was haben?«

»Welche Frage«, er springt erfreut aus dem Sessel auf, betrachtet mich interessiert, und während er mir aus der dickwandigen Flasche einschenkt, fährt er mit einer Hand über meine langen Locken, berührt mich leicht im Nacken, am Hals, und fragt leise: »Vielleicht möchtest du ins Bett gehen, dich ein bisschen ausruhen?«

Ich finde keine Worte. Weder ja noch nein. Ein Mädchen

ohne Worte geht ins Schlafzimmer, zu einem riesigen Bett mit dicken Kissen und Federbetten. Er hebt den weißen, gebügelten Bettüberzug hoch, dessen Ränder mit Epigrammen bestickt sind, geheimnisvolle Namen zu einer Rose geschwungen. »Schlüpf hinein, mein Kind«, sagt er, deckt mich sanft zu, tritt an das breite Fenster und zieht den schweren Vorhang zu. Und in der Dunkelheit, der angenehmen Wärme und köstlichen Weichheit spüre ich, wie sich die Sprungfedern neben mir bewegen, bin mir bis an die Nervenenden bewusst, dass er ebenfalls hineinschlüpft. Und ganz langsam kommt er näher, eine Hand, fest und kühl, berührt, betastet leicht den Bademantel, löst die Gürtelschleife. »Ist dir nicht zu warm«, sagt er, nicht fragend, »die Decke ist sehr dick. Zieh dieses überflüssige Ding aus.«

Dana im Drama. Dana ist nicht da. Ist tot. Paralysiert. Mit Zartgefühl, innehaltend und verweilend, arbeitet er sich voran. Schiebt den Bademantel zurück, stößt auf die nackte Haut. Sein Atem geht schwerer.

»Dana«, flüstert er, »Dana.«

Dana Banana ist tot.

Und seine Hand kriecht aufwärts. Umkreist den Nabel, gleitet nach oben, umfasst die rechte Brust und geht mit einem leichten Fingerstreichen zur linken über, umfängt sie in ihrer runden Fülle, und als sie zur Brustwarze klettert, enger werdende Spiralen zeichnet, spüre ich sein Hemd, ein Stück Ärmel auf meinem Körper, und nur seine bloßen Finger sind in Kontakt mit meiner Haut, erzeugen neuartige Vibrationen.

Dana erwacht.

»Nein«, sagt sie.

»Sch… schsch…«, antwortet er.

»Nein«, wiederholt sie.

»Sch… still…«, sagt er.

Und dann streicht die Hand zum Hals hinauf, wieder hinunter, knetet zart erst die rechte, dann die linke Brust, drängt beide unvermittelt mit einem Anflug von Gewalttätigkeit zur Seite, gleitet zwischen ihnen zum Bauch hinab, verweilt mit starr gespreizten Fingern auf der straff gespannten Wölbung, doch als sie entschlossen ihren Weg nach unten in die Schamgegend fortsetzt, weckt er mit einem Schlag den Abwehrinstinkt der stumm erstarrten Jungfrau. Kluge Dana. Verlorene Dana.

»Nein! Das reicht. Da nicht.«

Professor Jakir Jehoiada legt sich in dem großen Bett auf die Seite, stützt den Kopf in die linke Hand, die rechte liegt bewegungslos auf der sanften Wölbung meines Bauchs, die Fingerspitzen berühren die starren Locken des Schamhaars, und er fragt seelenruhig: »Hast du einen Freund?«

»Ich hab's schon mal gesagt. Nein.«

Dana empfindet stille Demütigung.

»Bist du Jungfrau?«

»Ja.«

Nach einem kurzen Schweigen fährt er fort: »Ich werde nichts mit dir machen, was du nicht möchtest.«

Nenne ich ihn deshalb den *Verführer*?

Bekannt, reich und in fortgeschrittenem Alter. Warum nicht Lüstling, alter Lustmolch?

»Schläfst du mit Ora?«, frage ich plötzlich.

»Ora?« Er zieht sich zurück und setzt sich am Bettrand auf. »Welche Ora?«

»Meine Lehrerin, Efrat.«

»Ach, Sternhof.« Er lächelt. »Ja. Aber nicht mehr. Nicht, wenn ich dich habe.«

»Ich werde nicht mit dir schlafen«, erkläre ich ihm. »Ich werde mit dem schlafen, den ich heirate.«

»Schönschön«, sagt er, »ich beneide ihn bereits.«

Und dann schlägt er die Säume des Bademantels zusammen, bindet sanft den Gürtel, nicht ohne vorher zu bemerken: »So schöne Brüste wie die deinen habe ich schon lange nicht mehr gesehen.«

Auch damals in seinem Büro, als er neben mir saß, nachdem seine Frau gegangen war, sich nach jeder Einzelheit erkundigte, jedem kleinsten Gedanken, vergaß er die Komplimente nicht.

»Alle Jungen sind sicher verrückt nach dir.«

»Wieso denn?«

»Und die Kommandanten?«

»Beknackt. Draußen würde ich mich einen feuchten Dreck um sie scheren.«

»Rede nicht so.« Er ist erschüttert. »Sprich ordentliches Hebräisch.«

»Und was soll ich deiner Meinung nach sagen? Dass ich sie in meinem zivilen Leben ›keines Blickes würdigte‹?«

»Weshalb nicht? Wenn wir nicht auf die Reinheit der Sprache achten, wenn Menschen wie du – mit einem Abiturzeugnis, und du wirst schließlich weiter studieren – kein anständiges Hebräisch sprechen, was soll dann aus unserer Sprache werden? Es gibt keinen Staat ohne Kultur, keine Kultur ohne Sprache.« Und für einen Moment verwandelt sich sein Gesicht in das des privaten Bibelkundelehrers von Aaron Aaronsohn in Zichron-Jakov, der das Hebräische wieder zum Leben erwecken möchte, in Wort und Schrift. Er schrieb seinen Schülern auf Hebräisch und verlangte von ihnen, es ihm gleichzutun.

Wenn es eine Alterskluft gab zwischen uns, dann manifestierte sie sich in solchen Momenten, in denen ich wieder daran erinnert wurde, dass zweiundvierzig Jahre nicht nur

Falten und Lebenserfahrung sind. Sie bedeuten Erlebnisse, die ich nicht hatte, Trost, den ich nicht kenne, ferne Kämpfe.

Ora Efrat bestellte mich zu einer persönlichen Unterredung in das Kämmerchen neben dem Lehrerzimmer.

»Hast du dich mit Professor Jehoiada getroffen?« Sie sah mich direkt an. Hat sie einen Lügendetektor in ihren Augen?

»Er wollte nicht.«

»Wollte nicht?«, wiederholte sie verblüfft.

»Er sagte, er würde mir vielleicht eine Bibliographie schicken, per Post.«

»Komisch. Das passt gar nicht zu ihm.«

Und als sie mich so erstaunt anblickte, schien mir, als entdeckte ich einen Funken Freude in ihren Augen, als resümiere sie zu ihrer Zufriedenheit die Ergebnisse einer inneren Diskussion.

»Ich war in seinem Büro, in der Mane. Ich habe ihm gesagt, dass Sie mich geschickt haben.«

»Das klingt schon besser«, meinte sie und blickte mich fragend an.

»Aber dann hat er sich geweigert, mir zu helfen. Sagte, ich solle Ihnen ausrichten, er sei ein schlechter Mensch.«

»Was soll denn das?«, fragte sie, und in ihrem Ton schwang Schmerz mit.

»Ich war seine Schülerin«, erklärte sie mit einem Mal und drehte dabei, ohne es zu merken, an ihrem Ehering. »Er ist ein großer Wissenschaftler.«

»Ich habe die Namen durcheinander gebracht, von Alexander und Aaron«, fuhr ich fort, »und er wurde böse.«

»Ja«, sie lächelte, »das passt zu ihm. Ein echter Perfektionist. Aber nimm es dir nicht so zu Herzen, ich werde mit ihm reden.«

»Nein, nein«, erwiderte ich hastig, mit erhobener Stimme. »Ich will nicht.«

»Hast du die Arbeit aufgegeben?«, wollte sie, ein wenig verwirrt, wissen.

»Nein, ich war in der städtischen Bibliothek, in der Achad-Ha'am-Straße. Dort gibt es haufenweise Material.«

»Schön«, sie musterte mich anerkennend. »Welche Bücher?«

»Ich erinnere mich nicht«, sagte ich verlegen, »ich hab's mir nicht aufgeschrieben. Ich werde Ihnen die Titel in der nächsten Stunde mitbringen.«

»Bist du sicher? Wäre es nicht besser, du würdest das Thema wechseln? Es gibt so viele andere Gebiete in der Geschichte Israels, deren Quellenliteratur leicht und bequem zugänglich ist.«

»Nein, ich möchte die NILI«, schrie ich beinahe und biss mir auf die Zunge in der Angst, statt NILI Jehoiada gesagt zu haben.

Aarons Augen in dem Buch sind dunkel, sehr verschieden von den hellen Jehoiadas. Ein fester Blick, sicher in seinem Recht. Jehoiadas Augen rennen und fliehen, bohren und fordern, enthüllen Untiefen von List und Unschuld. Nur das Lächeln der beiden ist ähnlich.

Mit sechsundzwanzig Jahren, fließend Englisch sprechend, wurde Alexander ausgeschickt, um Kontakt zu den Briten zu knüpfen. Erst nach vielen Bemühungen gelang ihm die Ausreise aus Palästina. In Beirut ging er an Bord eines amerikanischen Kriegsschiffes und gelangte über Piräus nach Alexandria. Mit ihm zusammen schiffte sich Rivka, seine jüngere Schwester, ein. Ihre spanischen Pässe erregten den Verdacht der britischen Behörden, und man wollte sie nach Griechenland ausweisen. Erst auf Intervention von Levontin – ein Bankier, der sich zufällig in Alexandria aufhielt und den Direktor der dortigen Karmelfiliale bat, sich für sie einzusetzen – ließen die Briten die beiden von Bord gehen. So ist das in den Zeiten des Krieges. Jeder Fremde ist ein Feind, und die jüdische Minderheit in Palästina war weniger wichtig als die arabische Mehrheit. Alexander, ein Mann der Feder – sein Leben lang schrieb er Artikel, Analysen, Bücher – wandte sich der für ihn am passendsten Lösung zu: In der *Egyptian Gazette* veröffentlichte er Artikel, die mit Informationen gespickt waren: über die immer kritischere Lage der türkischen Armee, die Anzahl ihrer wenigen Stellungen in Palästina, die negative Bilanz an Kampfmitteln und Benzin, über die wirtschaftliche Notlage. Diese Artikel, die er nicht mit Namen unterzeichnete, lenkten die Aufmerksamkeit des britischen Geheimdienstes auf ihn. Was ihm mit direkter Kommunikation nicht gelang, erreichte er auf Umwegen.

Doch der zuständige Major des britischen Geheimdienstes zog es vor, die arabische Revolte zu unterstützen, und ließ sich von dem energischen Juden nicht überzeugen. Was hielt ihn ab? Das Lächeln, in dem Ironie und Genusssucht zugleich lagen? Das allzu sichere Auftreten von jemandem, der alles versteht und weiß?

Einige Wochen warteten Absalom Feinberg und Aaron Aaronsohn auf Alexanders Rückkehr aus Ägypten, ohne jede Nachricht von ihm. Beschäftigten sich damit, die Küstenstellen für eine britische Invasion auszukundschaften und beschlossen, noch einmal Kontakt mit den Briten aufzunehmen. Diesmal war es Absalom, der an Bord des amerikanischen Kriegsschiffes reiste, hungrig durch die Straßen Alexandrias streifte, Henrietta Szold, die Patronin der landwirtschaftlichen Versuchsstation in Atlit, um Geld bat, und schließlich an Leonard Waley, einen rangniedrigen Offizier des britischen Geheimdienstes geriet, mit dem er in allen Einzelheiten – die sich danach als ungenügend und unverlässlich herausstellten – den Aufbau eines jüdischen Spionagenetzes in Palästina vereinbarte.

Für Leonard Waley, Archäologe von Beruf, und das mit Leib und Seele, der bereits an einigen Ausgrabungen beteiligt gewesen war und noch wichtige Entdeckungen machen würde, war das Gelobte Land lebendige Geschichte und nicht nur ein Schlachtfeld und Worte.

Leonard, der Archäologe, der hungrige Absalom, der selbstsichere Alexander – wer bin ich, dass ich ihren Namen Gestalt verleihe?

Was war an der NILI, das mich so faszinierte, dass ich bereit war, dafür meinen Körper zu verkaufen? Oder vielleicht umgekehrt. Was fand ich an Jehoiada, der meinen Körper versklavte, bis ich bereit war, mich weiter mit der NILI zu beschäftigen?

Am Anfang neigte er dazu, sich einen Spaß mit mir zu erlauben. Auch in Zichron-Jakov, im vierten Haus von rechts mit dem braunen Ziegeldach, an jenem Vormittag, an dem ich zum ersten Mal entdeckt habe, dass meine Haut im Stande ist, tausende kleiner Mäuler zu entwickeln, die nach Berührung schreien, steht er vom Bett auf, schiebt schwungvoll den schweren Vorhang auseinander, und das unvermittelt hereinbrechende Licht enthüllt, dass eigentlich nichts geschehen ist, zeigt nur Jehoiada in seiner ganzen Größe, mit zerzaustem Haar, den Blick konzentriert auf mich gerichtet, die ich verstört und aufgewühlt den Gürtel des Bademantels umklammere.

»Erinnerst du dich an die Seite, die du für vergangenen Dienstag vorbereitet hattest?«

»Ja«, bestätige ich verunsichert.

»Also, mit wie vielen Söhnen kam Efraim Fischel Aaronsohn nach Palästina?«

»Mit Aaron. Sechs Jahre alt.«

»Schön. In der Tat war Aaron sechs, als er nach Palästina kam, und es ist anzunehmen, dass ein Sechsjähriger nicht alleine reist; und in den Lehrbüchern steht, dass er mit seinen Eltern einreiste, und es ist anzunehmen, dass die Lehrbücher sich nicht irren. Aber was hat dich zu dem Schluss veranlasst, dass nur er mit ihnen kam?«

»Es stand da.«

»Nichts stand da«, rügt er mich mit einer Entschiedenheit, die ich ebenfalls noch kennen lernen würde. »Die Eltern hatten zwei Söhne, Aaron und Zvi, nur dass an Zvi jetzt niemand mehr interessiert ist. Null. Zvi ist verschwunden. Warum schreibst du nicht über ihn, du hast doch nach etwas Neuem gesucht, oder nicht?«, spottet er. »Und solltest du vorhaben, dir von mir helfen zu lassen und ausgerechnet über Aaron-Alexander zu schreiben – was immer du beschließt, wiederhole nie wieder solchen Unsinn.«

»Aber du hast ›schön‹ gesagt, als du fertig gelesen –«

»Sagte ich das? Tatsächlich?« Und seine Miene verändert sich plötzlich, ist erhellt von einer neuen Sanftheit. »Offenbar hast du mich verwirrt«, lächelt er. »Geh dich anziehen, Kindchen.«

Als ich aus dem Badezimmer trete, wieder mit meinem Baumwollschlüpfer, dem Kunststoffbüstenhalter, Jeansrock und Flanellhemd, die sich fremd auf meiner Haut anfühlen, schaut er mich an und sagt: »Ich habe dir ein Essen mit einmaliger Aussicht versprochen, doch es ist schon spät. Was werden sie zu Hause sagen?«

»Das ist in Ordnung, ich bin nicht hungrig«, schwindle ich.

Und so trennen wir uns, mein gesenkter Blick, sein Lächeln: »Du bist nicht böse, nicht?« Und drückt mir einen väterlichen Kuss auf den Mund, ohne Zunge und Speichel.

Im Autobus, hungrig und verstört, trotz der Nüsse, die ich am Busbahnhof gekauft habe, lasse ich die Ereignisse des Tages Revue passieren, vergegenwärtige mir jede Bewegung in Zeitlupe, und konstatiere erleichtert: Auch wenn ich mich geirrt habe und Dorit Recht hatte – immerhin habe ich die Schwelle vom Mädchen zur Frau nicht überschritten.

4

Der Körper ist ein Geschenk

Wir kehrten getrennt von Zichron nach Tel Aviv zurück, und jene Fahrt wird mir ewig im Gedächtnis bleiben. Der Blick des Fahrers, die wenigen Passagiere, die Haltestellen unterwegs – alles starrte mich an, ritzte die dünne Haut. Das Flanellhemd war kratzig, der Jeansrock Zentner schwer. In meiner Fantasie stiegen Bilder von gepflegten Frauen auf, die über ihre Haut strichen, duftende Cremes einrieben, die Fingernägel bordeauxrot lackiert, ein langes, glattes Bein in die Luft streckten und zum Küssen einluden.

Ob ich je wie sie sein würde? Allein schon das Entfernen der Beinbehaarung war eine schmerzhafte Angelegenheit.

»Das sind die Männer nicht wert«, sagte ich zu Dorit, »warum soll ich Schmerzen ertragen, um schön zu sein? Was tun sie denn für uns?«

»Sie arbeiten das ganze Leben«, erwiderte sie, »und wir können zu Hause bleiben.«

»Wer will denn zu Hause bleiben?«, entgegnete ich aufgebracht.

»Klar, ich will das auch nicht, aber wir müssen ja nicht, sie schon.«

»Das rechtfertigt immer noch nicht, dass man sich die Haare ausreißen muss.«

Dennoch vereinbarten wir einen Termin bei Benny in der Pinkasstraße im vierten Stock. Während wir in kurzen Hosen auf einer schmalen Liege Platz nahmen, über die ein verschlissenes Laken gebreitet war, erwärmte er eine Mischung aus goldbräunlichem Wachs, schmierte es mit Hilfe eines kleinen Spatels auf die Waden und drückte lange schmale Stoffstreifen darauf. Nach einigen Minuten, als das Ganze angetrocknet war, hob er mit dem Fingernagelende die Ränder gegen den Haarstrich an und riss mit einem Ruck die Streifen hoch, an denen das Wachs mitsamt den Haarwurzeln, toten Hautzellen und hier und da auch der Kruste einer verheilten Wunde klebte. Ein Streifen nach dem anderen. Der Schmerz der ersten entfernten Lage zitterte noch in den Nervenenden, da kam schon die nächste. »Eine kleine Pause«, bat Dorit.

Mach schneller, flehte ich innerlich, denn das Hinauszögern war in meinen Augen schlimmer als der Schmerz selbst. Und als sich die Beine röteten, schmierte Benny schnell eine desinfizierende Paste darauf und fragte dann frohgemut: »Und die Oberschenkel?« Mit enttäuschtem Blick akzeptierte er das übliche »Nein«, nahm die Bezahlung entgegen und ging sich die Hände waschen, während wir schleunigst entflohen und erleichtert mit unseren gerupften Hühnerbeinen auf die Straße rannten.

Heute habe ich keine Haare mehr an den Beinen, aber mein Kopfhaar hat nach der Behandlung wieder zu wachsen begonnen. Ich bilde mir ein, ich sei noch vor meiner Krankheit von dieser Strafe der Beinbehaarung befreit worden. Als ich mit Uri zusammen war, wollte ich sie aus Prinzip nicht entfernen, und als ich Joram heiratete, gewöhnte ich mir an, sie abzurasieren, beschlagnahmte einen seiner Handrasierer, wusch die Bartstoppeln aus, legte ein nacktes, mit Rasiercreme eingeschäumtes Bein auf den Badewannenrand, fuhr mit dem Messer vom Knöchel bis zum Knie hoch, spülte nach jedem Zug die Haare von der Klinge und beobachtete, wie sie mit dem Wasser im Abfluss verschwanden. Als sich der *Fels* später einen Elektrorasierer zulegte, der weder Kratzer noch Stoppeln hinterließ, wurden alle manuellen Geräte mir überlassen, doch da brauchte ich sie nicht mehr. Hier und dort spross noch ein einzelnes längeres Haar, hin und wieder ein Grüppchen, aber sie bohrten sich nicht mehr durch meine Nylonstrümpfe. Und wer machte sich überhaupt noch die Mühe, hauchdünne Nylonstrümpfe mit schwarzroten Strumpfbändern anzuziehen, wie sie mir der *Verführer* gekauft hatte. Oder war das meine eigene Anschaffung gewesen?

Vier Tage nachdem ich von Zichron-Jakov zurückgekommen war, wartete zu Hause ein Umschlag mit einem Universitätsstempel auf mich.

»Was ist das für ein Brief?«, fragte Mama.

»Gehst du nicht zum Militär?«, wollte Papa, unbeteiligt wie immer, wissen. »Hast du eine Rückstellung wegen dem Studium beantragt?«

Ein wahres Symposium veranstalteten sie über diesem länglichen weißen Umschlag, den ihre einzige Tochter erhalten hatte.

»Sicher die Bibliographie zu der Arbeit, die ich fürs Abitur schreiben muss.« Und mein Herz machte einen Satz, als ich den lang gestreckten Namenszug, mit Füllfederhalter geschrieben, auf der Rückseite des Briefumschlags entdeckte.

»Schön«, sagte Papa, »aber meinst du nicht, es würde sich für dich lohnen, um eine Rückstellung zu bitten?«

»Wieso?«, entgegnete Mama. »Rückstellung gilt doch nicht für Mädchen.«

»Ich habe nicht mit dir geredet«, wies er sie zurecht, »ich rede mit ihr.«

»Eine Frau sollte sowieso heiraten und Kinder bekommen, nicht sechs Jahre Militärdienst machen«, fuhr sie fort, ihn übergehend, während ich mir den Brief schnappte und mich hastig verzog.

In meinem ungeliebten Zimmer, auf dem Sofa mit den bunten Kissen, der Geschmack meiner Mutter, und unter einem Plakat mit zwei spielenden Katzen, ein Geschenk von Dorit, öffnete ich aufgeregt den Umschlag.

»Meine liebste Dana«, mit lang gezogenen, schrägen Buchstaben in dunkelblauer Tinte, »hier ist, wie versprochen, die bibliographische Liste: J. Ja'ari Polskin, Spione oder Helden der Heimat...« Und nach einer Reihe von Titeln: »Wollach von der städtischen Bibliothek in der Achad-Ha'am-Straße wird dir gern bei der Beschaffung behilflich sein. Ich habe diesbezüglich schon mit ihm gesprochen. Auch ich würde mich freuen, wenn du mit mir Kontakt aufnähmest. Ich verbleibe in Erwartung, Dein Jakir.«

»Dein Jakir«, lese ich noch einmal die letzten Worte. Nicht Professor. Nicht Jehoiada. Jakir. Und »Deiner« auch noch. Ist er meiner, oder soll das heißen, dass ich »Seine« sein soll? Noch bin ich nicht sein, und ich werde es auch nicht. Schmeichler. Wenn er glaubt, dass ich ihn anrufe, irrt er sich gewaltig. Zweimal hat er mich unter falschem Vorwand bestellt, mich einmal auch noch eine weite Fahrt machen lassen, und wofür? Alles faule Ausreden.

Wieder lese ich die letzten Zeilen. Ich stelle mich vor den Spiegel in der Schranktür. »Wenn du mit mir Kontakt aufnähmest.« Ich habe gar nicht gewusst, dass man das Kontakt nennt. Ich hebe mein Haar hoch, drehe es zu einem Knoten und liebäugle mit meinem langen Hals. Hast du gehört, lächelt das Mädchen im Zimmer das im Spiegel an, der Herr Professor erwartet dich. Soll er warten.

Noch am gleichen Abend zeige ich Dorit den Brief, der schon Schweiß- und Kaffeeflecken aufweist.

»Das ist, weil du ihn nicht rangelassen hast«, sagt sie zu mir, »die schätzen das, wenn man sie nicht lässt.«

»Ich glaube nicht, dass ich ihn anrufen werde.«

»Und was wird mit der Arbeit?«

»Ich habe alles, was ich brauche, und was nicht, brauch ich nicht.«

»Und du kannst immer noch das Thema wechseln«, fügt sie hinzu.

»Ich kann auch immer noch darauf verzichten und die Prüfung machen, wie alle«, spinne ich das Ganze weiter aus. Und wir lächeln beide. Ein entspannter Abend in einer Atmosphäre von Gemeinsamkeit und Freundschaft, die keiner Erklärungen bedarf. Ein Abend, an dem wir sagen: »Los, gehen wir ins Kino.« Nach langer Diskussion entscheiden wir uns für *Die Nächte der Kabiria.* Dorit wirft sich einen Schal über die Schultern, den sie kunstvoll gestrickt hat, lauter kleine aneinander hängende Muscheln, wie ein Fächer ausgebreitet. Ich küsse sie gerührt auf die rosige Wange. Und so, Hand in Hand, eilen wir die Ben-Jehuda-Straße entlang. Ledermöbel in den Schaufenstern versprechen uns ein glückliches Leben, Küchenschränke winken mit ihren familiären Geheimnissen, ein riesiger Laden protzt in seinen großen Auslagen mit importierten, mannigfaltig verwendbaren Elektrogeräten, doch wir bleiben vor der Konditorei stehen. Schwarzwälder Kirschtorte, Sandkuchen, Zitronenbaisers und Käsekuchen mit Erdbeeren. Das Wasser läuft uns im Mund zusammen.

»Meinen richtigen ersten Freund«, erklärt Dorit, »werde ich hierher mitnehmen, und dann bestelle ich mir drei Stück Kuchen. Wenn er nicht knausert, weiß ich, dass er der Richtige ist.«

Am nächsten Tag fuhr ich zur städtischen Bibliothek, ein Gebäude mit Balkonen und in Lilienform geschwungenen Eisengeländern. Nach einigem Zaudern fand ich den Eingang, versteckt zwischen Mülltonnen und Holzgerüsten. Ich stieg die gelben Stufen hinauf, glatt vom Abrieb der Jahre, folgte dem Pfeil, der zum Zeitschriftenraum wies. Ein bärtiger Mann saß an einem der breiten Tische. Zerknitterte Anzughosen, ein Hemd mit grauen Rändern, eine Wolljacke, die verfilzt war. In die Lektüre einer Zeitung versunken, bewegte er stumm die Lippen, hob nicht den Kopf. Es war niemand da außer ihm, also ging ich zu der braunen, massiven Theke und wartete, auf Herrn Wollach oder wen auch immer. Unterdessen studierte ich die Holzregale an den Wänden, die mit Broschüren und Zeitungen voll gestopft waren.

»Bitte auf Ruhe achten«, verlangte ein Schild, nicht wie die Schwester mit der weißen Haube und dem Finger auf den Lippen, die die Warteräume der Krankenkassen zierte. »Richten Sie jede Frage«, riet ein anderes Schild, »an den Bibliothekar an der Theke.« Aber da war keiner. Fast hätte ich laut gelacht, denn mir fielen die kleinen Metallschildchen ein, die in den Autobussen befestigt waren und die Passagiere instruierten: »Es ist verboten, Abfall aus diesem Fahrzeug zu werfen.« Sie führten dazu, dass ich sie immer wieder lesen musste in der wachsenden Gewissheit, dass ich demnächst mit völliger Berechtigung, wenn nicht gar auf Anweisung, Abfall hinauswerfen würde.

»Verzeihung, wo ist Herr Wollach?«, wandte ich mich schließlich an den Alten, der weiter seine Lippen bewegte, mich jedoch ignorierte.

»Entschuldigen Sie bitte?«

Zu guter Letzt hob er den Kopf. Blässlicher Eiter in den Augenwinkeln, dünne, schlaffe Haut am linken Lid, blickte er mich befremdet an und kehrte zu seiner Zeitung zurück. Große Buchstaben, mit Vokalpunkten, eine Zeitung für Neueinwanderer, schnaubte ich innerlich verächtlich, doch da hob er wieder den Kopf. Tief gefurchte Wangen. Ein ärgerlicher, trüber Blick aus Pupillen in verschimmeltem Blau heftete sich nun auf mich: »Wollach ist nicht da.«

»Wo ist er dann?«

Doch er suchte bereits wieder mit dem Finger die Stelle in der Lektüre, an der er stehen geblieben war.

»Wo ist Wollach denn?«, beharrte ich.

Der Kopf hob sich ein drittes Mal, und ich überflog die Wandregale, in der Hoffnung, dort vielleicht historische Zeitschriften zu finden. Doch es lagen nur normale Tageszeitungen in diversen Sprachen, grau und gewöhnlich, in den Fächern. Nach wenigen Minuten, die ich mir noch als Anstandswartezeit gab, entfloh ich mit einem Gefühl der Erleichterung in Richtung des nahe gelegenen Kaufhauses und schlenderte dort durch die Abteilungen.

»Ich muss ihn anrufen«, sagte ich zu Dorit. »Ich hab den Wollach nicht gefunden. Ich werde hingehen, das Buch holen und basta.«

»Soll ich mitkommen?«, fragte sie.

Während ich mir die Möglichkeit durch den Kopf gehen lasse, überkommt mich mit einem Mal ein Gefühl tiefer Scham. »Es gibt nichts zu sehen bei ihm«, antworte ich, »es lohnt nicht, einfach nur ein alter Typ.«

»Wer nicht will, der hat schon«, erwidert Dorit, »mir ist das egal. Ich würde deinetwegen mitkommen.«

»Das geht schon«, verspreche ich uns beiden. »Komm, wir rufen jetzt an.«

Wir entfernen uns unerlaubt vom Gymnasium, laufen zur öffentlichen Telefonzelle an der Ecke Jabotinsky, und ich hole die bereits den ganzen Vormittag angewärmte Telefonmünze aus meiner Tasche, hübsch rund mit einem kleinen Loch, werfe sie in den Apparat und wähle sorgfältig, lasse die Wählscheibe zwischen den Nummern jedes Mal auf null zurückschwingen, begleitet vom Klacken und Rattern des Wählvorgangs im Hörer. Niemand hebt ab am anderen Ende der Leitung.

»Ich versuch's am Abend noch mal«, sage ich erleichtert.

Dorit schaut schon auf ihre Uhr. »Komm, wir gehen zurück, die Pause ist gleich zu Ende.«

»Hallo?«

»Ich bin's.«

»Wer ist ich?«, fragt die warme Stimme, sich ihres Klangs bewusst.

»Dana –«

»Dana!« Er erwacht zum Leben. »Hast du die Liste erhalten?«

»Ja. Aber Wollach war nicht da.«

»Wer war nicht da?«

»Du weißt schon, der Bibliothekar.«

»Wo?«

»In der Bücherei.«

»Das kann nicht sein.« Er klingt überrascht. »Er ist dort geboren und lebt dort. Er wird dort auch sterben«, fügt er nach einem kurzen Zögern hinzu.

»Aber ich war gestern Mittag dort. Er war nicht da. Nur irgendso ein alter Mann.« Und ich verstumme. Das Wort ist plötzlich fehl am Platz.

»Wo genau warst du?«, fragt er, und wieder befinde ich mich auf sicherem Terrain, die irrende Schülerin, der wissende Lehrer, die allmächtige Autorität.

»Im Zeitschriftenraum.«

»Im Zeitschriftenraum«, wiederholt er, »schön.« Ob er

wohl immer schön sagt vor dem nächsten Dolchstoß? »Im Lesesaal oder im Archiv?«

»Archiv?«

»Sicher. Hast du gedacht, Zvi wird dich in den Regalen erwarten? Egal. Und hast du Bücher bekommen?«, fragt er danach ruhig.

»Noch nicht.«

»Möchtest du kommen und sie holen?«

»Nein, doch.«

»Nein doch oder doch nein«, höre ich ihn lachen.

»Ich –« Ich finde die Worte nicht.

»Also morgen um fünf. Das Buch liegt auf meinem Schreibtisch.« Er hängt ein, und ich komme nicht mehr zu meiner beabsichtigten Erläuterung, dass ein Buch in Ordnung sei, Fakten und Kenntnisse auch ganz wunderbar seien, aber nichts anderes. Diese letzten drei Worte sage ich zur Beruhigung dennoch laut in den stummen Hörer.

Am nächsten Tag um halb fünf, nachdem ich Kordhosen und einen Wildlederrock anprobiert habe, kehre ich zögernd zu meinem Jeansrock zurück und einer blauen, an den Hüften anliegenden Stoffbluse. Vor dem Spiegel komme ich mir dünn und leicht vor, luftig und flüchtig, gefalle mir selbst.

»Wann kommst du zurück? Nimm einen Mantel mit!«, ruft Mama aus der Küche.

»Ich hole ein Buch. Ich bleib nicht lang.«

Und ich gehe auf die graue Straße hinaus, steige in den Bus und stehe um fünf vor fünf vor seiner Tür. Sie öffnet sich, bevor ich klopfen kann.

»Woher hast du gewusst«, sage ich überrascht, außer Atem, vergesse völlig, ihn zu begrüßen.

Professor Jakir Jehoiada zeigt auf den Spion. »Ich habe

auf dich gewartet«, lächelt er, »ich stand drinnen und habe hinausgespäht.«

Wie brachte er es fertig, genau die richtigen Worte zu finden, ein Mädchen mit der Andeutung einer Empfindsamkeit zu ködern, die kein männliches Wesen nach ihm einzulösen vermochte?

Ich betrete das Büro, zum dritten Mal, mustere aufmerksam die Bücherschränke mit ihrem dicht gedrängten Inhalt.

»Setz dich«, er deutet auf das Sofa, »und hier ist das Buch«, wedelt er mit der Hand in Richtung seines Schreibtisches. Das Weiß seines Hemdes besticht immer noch. »Darf ich mich neben dich setzen?«

Ich rutsche ein wenig, wie um unwillig Platz zu machen, Zeit zu gewinnen. Und er setzt sich, legt seine Hand auf mein Haar. »Solche Locken«, sagt er. »Manche Frauen zahlen viel Geld –«

»Ich habe glatte Haare lieber.«

Er blickt mich lächelnd an. »Tatsächlich?« Sein Blick ist so anerkennend, als hätte ich ihm gerade hier und jetzt die komplette Geschichte des Hauses Aaronsohn vorgetragen.

»Wir lieben immer das, was uns fehlt«, er schüttelt den Kopf, »aber ich ziehe dich so vor, gelockt. Auch dein Freund mag dich lieber so, stimmt's?« Er wirft mir einen schrägen Blick zu.

»Ich habe keinen Freund, ich hab's dir doch schon gesagt.«

»Du brauchst dich nicht so zu verteidigen.« Er schaut mich direkt an. »Bist du böse? Auf mich?«

An die Sofalehne gedrückt, mit Rückenschutz, blicke ich ihm in die Augen. Sprenkel von Grün und Grau, die ein feinliniertes Netz von Lachfältchen umgibt.

»Sei mir nicht böse«, sagt er und wickelt sich eine Locke um den Finger, »ich lese in deinen Augen.«

Seine Unterlippe schiebt sich ein wenig vor, was ihm den Ausdruck eines verwöhnten kleinen Jungen verleiht. Ich hefte angestrengt meinen Blick darauf, verzeichne die dünne, in den Winkeln leicht hängende Oberlippe, konzentriere mich auf den Kontakt seiner Hand mit meinem Haar, das sich in empfindsame Fühler zu verwandeln scheint.

»Sieh mich an«, sagte er, hebt mein Kinn an, »nicht davonlaufen.« Mein Körper fällt in sich zusammen unter der Last eines Gewichts, mit dem ich nicht gerechnet habe. Unfähig mich zu bewegen, gänzlich schlaff, bin ich auf meinem Platz festgenagelt.

»Dana«, haucht er meinen Namen. Seine Hände gleiten vom Kinn zum Hals hinunter, streicheln zart den Ansatz, verweilen zwischen Schulterknochen und Brustkorb, bewegen sich in größer werdenden Kreisen mit einer magischen Kraft, der man sich nicht entziehen kann.

»Du erlaubst es mir doch, nicht?«, flüstert er, und mein Körper schreit. Blut strömt an Orte, die ich nicht kenne, von denen ich nichts geahnt habe. Ein unkontrolliertes Zittern beginnt in meinen Unterschenkeln, klettert den Rücken hinauf.

»Mein Liebes, mein braves Mädchen.« Seine Hände beginnen, die Knöpfe meiner Bluse zu öffnen, von oben nach unten, halten sich bei jedem Knopfloch auf, ruhig, mit Bedacht, und setzen ihren Weg zum nächsten fort. Der weiße Büstenhalter springt mir in die Augen, ohne dass ich hinschauen muss. Die steifen Warzen quellen heraus. Blendendes Fleisch, das ich nicht ertrage.

»Herrlich«, sagt er, »herrliche Dana«, und zieht meinen glühenden, erstarrten Körper an sich, der so gar nicht meiner ist.

Zog er mich wirklich? Oder neigte ich mich von selbst? Mit unkoordinierten, umständlichen Bewegungen kommt mein Körper unter seinen Händen zum Liegen, nach hinten gestreckt. Ich teile mich. Eine Person beobachtet über dem Sofa entsetzt die andere auf dem Sofa, deren Körper sich hingibt, die Bluse weit offen, den Büstenhalter zum Hals hinaufgeschoben, deren schwellende Brüste nach der Berührung der weißen, schmalen Hand gieren, die ich vor einer Woche kennen gelernt habe.

»Du magst das, nicht wahr, Dana?« Er umfasst meine Brüste mit den hohlen Handflächen, bedeckt sie von der Wurzel bis zur Spitze. »Mein Berg Sinai«, sagt er, während er seine Lippen um die Warze schließt.

»Dana, ich will dich so sehr«, stößt er hervor.

Und ich, mit geschlossenen Augen und zunehmendem Zittern, das den Rücken entlang rieselt und mich erschauern lässt –

»Ist dir kalt?« Er hebt seinen Blick von meinen Brüsten.

»Nein«, sagt eine seltsame, fremde Stimme, irgendwie wimmernd, seufzend.

Er weicht zurück, seinen Blick auf mich geheftet, mustert das Schlachtfeld, auf dem ich vollkommen erschlagen liege, lächelt: »Bleib, wie du bist. Ich will deinen Anblick in meinem Gedächtnis bewahren. Wenn ich ein Poet wäre«, fügt er nach einem kurzen Schweigen hinzu, »würde ich jetzt ein Gedicht schreiben.«

Und da endlich finde ich die Worte wieder. »Mir ist kalt.« Und danach stellen sich die Bewegungen ein. Ich fahre hoch, ziehe hastig den Büstenhalter herunter, verstaue meine Brüste, die nicht mehr mir gehören, in die Körbchen, und als ich anfange, die Bluse zuzuknöpfen, sagt er lächelnd: »Lass mich das machen.«

Ganz langsam, hier und dort ein Streicheln dazwischen mogelnd, knöpft er mir die Bluse zu. Und als er beim letzten Knopf angelangt ist, lässt er seine Hände auf meine

Brüste sinken, einzeln, und sagt mit Bestimmtheit: »Der Körper ist ein Geschenk Gottes. Man darf ihn nicht bekämpfen, Dana.«

Mit fünfundvierzig, nach dem Wechsel und dem Ausbleiben der Periode, verwandelten sich meine Brüste in leere Säcke. Wenn sie sich nicht im Büstenhalter befinden, baumeln sie bis zum Nabel hinunter. Wenn sie doch nur in das Innere des Körpers zurückkehren könnten wie Hoden. Doch uns ist dieses männliche Privileg nicht vergönnt. Vor aller Augen tragen wir sie mit uns herum, zuerst knospend, dann aufgerichtet, dreist, bis sie sich mit Milch füllen und entleeren. Der kalten Luft ausgesetzt sträubt sich ihre zarte Haut, die Adern schimmern bläulich, ein langes, unmotiviertes Haar neben der Warze. Die Geschichte der Brust in zwei Sätzen. Wenn Vicky mich wäscht, während ich auf dem Plastikstuhl in dem Bad meines alt-neuen Heimes sitze, hebe ich sie an, und sie reibt mit einem Waschlappen darunter hin und her.

Ich nehme es sehr genau mit der täglichen Wäsche, bewahre das Leben, das mir geblieben ist, mit einem Maximum an Vernunft. Das Gewebe der Haut unter den Brüsten ist mit den Jahren gröber und rau geworden, ein Auffangbecken für Schweiß und Schorf. Ich hebe eine nach der anderen hoch, und Vicky taucht den Waschlappen in Flüssigseife und reibt. Ich lasse sie fallen, sie fügt Seife hinzu. Der Schweißgeruch verschwindet, macht einem Duft nach Sauberkeit Platz. Ich hebe sie an, und sie spült. Wir wiederholen die Prozedur so lange, bis weder Schweiß noch Seife unter den leeren Hautsäcken zu finden ist, die nie ein Kind säugten, nur Männer.

Die Scham wasche ich selbst. Mit müder, gefühlloser Hand fahre ich mit dem seifigen Waschlappen hin und her.

Vicky lenkt den Duschkopf. Vorbei die Zeiten der Badewanne, das einst so tröstliche Eintauchen in einen warmen Körper. Nur noch harte, funktionale Duschen. Wenn wir fertig sind, hüllt sie mich in einen Bademantel und trägt mich ins erwärmte Zimmer, ins Bett. Dort massiert sie meinen Rücken, meine Schultern und Beine mit Sesamöl, und auch über die Gesäßbacken fahren ihre Hände ein paar Mal. Danach dreht sie mich auf den Rücken, ölt Hals und Brust ein, übergeht die Brustwarzen, beschäftigt sich mit dem Bauch, achtet darauf, der Leistengegend nicht zu nahe zu kommen, wenn sie sich meinen Oberschenkeln widmet. Es ist warm und angenehm im Raum. Eine fremde Mutter wickelt ein erwachsenes Baby. Und wären da nicht die leichte Härte ihrer Hände und ihr klarer Blick, würde ich weinen.

Täglich zwischen eins und zwei ist Waschstunde. Um halb drei beginnt Vickys Ruhepause. Um den Zeitplan genau einzuhalten, würde sie mich gern schon früher waschen, massieren und ins Bett verfrachten. Vicky braucht eine Ruhepause, ich nicht. Was macht sie in ihrem verschlossenen Zimmer?

»Nicht die Tür zumachen«, schärfte ihr der *Fels* zu Beginn ihrer Arbeit ein, »suppose Dana needs you.« Doch im Lauf der Zeit begann sich die Tür wie von selbst zu schließen, zuerst zu einem Viertel, dann zur Hälfte und schließlich ganz. Was macht sie hinter der geschlossenen Tür? Lesen? Schlafen? Telefonieren kann sie nicht, denn nur neben meinem Bett und im Wohnzimmer gibt es einen Apparat. Ihre eigenen Mahlzeiten, weißer Reis und rosa Wurst, deren Bestandteile ich lieber nicht wissen möchte, isst sie sofort, nachdem sie mich gefüttert hat. Was bleibt ihr zu tun? Die englischen Taschenbuchkrimis, die Joram mitbrachte, liegen unberührt auf der Kommode am Eingang. Und schreiben? Bei unseren seltenen Ausflügen, mit mir im

Rollstuhl, sind wir nicht einmal in die Nähe einer Post gekommen. Was macht sie dort auf dem grauen Bettsofa? Träumen? Über ihre Männer nachdenken? Masturbieren?

»Kommst du gar nicht auf die Idee, dass sie Kinder haben könnte?«, sagte der *Fels* bei einem seiner Besuche zu mir, in dem Ton, der bei ihm pädagogischen Lektionen vorbehalten ist.

»Ja, und.«

»Kleine Kinder im Dorf zurückzulassen, in ein fernes Land zu kommen und die Kinder von anderen zu betreuen –«

»Und kranke Frauen«, falle ich ihm ins Wort.

»Stimmt genau, kranke Frauen«, fährt er fort, ohne zu lächeln. Eine Tatsache ist eine Tatsache. Er versucht auch nicht zu sagen, dass die kranken Frauen wieder gesund würden. »Jeden Tag, vierundzwanzig Stunden, wie eine Sklavin.«

»Was heißt hier Sklavin«, widerspreche ich. »Essen und Taschengeld, freies Wochenende, Mittagspause –«

»Das brauchst du mir nicht zu sagen, ich habe sie engagiert. Vergiss das nicht. Aber hast du jemals vierundzwanzig Stunden ohne Mittagspause gearbeitet?«

»Sie schläft in der Nacht. Das kann man schlecht Arbeit nennen.«

»Moderne Sklaverei. Sie machen sich auf, um zu arbeiten, um Geld nach Hause zu schicken, damit die Kinder –«

»Mir kommen gleich die Tränen«, unterbreche ich ihn, »hast du ein Taschentuch? Und wofür dient dieses Geld? Bestimmt nicht fürs Essen. Damit die Familie im Dorf einen Fernseher kaufen kann, ein Videogerät, damit Kinder großgezogen werden, die, wenn es an der Zeit ist, wieder zu modernen Sklaven werden, wie du das nennst. Bloß zum Kaufen, Kaufen.«

»Schön, Herbert Marcuse«, meint Joram lächelnd. »Hast du eigentlich keinen Funken Mitleid in dir?«

»Für wen?«

»Für die Kinder zum Beispiel, die mutterlos zurückbleiben, für die Mütter, die ihre Kinder verlassen müssen.«

»Der Mann sackt das ganze Geld ein«, antworte ich. »Auch hier leben sie in Träumen. Und irgendjemand, ein Mann, immer ein Mann, ist für die Löhne verantwortlich und bestimmt –«

»Wenn du Kinder hättest«, fährt er stur fort, »würdest du vielleicht anders reden.«

»Sie tut dir Leid? Du bist zu Mitleid fähig?«

»Warum verkehrst du eine simple Antwort in ein Streitthema«, erwidert er mir aufgebracht.

»Weil sie mir nicht Leid tut. Eine Mutter, die ihre Kinder verlässt, hat kein Mitleid verdient.«

»Woher weißt du denn, was eine Mutter ihren hungrigen Kindern gegenüber fühlt?«

»Schlussausbasta«, entgegne ich wütend.

Er schweigt.

In den letzten Monaten habe ich entdeckt, dass es richtig nett ist, mit Joram zu streiten. Seit ich krank geworden bin, gibt er leicht nach. Warum auch nicht? Kommt einmal in der Woche, schaut nach, ob alles in Ordnung ist, bereit zu einem kleinen Streit, der es ihm, wenn er die Wohnung verlässt, erleichtert, mich gleich wieder zu vergessen.

»Sei dankbar, dass er sich deiner annimmt«, sagt Dorit, Mutter von vier Kindern, seit vier Jahren schon Witwe. »Wie viele von ihren Frauen geschiedene Ehemänner interessieren sich überhaupt noch für sie.«

»Und noch dazu für eine kranke Frau«, ergänze ich, was sie, wie ich glaube, zu sagen vermeidet.

»Und er zeigt nicht nur Interesse, er sorgt für dich, hat dir die Filipina organisiert, alle facilities.«

»Einundzwanzig Jahre«, halte ich ihr vor. »War das vielleicht ein Spaziergang?«

»Das erscheint dir selbstverständlich? Soll ich dir von Ehemännern erzählen, die ihre Frau nach dreißig und vierzig Jahren verlassen haben und denen alles völlig egal ist?«

»Was kümmern mich andere. Ich würde mich auch um ihn kümmern, wenn er krank wäre.«

»Da bin ich mir nicht so sicher«, erwidert Dorit.

»Du bist immer gegen mich«, sage ich. »Für die ganze Welt hast du ein gutes Wort übrig, bloß nicht für mich.«

»Danusch, Beschuldigungen bringen einen nicht weiter«, sagt sie in einem Ton, den sie normalerweise bei ihren Kindern anschlägt.

»Nein, im Ernst, was geht es mich an, ob irgendein Psychopath nach vierzig Jahren seine Frau wegen einer jungen Tussi verlässt. Mich beschäftigt, dass ich allein bin. Dass ich niemanden habe.«

Und als ich verstumme, überwältigt von Selbstmitleid über ein fehlgeleitetes Leben voller falscher Entscheidungen, und die Tränen hinter meinen Lidern brennen, streichelt Dorit mein Haar und schweigt. Meine einzige, beste Freundin. Auch in schweren Augenblicken würde ihr nie über die Lippen kommen, ich hab's dir ja gesagt, sie würde nicht lügen oder versprechen, das geht vorbei, nicht schwören, dass sie sich bis zu meinem Tod um mich kümmern wird.

5
Ein roter Stängel

»Weißt du, wie lange wir zusammen sind?«, frage ich Jehoiada an jenem strahlenden, schweißtreibenden Sommerabend, nachdem wir das übliche Ritual – »Erzähl mir, Kindchen, sag mir, und wie machen sie dich alle an« – absolviert haben.

Nicht direkt zusammen, stelle ich für mich fest.

»Wer weiß noch von uns?«, fragt er. Alle zwei Monate der gleiche Wortlaut.

»Ungefähr eineinhalb Jahre«, antworte ich.

»Eineinhalb Jahre ungefähr, seit der Reise nach Zichron.«

»Tatsächlich?« Er hebt eine Braue, die inzwischen weiß meliert ist, »nur eineinhalb Jahre?«

»Nur? Nur?«, sage ich verärgert. »Wir sind seit eineinhalb Jahren zusammen. Zusammen und doch nicht.«

»Wieder, Dana? Wieder? Was ist los?«

Vielleicht haben das Warten auf der Straße, das Schritte zählen und der Anblick des minibürgerlichen Abends, der in den unteren Stockwerken zu beobachten war, das ihre getan, ohne mein Wollen, ohne dass ich es zugebe.

»Was soll nur werden«, sage ich zu ihm und zu mir selbst.

»Gut«, er lacht, »alles wird gut. Ist es nicht das, was ein Israeli immer sagt?«

»Ein guter Israeli ist ein toter Israeli.«

»Was soll das nun«, er richtet sich mit einem Schlag auf, »schwarzer Militärhumor? Außerdem verwechselst du da wieder einmal etwas.«

»Weiß nicht. Es reicht mir.«

»Du hast die Wahl«, antwortet er, »habe ich dich jemals gezwungen? Bitte, du kannst gehen.« Er hebt die Hand, und das glänzende Weiß seiner Manschetten sticht mir nicht mehr in die Augen, »ich halte niemanden hier fest.«

»Das ist es nicht«, am liebsten würde ich weinen, »es ist nur, dass ich an dich denke, mir dich vorstelle –«

Unten herumstreune und darauf warte, dass deine Frau geht, von der Militärbasis ohne Büstenhalter wegfahre, möchte ich hinzufügen, aber ich verstumme.

»Liebe«, sagt er leise. »Das ist Liebe, Dana, da kann man nichts machen.«

Und dann nähert er sich mir und hebt mein Kinn, »komm, mein Kleines«, dirigiert mich zum Schreibtisch und lehnt mich rückwärts darüber. Mit geübter Hand schiebt er den kurzen Uniformrock hoch, zieht den schwarzen, eleganten Spitzenslip herunter. »Komm«, seine Stimme wird heiser. Er biegt meinen Körper nach hinten, öffnet den Reißverschluss seiner Hose, dunkler Gabardine in der Sommerhitze, holt seinen Penis heraus, ein roter Stängel, halb erigiert.

»Hilf mir.«

Und ich, hilfsbereit wie immer, spreize die Beine.

»Nein, nimm ihn.«

Und ich, schon geübt, ergreife ihn und führe ihn an die enge feuchte Öffnung, ein blinder, einäugiger Kopf, ewig hungrig.

»Dana«, er wiederholt meinen Namen, »Dana, Dana, du bist so süß, so wunderbar.«

Und ich lausche jeder Silbe, jeder Nuance, bemüht, mich dem Spiel anzupassen. Studiere seine geschlossenen Augen, den murmelnden, so vertrauten Mund; und meine nun freien Hände knöpfen die Militärbluse auf und holen die jungen, schweren und harten Brüste heraus, die kein Büstenhalter hält.

»Du hast es getan«, ruft er überrascht, »ich wusste ja, du würdest auf mich hören. Du wirst noch viele Dinge bei mir lernen, meine kleine Sirene, meine wundervolle Kurtisane …« Sein Atem wird schneller, und ich möchte so gerne glauben, dass auch in mir die Wellen hochschlagen, sich neue Welten auftun, ungekannte Lust und Leidenschaft, und dass ich nicht nur auf das Ende der rhythmischen Bewegungen warte, auf jene zwei bis drei seufzenden Keucher und seinen überstürzten Galopp ins Bad, was beklemmende Trauer in mir auslöst und gleich darauf eine heiße, starke Emotion, die ich Liebe nenne und die mein Herz bis auf den Grund zum Schmelzen bringt, jedes Mal von neuem.

»Was ist Sex letztendlich?« Ich führe ein intimes Gespräch mit Dorit in der Raucherecke, dem Blick der Lehrer entzogen, wo wir eine lange Kent und Lebensphilosophien zwischen uns hin und her gehen lassen.

Vor über drei Jahren, als wir uns kennen lernten, setzten wir uns zusammen in eine Bank, zwei Fremde in einer Klasse, in der sich fast alle von der Volksschule her kannten, und entdeckten rasch, dass wir auch ähnliche Ansichten teilten.

»Es ist aufregend«, flüstere ich, »aber nicht wie in den Büchern. Es fliegen keine Funken.«

»Die Erde bebt nicht?«, fragt sie, als habe sie gerade erst gestern ihre Jungmädchenliteratur beendet.

Über einen Monat nach Zichron-Jakov, zwei Wochen nachdem wir wirklich zum ersten Mal miteinander geschlafen haben, muss ich entdecken, dass ich schwer verliebt bin.

»Es ist nicht der Sex«, versuche ich zu erklären, »das ist sogar ein ziemlich ekliges Geschäft, aber ich kann nicht aufhören, an ihn zu denken, was er gesagt hat, wie er geschaut hat –«

»Und wie er dich berührt hat«, ergänzt Dorit mit hochgezogenen Brauen. »Das hat mit dem Sex angefangen, verstehst du? Wenn du dich nicht weiter mit ihm getroffen hättest, wäre dir das nicht passiert.«

»Aber ich muss ihn sehen. Die Arbeit ist noch nicht fertig.«

Ende Februar, der endgültige Abgabetermin für die Arbeit naht, und Ora droht, wenn sie nicht bis nächste Woche eine erste Fassung erhalten habe, könne sie für nichts garantieren.

»Die Gliederung mit den Kapitelüberschriften, die du eingereicht hast, waren sehr zufrieden stellend«, sagt sie und glättet mit den Händen ihr gestreiftes Jackett. »Wir haben daraufhin die Bestätigung vom Kultusministerium erhalten. Was ist denn los, bist du plötzlich stecken geblieben?«

»Ich bin nicht stecken geblieben.«

Wieder sitzen wir in dem Kämmerchen neben dem Lehrerzimmer. Ich betrachte ihre übereinander geschlagenen Beine, die schwarzen sportlichen Schuhe mit dem kleinen Absatz.

»Warum lieferst du dann die Kapitel nicht ab, die du geschrieben hast?«

»Ich hab sie noch nicht ins Reine geschrieben.«

»Wie viele hast du denn schon?«

»Fünf«, werfe ich eine nicht allzu übertrieben viel versprechende Zahl in den Raum.

»Das ist alles?«, fragt sie alarmiert. »Wenn ich mich recht

erinnere …«, und sie zieht aus ihrer braunen, kofferartigen Aktentasche eine Mappe und beginnt zu blättern. »In deiner Gliederung sind es elf Kapitel. Zähl noch die Einleitung, Bibliographie und Bilder dazu, dann hast du nicht einmal die Hälfte von dem, was nötig ist. Wie willst du das schaffen?« Das rechte Bein über dem linken wippt auf und ab, der Schuh beschreibt eine unsichtbare Tangente.

»Ich weiß nicht.«

»Du darfst nur nicht verzweifeln«, zieht sie sich hastig zurück und betrachtet mich eingehend. »Du bist ein kluges Mädchen, setz dich ein paar Stunden hin, und du wirst sehen, du kommst voran. Bist du wenigstens mit der Lektüre fertig?«

»Ja.«

»Möchtest du ein paar Tage freihaben?« Sie beugt sich zu mir, stellt ihre Beine auf den Boden. »Wir können das Bibliothekstage nennen«, lächelt sie.

»Nein, es geht schon.«

Was soll dieses »Nein«, das mir herausrutscht, noch bevor ich die Frage richtig begriffen habe? Doch wenn ich es zurücknehme und ihren Vorschlag annehme, weiß ich ganz genau, dass ich in der geschenkten Zeit nicht in der Bibliothek sitzen, sondern Jehoiada anrufen würde, und der, mit seinen Verpflichtungen, Vorlesungen und Terminen, würde sagen: »O Dana, Dana, es tut mir Leid, aber ich kann mich für dich nicht freimachen.« Und ich würde mit gebrochenem Herzen in meinem Zimmer sitzen.

»Nein, vielen Dank«, wiederhole ich, »aber das ist nicht nötig.«

Sie beugt sich ein zweites Mal zu mir. »Ist etwas passiert, Dana? Du hast dich verändert. Hast du Probleme zu Hause?«

»Nein, wieso?«, fahre ich zusammen.

Sie lehnt sich zurück und mustert mich nachdenklich. »Du weißt, du kannst immer auf mich zählen.«

»Klar«, ich lächle, weiche ihrem Blick aus.

»Setz dich«, sagt sie – habe ich versucht aufzustehen? »Hast du zufällig noch einmal mit Professor Jehoiada gesprochen?«

»Nein«, antworte ich schnell, auf der Hut.

»Schade.«

»Warum?«

»Du hättest viel von ihm profitieren können.«

Darum geht es also, und mit einem Seufzer der Erleichterung versuche ich diesmal bewusst aufzustehen, schon die braune Tür im Blick.

»Setz dich«, sagt sie wieder, »ich möchte dich etwas fragen.«

»Bitte«, ich versuche, ihr direkt in die Augen zu schauen.

»Ich werde dir nicht böse sein, aber sag mir die Wahrheit.«

»Was denn?«, frage ich erschreckt.

»Ich möchte verstehen, es –«

Mit einem Mal tut sie mir Leid, ihre Schwäche, die Vermutungen, die sie anstellt, die aber immer noch dem Wissen vorzuziehen sind.

»Ich weiß, dass er verletzend sein kann«, sagt sie, und ich spüre, wie sie zwischen Offenheit und Indirektheit schwankt und sich für Letzteres entscheidet: »Ist etwas Besonderes vorgefallen, als du ihn zum ersten Mal getroffen hast?«

»Wen?« Ich stelle mich dumm.

»Ach, Professor Jahoiada? Nein, ich habe die Namen verwechselt, ich hab's Ihnen erzählt, er war sauer.«

»Ja. Nein, weißt du, ich meine, er kann sehr, sehr… na gut, nicht so wichtig.« Sie steht auf.

»Ist er ein guter Dozent?«, frage ich.

»Ein sehr guter«, antwortet sie, und ich finde sie plötzlich richtig nett.

»Haben Sie noch Kontakt zu ihm?«

»Nein, wieso?« Sie schaut mich forschend an, ein anderer Blick, wie unter Gleichen. »Er war mein Lehrer. Ich sagte es dir schon.«

Und als ich lächle, blickt sie mich überrascht an: »Aber das ist lange her. In letzter Zeit habe ich keine Zeit für Kontakte. Ich bin zu beschäftigt.«

Eine große Freude wallt in mir auf, triumphierend. Er gehört mir. Nur mir.

»Erzähl mir von den Frauen, die du gehabt hast«, bitte ich ihn nach einigen Monaten.

»Oho«, er lächelte, eine Hand zwischen meinen Beinen.

»Wenn du mir von den Männern in deinem Leben erzählst.«

»Du weißt, dass es keine gegeben hat.«

»Ich bin mir nicht sicher«, sagt er, was mich wahnsinnig macht, jedes Mal wieder.

Die Summe der Erinnerungen, die Bilder der Liebe – so dürftig für ein ganzes Leben.

Und nicht nur sie. Auch ich.

Ich fürchte mich davor, die Möglichkeit zu verlieren, im Geiste zu ihnen zurückzukehren, wenn ich möchte. Und angesichts der Unzulänglichkeit, nimmt es da Wunder, dass ich zum *Verführer* zurückkehre, Kraft schöpfe aus dem Ersten, Einen und Einzigen, ohne den nichts so wäre?

Dorit hat bereits seit drei Monaten einen Freund, einen Offizier auf Zeit. Sie treffen sich, wenn er frei hat, gehen ins Kino, sind Mitglieder im Filmklub der amerikanischen Zionisten geworden, haben *Achteinhalb* schon dreimal gesehen und immer noch nicht miteinander geschlafen.

»Er hält sich zurück, wartet auf mich«, sagt sie, »das ist seine Prüfung.«

»Und deine«, ergänze ich.

»Wir haben beschlossen, ein halbes Jahr durchzuhalten.«

»Wenn es euch Spaß macht.«

Manchmal, wenn ich mit ihnen ins Kino gehe, mich an weltbewegenden Diskussionen über Ehe oder Eltern-Kinder-Beziehungen beteilige, denke ich im Stillen, um wie viel komplexer meine Welt doch ist. Und manchmal, wenn er seinen sonnengebräunten Arm um ihre Hüften legt und sie ihren Kopf, der genau bis zu seiner Schulterklappe reicht, an ihn lehnt, platze ich vor Neid über die wachsende Harmonie zwischen den beiden und wie sie am helllichten Tag Seite an Seite gehen und mit Nichtigkeiten beschäftigt sind: Was sollen wir essen, wohin gehen wir und wie erklären wir den Eltern, dass wir noch Geld zum Ausgehen brauchen.

Als die Schule abgeschlossen und die Einberufung in nächste Nähe gerückt war, wollte Jehoiada mir Geld geben und eine Wohnung für uns mieten: »Damit du eine Bleibe hast in Nächten ohne Dienst.«

»Damit du an der Universität studieren kannst, wenn du möchtest.« »Damit du dir andere Unterwäsche kaufen kannst. Schwarze Spitze.« »Was immer du willst, ich bezahle es.«

Wie ich nun im Bett liege und die Tage im Geist an mir vorüberziehen lasse, in denen mir damals jeder Augenblick so lang vorkam, die insgesamt jedoch nur von kurzer Dauer waren, entdecke ich mit einem Mal überrascht, dass ich in den letzten achtzehn Jahren, seit er gestorben ist, nicht viel an ihn gedacht habe. Professor Jakir Jehoiada, meine große erste Liebe, der Mann, der mir die Welt und die Männer eröffnete, ist auf das zusammengeschrumpft, was er von Anfang an war: eine Durchgangsstation.

Was hat dazu geführt? Der immense Altersunterschied, der bisweilen eine Verständigungskluft und Verlorenheit bedingte, oder die ständig nagende Furcht, dass ich nichts weiter als ein Spielzeug war, ein raffiniertes Gerät, das er sich selbst, ohne allzu große Mühe, zu seinem Vergnügen gebastelt hatte.

Meine Würde, oder besser gewisse Normen, die Oma Schlaumeier unbedingt richtig erschienen, ließ es nicht zu, das Geld anzunehmen. Ich war zwar nicht so stark, dass ich aufstand und ging, doch in dem Punkt wollte ich mich auch nicht als Dana Lama Banana erweisen – ich würde nicht seine Konkubine sein.

»In einer eigenen Wohnung wären wir auch freier.«

»Ich brauche keine Wohnung.«

»Wir könnten uns öfter sehen, ich würde zu dir kommen, wann immer es mir möglich ist.«

»Ich will aber nicht.«

Aber trotzdem, immer noch Konkubine. Halte ihn bei Laune und hüte verbissen unser gemeinsames Geheimnis.

Seit eineinhalb Jahren sind wir zusammen, und außer Dorit weiß kein Mensch etwas von uns.

Denke ich wenigstens. Geheimnisse neigen zwar dazu, die Runde zu machen, aber wer sollte sich für einen alternden Dozenten für die jüdische Besiedlungsgeschichte Palästinas interessieren? Meine Freundinnen tuscheln mit jungen Busfahrern, treffen sich mit Maschinenbaustudenten, sind in Fußballspieler verliebt. Sogar Dorit, meine Busenfreundin, hat ihren jungen Offizier gefunden. Und ich klebe an einem, der dreimal so alt ist wie ich. Was zum Teufel finde ich an ihm?

Nicht umsonst nenne ich Joram den *Fels.* Schon beim ersten Treffen wusste ich, dass ich auf ihn bauen könnte.

»Um halb acht. Ich werde am Eingang zum Café Rose auf dich warten. Ich bin einer von der pünktlichen Sorte.«

»Ich auch.«

Sagte ich und war es nicht. Kam keuchend angerannt.

»Die akademische Viertelstunde, nicht so schlimm, oder?«, versuche ich, mich zu entschuldigen.

»Warum bist du gerannt?«

»Wer ist gerannt?« Er soll bloß nicht denken, er sei mir wichtig.

»Gehen wir hinein?«

Ich folge ihm. Wir gehen in die zweite Etage hinauf, zu den Tischen an der Glaswand, die zur Allee hinausgeht. Er zieht den schwarzen Ledermantel aus. Ich lege meinen Studentenpelz ab, der schon vor einigen Jahren aus der Mode gekommen ist, und wir sitzen einander gegenüber, lächeln verlegen, bis er mir in die Augen schaut: »Also, Dana, wie könnte man deinen Namen vergessen.«

»Komm, lass uns bloß nicht mit den Namen anfangen. Auch zu deinem ließe sich einiges sagen. Joram. Jorami …«

»Tatsächlich?«, sagt er und hebt eine Augenbraue, was mir liebenswert und wunderbar ironisch erscheint.

»Möchtest du Beispiele zu Joram?«

»Nein, dieses Thema mit den Namen ist völlig überflüssig. Das Innere, der Inhalt, zählt, oder?«

»Sicher«, sage ich, »keine Frage.«

»Und für dieses Innere bestellen wir jetzt Kuchen.«

Eine ältere Frau steigt müde die Treppe zur zweiten Etage hinauf, einen kleinen Block in der Hand, einen Bleistift hinter das Ohr geklemmt, wie aus dem Bilderbuch.

»Filterkaffee und ein Strudel«, sagt der zukünftige *Fels,* »und für dich?«

»Wir haben Schokoladekuchen, Nuss, Obst, frischen Käsekuchen«, betet die Bedienung herunter.

Es fällt mir schwer, mich zu entscheiden. Das fiel mir schon immer schwer. Jede Wahl hat ihren eigenen Geschmack, Farbton, Klang. Flach oder hoch, süß oder mürbe, Nüsse oder Rosinen – »Käsekuchen«, sage ich. »Oder nein… vielleicht doch Schokolade. Ja, Schokolade.« Ich erröte.

»Also Schokolade«, wiederholt er, lächelt die Bedienung an, »und was möchtest du trinken?«

»Schoko«, sage ich leise. Ich entspanne mich langsam.

»Sie ist die Besitzerin«, sagt er. »Später kommen andere und helfen ihr, einstweilen bedient sie selbst.«

»Woher weißt du das?«

»Persönliche Information, ich komme oft hierher.«

»Magst du Cafés?«

»Ja.«

»Und woher nimmst du die Zeit?«

»Ich bin mein eigener Herr«, lächelt er.

Eine gewisse Leichtigkeit entsteht zwischen uns.

»Rauchst du?«, fragt er.

»Nein. Und du?«

»Siehst du ja. Eine Schachtel pro Tag.«

»Das ist eine Menge.«

»Ich habe vor zu reduzieren.«

»Und schaffst du's?«

»Wenn ich es mir vornehme, dann schaffe ich es.«

Ich erzähle ihm von Mark Twain, der sagte, dass es kinderleicht sei, das Rauchen aufzuhören.

Joram schaut mich an und sagt: »Ich habe es schon geschafft, von eineinhalb Schachteln auf eine herunterzukommen, also sieht es nicht schlecht aus.«

Und ich spreche ein stilles Dankgebet, dass mir Gott

nach Jehoiada, dem Verführungskünstler, und Uri, dem Gockel, Joram, den Fels beschert hat. Innere Ruhe. Zurückhaltung. Kein Herzklopfen, kein fliegender Atem. Klar und einfach. Ein breiter, asphaltierter Weg, kein Marmor, kein Treibsand, kein Pfad zu einem nächtlichen Gipfel, sondern eine breite Straße mit ordentlichem Bürgersteig und Haus.

Viele Monate sollten vergehen, bis ich begreifen würde, dass auch Einfachheit und Gelassenheit die dunkle Seite einer Illusion sein können. Dass der andere eine Spiegelung dessen ist, was wir in ihm sehen möchten. Wir verleihen ihm ein korrigiertes Spiegelbild, stutzen ihn mit Fleiß und Ausdauer auf Wunschformat zurecht.

Wie viele Jahre vergingen, bis ich seine genügsame Art als unsensible Verschlossenheit, seine Gelassenheit als Gleichgültigkeit empfand?

6

Ja, Dana, ja!

In der Prophetenstraße, Nähe King-George. Vierstöckige, massive Häuser, versteckt hinter Bäumen, seitlich verschattete Eingänge.

»Niemand wird uns stören«, hat Jehoiada gesagt. »Die Wohnung von Freunden. Kannst du um zehn kommen? Ich werde schon da sein. Klopf zweimal, Pause, und noch zweimal, damit ich niemand anderem öffne.«

Ich stürze mich in technische Details. Um einen Bibliothekstag bitten, wie Ora Efrat großzügig angeboten hat? Soll ich nass geschwitzt zu Fuß ankommen oder den Bus nehmen? Und was soll ich anziehen?

Denn eigentlich wurde nichts deutlich ausgesprochen.

Das Buch lag auf seinem Schreibtisch in einem braunen Umschlag, während seine Hände immer noch auf meiner Bluse ruhten: »Ich schlage vor, du verbesserst deine Englischkenntnisse. Die Sprache ist sehr leicht. Was du nicht verstehst, erkläre ich dir. Nächste Woche?«

Das unvermittelte Klingeln des Telefons schreckte ihn auf. Er ging zum Schreibtisch, setzte sich, hob ab. In kompetentem, unpersönlichem Ton vereinbarte er einen Termin für irgendeine Sitzung, während er auf den Bücherschrank starrte. Dann war er wieder neben mir: »Übersetze so viel du kannst bis nächste Woche, und komme mit den Fragen zu mir.«

Wieder nahm ein schrilles Klingeln des Telefons seine Aufmerksamkeit in Beschlag. Diesmal blieb er, nachdem er das Gespräch beendet hatte, nachdenklich vor mir stehen:

»Was hältst du davon, wenn wir uns an einem anderen Ort treffen, wo wir nicht gestört werden?«

Und ohne die Antwort abzuwarten, nannte er mir schnell Straße, Haus- und Wohnungsnummer. »Erdgeschoss, ein Keramikschild an der Tür, und wenn eine Nachbarin ins Treppenhaus spähen sollte, gehe einfach ein Stockwerk höher.«

Und ich, die ich ansonsten vergaß, die richtigen Hefte zum Unterricht mitzubringen, und bei Einkäufen mit Mama immer alle möglichen Kleinigkeiten verlor, stand wie betäubt da, war aber in der Lage, in einem Atemzug alle Instruktionen zu wiederholen.

War ich tatsächlich so in jenen Jahren? »Ja« oder »nein« oder »in Ordnung«, schlichte einsilbige Antworten eines unbedarften Mädchens? Oder haben die Jahre meine Erinnerung verzerrt? Wo bleibt die Entschlossenheit des jungen Mädchens, die Lust zum Scherzen, der Spott, mit dem sie sich über Klassenkameraden oder die Annäherungsversuche Fremder lustig macht?

Andererseits jedoch, braucht es nicht einen eisernen Willen und Seelenstärke, um eine heimliche Affäre mit einem bekannten und um so viel älteren Mann zu haben? Über vier Jahre kontinuierlich und noch zwei dahinsiechende, von denen jedes Einzelne genug für ein ganzes Leben bot? Wenn ich an den großen Altersunterschied denke, erscheint mir die Geschichte wie ein Witz.

Das erste Mal.

Man denkt darüber nach, ekelt sich davor, träumt davon, fürchtet sich davor. Sechs Monate danach, bei einem intimen Erfahrungsaustausch mit der peinlich berührten Dorit, versichere ich ihr, dass ich dennoch keinen Schaden genommen habe.

»Ich hätte das allererste Mal nicht mit irgend so einem aufgeregten Jungen schlafen können, der vorne und hinten verwechselt«, behaupte ich stolz. »Man braucht jemand mit Erfahrung.«

»Es ist völlig anders«, sagt sie mit glänzenden Augen, »ich versteh dich nicht. Wie konntest du nur.«

Ich verstehe mich selbst nicht.

Ich laufe mit weichen Knien die Prophetenstraße hinunter, habe das Gefühl, die ganze Welt schaut mich an. Nein nein nein nein, kreischen die Spatzen, gib Acht gib Acht, rascheln die Blätter, und eine Frau in Hausschuhen, die mit der Morgenzeitung vom nahen Kiosk zurückkehrt, wirft mir einen anklagenden Blick zu.

Die ganze Welt belügst du.

Nein, nur dich selbst.

Als ich zu Hause, vor dem Kleiderschrank, im letzten Moment entschied, doch die neue Unterhose anzuziehen, weiße Baumwolle mit roten Blümchen, war ich mir da bewusst, was ich tat? Wenn du aus dem Haus gehst, zieh frische Unterwäsche an, sagt Oma Schlaumeier listig, denn wer weiß, vielleicht hast du ja einen Unfall, der Rock rutscht hoch und alle sehen den grauweißen Fetzen darunter. Ist eine kluge Erwägung eine Lüge? Neue Unterhosen mit roten Blümchen, immerhin nur aus Baumwolle. Außerdem ist alles andere in der Wäsche, Oma.

Ich gehe auf Gummibeinen, vergesse nicht, mich zu versichern, dass ich nicht beobachtet werde, betrete das dämmrige Treppenhaus. Ich finde den Lichtschalter nicht, doch wieder öffnet sich die Tür, bevor ich klopfen kann, und dahinter, in einem schmalen Gang, steht Jehoiada mit seinem strahlend weißen Hemd, zieht mich in einer warmen Umarmung an seine Brust.

»Ich habe auf dich gewartet.«

Einen winzigen Augenblick höre ich in seiner Stimme den Nachhall eines leisen Zweifels, der Furcht, ich käme vielleicht nicht. Mit einem Mal fühle ich mich stark, selbstsichere Weiblichkeit, verbunden mit einer kindlichen Gewissheit. Ich schlendere ins Wohnzimmer, voll mit Sitzmöbeln und Ölgemälden, teils gerahmte Leinwände, die mit der Vorderseite zur Wand lehnen. Geruch nach Terpentin und Farbe.

»Ihr ständiger Wohnsitz ist im Künstlerdorf von Ein-Chud«, sagt er, »dort sind sie jetzt. Möchtest du was trinken?«

Und ich in bekannt einsilbiger Manier: »Ja.«

»Was?«

»Was gibt's?«

»Soda, Apfelsaft, ich glaube, auch Bier, ich werde nachsehen.«

»Apfelsaft.«

Entzückt von meiner neuen Macht, in der festen Überzeugung, niemand hätte je so etwas empfunden wie ich, folge ich ihm in die Küche – ein kleines Viereck mit teuren Einbauschränken. Er gießt den Saft in ein hohes Glas, und als ich trinke, stellt er sich hinter mich und umfängt meine Hüften, danach meine Brust.

»Ich habe die übersetzte Seite mitgebracht«, sage ich, als ich ausgetrunken habe, befreie mich aus seiner Umarmung und kehre ins Wohnzimmer zurück.

»Du hast Recht«, sagt er lächelnd, »an die Arbeit!«

»Es hat Stunden gedauert, und ich habe nur die Einleitung übersetzt, insgesamt eine Seite«, beschwere ich mich in sachlichem Ton und reiche ihm das Blatt.

»Das ist alles?«, fragt er.

Er beginnt, die Sätze zu überfliegen, die das glänzende

Meer am Fuß des Karmel beschreiben, die Felsen, die verstreuten Weingärten, das Haus der Aaronsohns, das an der Hauptstraße steht, die sich zu den Berghängen hinauf schlängelt, umgeben von Zäunen und Mauern der Häuser rings umher. »Und wenn man es betritt«, schwärmt die englische Verfasserin, »hat man das Gefühl, als habe man den Vorhang zu einer anderen Welt geöffnet. Die Welt der Brontë-Schwestern. Eine einzelne, außergewöhnliche Familie mit rätselhaften Helden voller Vitalität, nur dass in Brontës Roman alle von diversen Geistern und Leiden heimgesucht werden, wogegen es hier Wagemut und private wie öffentliche Initiative von geheimnisvollen Menschen gibt, Söhne eines Volkes, das sich selbst wieder zum Leben erweckt hat.«

»Das steht so nicht da«, sagt Professor Jehoiada. »Sie hat *reborn* geschrieben, eine Nation, die von neuem geboren wurde.«

»Auch gut«, sage ich.

»Ich weiß, was wir machen.« Er blickt mich an. »Wenn du jedes Mal auch nur eine Seite vorbereitest, wird sich deine Fertigkeit verbessern, und mit der Zeit wirst du sehen, dass du das, wozu du jetzt einen ganzen Tag brauchst, in zwei Wochen schon in einer Stunde schaffst.«

»Und wenn ich sechzig bin, kann ich schon sechzig Seiten machen –«

»So ungefähr«, lacht er. Und nach kurzer Überlegung: »Wann musst du die Arbeit abgeben?«

»In zwei Monaten.«

»Das ist ein echtes Problem.« Er mustert mich. »Aber wenn du ein braves Mädchen bist, helfe ich dir vielleicht.«

»Wie?«

»Indem ich dir Material aus fremden Sprachen exzerpiere.«

»Wirklich?« Ich bin ganz aufgeregt. »Wie wunderbar!« Und meine es ganz ernst.

Das Blatt fällt zu Boden, als er in meine Augen blickt. Funken sprühen aus den seinen. »Gehen wir nach nebenan?«, fragt er.

Dem *Springer* schlug ich vor, nach nebenan zu gehen. »Warum gehen wir nicht nach nebenan«, sagte ich, »wir sind keine geilen Teenager, die sich im Gebüsch verlustieren, wir sind zwei erwachsene Menschen, die die Bequemlichkeit lieben.« Und er folgte mir begeistert. Doktor Juval Karmi, Hals-Nasen-Ohren-Arzt, der in der sechsten Klasse in der letzten Reihe am Fenster saß – ein magerer Junge, der sich bei jeder Gelegenheit seine Unterhosen aus der Pospalte zog –, materialisierte sich vor meinen Augen im weißen Kittel in der Notaufnahme des Ichilov-Krankenhauses, in das ich meinen Vater gebracht hatte.

»Ihr könnt ihn doch nicht Stunden lang so liegen lassen!«, schrie ich die Schwester an. »Es ist noch nicht mal jemand vorbeigekommen! Auch wenn er alt ist –«

»Meine Dame«, wandte sich von hinten eine nervöse Stimme an mich, »gehen Sie bitte hinaus –«

Und ich drehte mich wutentbrannt um, als hätte ich nur darauf gewartet. »Ich werde erst gehen, wenn man ihn untersucht hat! Könnte vielleicht irgendjemand hier gefälligst die Verantwortung übernehmen«, keifte ich mit dem Arzt, der etwa in meinem Alter war, ein Lockenkopf, und die Augen –

Er öffnete schon die Lippen, um zu antworten, als uns beide der Blitz des Wiedererkennens traf und den Zorn sofort verpuffen ließ.

»Dana?!«

»Juvusch!?«

Wir lächelten einander an, und hinter dem weißen Kittel erkannte ich den mageren, quirligen Juval, den Knaben, mit dem ich mich vor langer Zeit im Sommerlager vom Lagerfeuer entfernt hatte – zwei verirrte Kinder, die die Sterne zählten und bis in die frühen Morgenstunden über die Existenz oder Nichtexistenz Gottes redeten.

»Wie wunderbar«, rief ich, »dass du hier bist! Ich habe gehört, dass du Medizin in Italien studiert hast, aber schon seit Jahren frage ich mich –«

»Und du?« Er packte meine Hand und besann sich mit einem Mal. »Komm, zuerst schauen wir, was mit deinem Vater ist, Erlebnisse können wir später austauschen.«

Er zog den Vorhang um das Bett zu und fügte hinzu: »Ich habe einen Termin. Man hat mich als beratenden Spezialisten gerufen, aber bis die Bereitschaftsärzte hier auftauchen, kannst du mir erzählen, was passiert ist.«

Doch da riss die Schwester bereits mit Schwung den Vorhang auf. Hinter ihr der Assistenzarzt, ihm folgte der verantwortliche Arzt. Sie warfen Juval einen Blick zu, starrten dann mich und meinen Vater an, und fragten dann mit dieser aufgesetzten Freundlichkeit: »Nun, was fehlt Ihnen, wo tut es weh?«

Und Vater versuchte sich aufzurichten. Seine Stimme zwischen den rasselnden Atemzügen war noch klar und verständlich. Um ihm nicht seine Würde zu nehmen, ging ich.

Sind es die Schmerzen, die mich daran hindern, beim Thema zu bleiben, oder die vielen ersten Male? Immer wieder überfällt mich die Angst: Wird mir etwas zum Erinnern übrig bleiben, wohin ich zurückkehren kann?

»Vicky!«, schreie ich. »Vicky!«

Diese verfluchte geschlossene Tür.

Würde sie es hören, wenn ich mich erbreche? Würde sie kommen, wenn ich aus dem Bett falle? Weiß glühendes Eisen steigt von meinem Unterbauch in den Magen, wühlt im Rücken, züngelt in kleinen Flammen, die zu Wellen hochschlagen. Gleich wird es ein tobendes Meer sein.

»Vicky!«, kreische ich mit letzter Kraft, und die Stimme zerbröselt an den Wänden wie Zementbröckchen, ohne Resonanz.

»Was, was denn?« Sie steht neben mir.

»Es tut weh, hier.«

»Telefon?«, fragt sie.

»Nein! Bring mir pills!«

Sie rührt sich nicht von der Stelle, betrachtet mich beunruhigt.

»Sofort, jetzt!«

Aber anstatt zur Küchenschublade zu eilen, geht sie zu dem Heft, in dem die Medikamente in allen Einzelheiten aufgelistet sind: Namen, Mengen, Zeiten, und kehrt verlegen zurück.

»Noch nicht«, sagt sie, »no time, not good.«

»Bring mir was!« Ich möchte schreien, aber meine Stimme kommt gequetscht heraus, klein, weinerlich, wie bei einem kleinen Mädchen.

Widerstrebend geht sie in die Küche, bringt eine halbe zerstoßene Tablette mit einem Löffel Pudding vermischt. Ich schlucke gierig, spüle mit Wasser nach, lege mich erleichtert zurück. Die Wellen schlagen noch höher, aber das Wissen, dass ihr Verebben absehbar ist, beruhigt.

»Schwester? Ask Michal?« Vicky steht wieder neben dem Bett, hält den Telefonhörer wie ein Fragezeichen in der Hand. Die verantwortungsbewusste Vicky, die ernsthafte Vicky. Wie ist es dem *Fels* nur gelungen, sie zu finden? Immer hat er sich in den Menschen getäuscht, hat ihnen einen

Kredit eingeräumt, den sie stets verspielten. Und wer Recht behielt und Feuerwehr spielte, war ich. Und ausgerechnet jetzt, da ich nicht mehr lange genug hier sein werde, um in den Genuss zu kommen, beginnt er sich zu entwickeln.

»Michal?!«, beharrt Vicky, beschreibt mit dem Hörer einen halben Kreis. Ich gebe nach.

Sie ruft den Pflegedienst an, wählt langsam. Ihre Augen verfolgen konzentriert die Ziffern, und als das Freizeichen am anderen Ende der Leitung ertönt, reicht sie mir den Hörer.

»Michal –«

»Michal ist bei einem Hausbesuch. Hier spricht Noa.«

»Hier ist Dana.«

»Schalom, Dana, schön dich zu hören«, sagt die Stimme am anderen Ende voller Wärme.

»Ich finde es nicht schön.«

»Was ist passiert?«

»Starke Schmerzen. Eine Stunde vor der üblichen Zeit.«

»Was hast du gemacht?«

»Ich habe eine Pille genommen.«

»Sehr gut«, erwidert die Stimme, die sich Noa nennt. Die Methode kenne ich bereits. Alles ist gut. Nimm eine Pille, gut. Nimm keine Pille, gut. Was immer du tust, sehr gut.

»Fühlst du dich jetzt besser?«

»Ja, ein wenig.«

»Ausgezeichnet. Es kann sein, dass ein neuer Medikamentenplan nötig ist. Moment mal, ich sehe, dass du für morgen in unserem Terminplan eingetragen bist, ja?«

»Kann sein«, erwidere ich zögernd. Ich erinnere mich nicht an Tage und Zeiten.

»Ist die Filipina da?«

»Ja.«

»Gib sie mir bitte.«

Als Vicky den Hörer entgegengenommen hat, sagt sie mit konzentriertem Gesichtsausdruck »O-kay, o-kay, o-kay«, jedes Mal in einem anderen Ton. Dann legt sie auf, lächelt zufrieden und geht in die Küche, um die Tabletten wieder in die Schublade und den restlichen Pudding in den Kühlschrank zu räumen sowie den Löffel abzuspülen.

Nebenan, im anderen Zimmer, zwischen Terpentindämpfen, steht ein Doppelbett mit einem roten Kordüberwurf. Jehoiada nimmt ihn ab und setzt sich. Ich an seiner Seite. Er rückt näher. Unsere Oberschenkel berühren sich. Er blickt mir in die Augen und fragt: »Ist dir bequem?«

Diese einfältige Sprache, der kindliche Ausdruck, die grüngrauen Sprenkel in seinen Augen. Ich versuche, mich auf sein Gesicht zu konzentrieren, fliehe vor dem Sturm, vor den Alarmsignalen, die mein Gehirn aussendet. Raus, schreit etwas in mir. Raus hier, aber schnell!

Er öffnet meine Blusenknöpfe mit bekannter Langsamkeit: Knopf und Streicheln, Knopf und Kuss, und als die Bluse auf dem Stuhl neben dem Bett liegt, fingert er hinten an meinem Rücken herum und öffnet den Büstenhalter. Während ich noch versteinert dasitze, die Hände an den Körper gepresst, löst er sich von mir und lehnt sich zurück: »Wenn ich noch jung wäre!«, sagt er, steht auf, legt das Jackett ab, hängt es über die Stuhllehne und wendet sich mir zu: »Ich gehe kurz nachschauen, ob alles abgeschlossen ist. Zieh dich aus und schlüpf unter die Decke, damit du dich nicht erkältest.«

Die gehorsame Marionette steigt ins Bett. Unter die Decke. Mit Socken und Hosen. Die Jeans ist eng und unbequem – eine verklemmte Sirene unter der Decke.

Jehoiada kommt herein, sein zufriedener Blick fällt auf mich. Was sieht er? Was kann er sehen? Den Lockenkopf eines jungen Mädchens, schmale nackte Schultern. Er zieht sein Hemd aus. Was ist weißer, seine Haut oder sein Unterhemd?

»Du wirst etwas lernen«, sagt er und hängt das Hemd über die Türklinke. »Ich verdecke das Schlüsselloch, damit keiner hereinspäht.«

»Jemand könnte kommen?!« Ich krümme mich entsetzt zusammen.

»Nein, natürlich nicht, aber du sollst lernen, immer auf das Unerwartete vorbereitet zu sein.«

Und dann seine Hosen. Er fasst sie am Saum, faltet sie nach allen Regeln der Kunst, parallele Kanten, und schon liegen sie auf der Sitzfläche des Stuhls, glatt wie gebügelt. In Unterhosen und Unterhemd – ein dünner Körper, größtenteils behaart – kriecht er schnell unter die Decke und schreckt überrascht zurück, als er unvermutet die raue Jeans spürt, die an Stelle von Milch und Honig auf ihn wartet.

Ein altes Schlachtross, kriegserprobt. Seine Hände wandern zu meinen Brüsten, umfassen sie mit sanft-festem Griff und gleiten hinab zu meinem Bauch, während seine Lippen an meinem Ohr knabbern.

»Dana, zieh sie aus.«

War das die Zauberformel, auf die ich gewartet habe?

Mich aufsetzend, mit dem Rücken zu ihm, schäle ich mich aus dem Rest. Eine kleine Seejungfrau wirft sich befreit in den Ozean. Nur sind meine Beine nicht elegant zusammengewachsen.

»Komm«, seine Stimme klingt ungeduldig, »komm her zu mir.«

Doktor Juval Karmi wollte eigentlich in seinem Zimmer in der HNO-Abteilung auf mich warten, doch außer zwei englischen Zeitschriften, die aufgeschlagen mit dem Rücken nach oben auf seinem Stuhl lagen, deutete dort nichts auf seine Gegenwart hin.

»Dein Vater wird sich erholen«, hatte er einige Stunden zuvor zu mir gesagt, als er die Notaufnahme verließ. »Ich denke, sie werden ihn in der Inneren unterbringen. Es sieht mir nach einem leichten Schlaganfall aus. Komm auf einen Sprung in meinem Zimmer vorbei, wenn du kannst, ja? Dann schließen wir die Lücken.«

Nächtliche Stille in der Abteilung, und die Schwester, die auf mich zueilte, dirigierte mich unwillig zu seinem Zimmer. »Sind Sie sicher, dass er da ist? Er hat Bereitschaftsdienst, und da ist man normalerweise zu Hause.«

Und inmitten des inneren Aufruhrs, in dessen Zentrum mein Vater steht, sagte ich mir: Idioten, natürlich wartet er in seinem Zimmer auf dich, aber doch nicht in der Nacht. Doktor Karmi ist nicht mehr der Juvusch, der seine Unterhosen aus dem Hintern zieht. Er hat eine Frau, Kinder, Familie –

Doch da öffnet sich die Stationstür, und im Licht, das aus dem Schwesternzimmer fiel, vergrößerte sich der Schatten des Eintretenden, bevor er wieder schrumpfte und zu Juval im weißen Kittel wurde, der mich anlächelte: »Ich war oben und habe nach deinem Vater geschaut. Er schläft jetzt. Ich dachte, du seist nach Hause gegangen.«

Er holte zwei Tassen Kaffee aus der kleinen Personalküche und setzte sich mir gegenüber. Wir betrachteten einander lächelnd.

»Du hast dich nicht verändert«, sagte er. Und ich, zu müde, um auf die Worte zu achten: »Nun, wirklich, neunzehn bin ich ja wohl nicht mehr.« Doktor Karmi bestätigte verlegen: »Natürlich nicht, ich habe nur gemeint, dass du jung aussiehst.« Und dann stellten wir beide Überlegungen über das Alter an und die Zeit, die vergangen war, und ich sagte: »Jung werden wir nie mehr sein«, und er entgegnete: »Hauptsache gesund.«

»Was sind denn das für Töne?«, warf ich ein. »Eine geriatrische Jahresversammlung?«

»Daran ist die Nacht schuld«, bekannte er. »Ich fühle mich entblößt in der Nacht.«

Und das Wort »entblößt« hatte eine Wirkung auf mich, die dutzende Komplimente nie hätten haben können.

Verheiratet, Facharztausbildung beendet, ein Kind, das zweite unterwegs, antwortete er mir auf meine Fragen, wenn auch nicht genau in dieser Reihenfolge.

»Verheiratet, Doktorarbeit ausgesetzt«, erwiderte ich.

»Welches Fach?«

Ich ahnte damals wohl schon, dass ich sie kaum jemals abschließen würde, denn ich hielt mich an die knappen Fakten. »Die nationaljüdische Besiedlungsgeschichte Palästinas, aber ich habe keine Lust, mich darüber zu unterhalten.«

»Ich verstehe«, sagte er mit traurigem Ernst im Blick. »Kinder?«

»Auch darüber möchte ich nicht reden.«

»Voller Geheimnisse«, murmelte er. Doch auf einmal lächelte er. »Dana, eine Frage, die mich seinerzeit gequält hat. Warum hast du nicht auf meinen Brief geantwortet?«

»Brief?« Ich war plötzlich aus dem Konzept gebracht.

»Du weißt schon, am Ende der sechsten.«

»Sechsten?«

»Ich habe ihn mit der Post geschickt.«

»Nein«, ich beschloss, mich dumm zu stellen, »ich habe nichts bekommen.«

War es Erleichterung oder Ungläubigkeit, die sich auf seinem Gesicht abzeichnete?

»Was stand denn drin?«, fuhr ich rasch fort.

»Nichts von Bedeutung«, antwortete er und zuckte mit den Schultern.

Und ich, nach zehn guten wie schlechten Jahren Ehe, trainiert in Verstellung vor dem anderen und mir selbst, spürte, wie meine Sinne sich schärften. Vielleicht war das die Erlösung, auf die ich in der täglichen Öde wartete.

Vaters Zustand verschlechterte sich. Eine Sonde in der Nase, Infusionskanülen an der linken Hand, die Lähmung in seiner rechten Wange wirkte wie ein permanentes Lächeln. Ich besuchte ihn morgens und abends, studierte die Infusionsbeutel, wischte sein Gesicht mit einem feuchten Papiertaschentuch ab.

Ich lernte die Namen der Schwestern kennen, die ihrer Kinder oder Freunde, erkundigte mich nach ihrem Befinden und plauderte mit ihnen, bis sie mich am Ende mit einem breiten Lächeln am Morgen begrüßten und mir erlaubten, bis spät in die Nacht hinein bei meinem Vater zu bleiben.

Doch als seine Körpersysteme zu versagen begannen und ich verlangte, dass er auf die Intensivstation verlegt würde, wo, wie sich herausstellte, kein Platz war, als der stellvertretende Stationsarzt kam, um mich zu beruhigen, und ich einen sturen Kampf begann, gegen Mauern rannte und völlig die Beherrschung verlor – da nahm mich Juval sanft an der Schulter und führte mich in die Cafeteria hinunter. »Man beginnt keine Kriege, die nicht zu gewinnen sind. Ein Mann, der die achtzig überschritten hat, nun, wirklich, was willst du, lass ihn gehen.«

Ich werde mich jetzt nicht an Papa erinnern. Nicht jetzt und nicht später. Manchmal, wenn ich in der Nacht aufwache, weder von Schmerzen noch vom Druck der Blase geplagt, denke ich, um wie vieles besser mein Los doch ist. Ich liege in meiner Wohnung, in meinem Bett mit der Hohlgummiunterlage, mit meinen Gerüchen und meinem Parfüm.

Doch vielleicht ist auch das eine Lüge, eine von vielen. Ich nehme die Tatsachen und käue sie wieder, je nach Geschmack. Manchmal sind sie gut, manchmal erträglich, manchmal grauenhaft. Wie das Maß an Schmerz und Verlust, das niemals im Verhältnis zu der Lehre steht, die man angeblich daraus zieht.

In diesen langen Nächten finde ich Entspannung in den auf und ab wogenden Erinnerungen erotischer Augenblicke an der Schwelle zum Sex. Sehne mich nach der Unschuld der Berührung, die noch nicht auf ein Ziel oder Vollendung ausgerichtet ist, nur die fieberhafte Suche danach, was jenseits davon liegt. Und ich bin mir fast sicher, dass sich die Bilder früher oder später zu einem Guss ohne Anfang und Ende formen werden, nur ein Rad, das um sich selbst kreist.

Jehoiada liegt neben mir unter der Decke in einer Wohnung seiner Bekannten. Dana liegt neben Jehoiada unter der Decke in der Wohnung von Fremden. Die Decke ist weich, die Kissen sind groß. Schon zum zweiten Mal liegt sie nun in einem breiten Bett mit großen Kissen, und wieder tun sich Abgründe in ihrem Körper auf, die ihr Hirn nicht gewöhnt ist.

Jehoiada atmet schwer. Mit einer Hand stützt er seinen Kopf auf, die zweite befindet sich zwischen meinen Schenkeln. Er bohrt dort, sagt sie sich. Vielleicht findet er Öl.

Das ist die Dana über dem Bett, die sich über die Dana unter der Decke lustig macht.

»Du hast noch keinen Freund gehabt?«, hört sie ihn fragen.

»Nein.«

»Du willst damit sagen«, fährt Jehoiada fort, »dass kein Junge jemals versucht hat, mit dir zusammen zu sein, dass die jungen Männer von heute eine Schönheit wie dich nicht einmal befummeln?«

Das Wort »befummeln« hängt grob und abstoßend im Raum.

»Weil ich sie nicht lasse«, antwortet Dana, eine Aussage, die sich allerdings gerade selbst widerlegt.

»Niemand hat je seine Finger hierher gelegt?«, fährt Jehoiada fort, streicht mit seinem Daumen über das Schamhaar und lässt die übrigen vier Finger in das kleine Dreieck zwischen den zusammengepressten Schenkeln gleiten.

»Und hier?«

»Und hier?«

»Und hier?«

Jeder Finger ertastet sich eine andere Stelle, und Dana ist ganz stumm, bis sie spürt, dass ihre Schamlippen geteilt werden und ein Finger beginnt, dort wie verrückt zu kreisen.

»Nein!«

»Ja, Dana, ja!«

»Nein!«

»Lass mich, es ist an der Zeit.«

Und er legt sich auf ihren Körper, der unter ihm zittert, teilt mit seinem Knie geübt ihre Schenkel; und sie spürt ein anderes Körperglied, größer als ein Finger, elastischer, glatt und heiß, zwischen ihren Lenden, Einlass begehrend.

»Lass mich ein, Dana.«

Wie?, möchte sie schreien. Ich weiß es doch nicht!

»Lass mich, meine Geliebte, meine Schöne.«

Und er drückt und presst, immer wieder. Sie spürt jede Muskelbewegung, jedes Zucken. Ein einäugiger und hungriger Kopf, der nicht aufhört zu suchen, bis er findet. Das ist der Lauf der Welt.

»Bin ich drin?«, fragt er. »Leg deine Beine auf meinen Rücken.«

Und sie legt die Beine auf seinen Rücken.

»Ja, so«, sagt, er, »Dana, so ist es gut.«

Und vor und zurück und vor und zurück schaukelt Professor Jakir Jehoiada sein Hinterteil samt seinem Körper, und mit ihm schaukle ich, spüre viel Nässe und Wärme. Mit einer Hand knetet er meine Brust; er küsst meinen Hals, meinen Mund, bohrt mit harter, elastischer Zunge in meiner Ohrmuschel – und ich verfolge alles mit höchster Aufmerksamkeit, verwundert. Kein Schmerz, kein Blut, nur ein gespannt angenehmes Gefühl, ein schrecklicher Hunger nach der Berührung seiner Hand, dem Klang seiner Stimme.

Nun, sage ich mir zum Trost, anscheinend liebe ich dich.

Das erste Mal.

Je weiter es sich entfernt, desto mehr variieren die Versionen. War es so oder nicht so? Hat er das gesagt oder nicht? Hat er berührt oder war ich es? Sehnsucht erzeugt ein Glück, das der Wirklichkeit nicht standhält.

Als er aus mir schlüpft und ins Badezimmer stürzt, suche ich auf dem Bettlaken nach Spuren, aber vergeblich.

»Deine Augen funkeln«, sagt Jehoiada mit einem breiten Lächeln, als er zurückkommt und seine Unterhosen anzieht. Sein Glied baumelt schlaff herunter. Und als er seine Hose zugeknöpft und das Hemd angezogen hat, an dem wieder die goldenen Manschettenknöpfe blinken, wartet er, während ich mit dem Reißverschluss der engen Jeans kämpfe. Als ich fertig bin, fasst er mich an den Schultern und führt mich zum Spiegel am Eingang.

Ein Mädchen mit zerzausten Haaren und strahlenden Augen schaut mir fragend entgegen.

»Siehst du«, sagt er, »schau dir diesen Blick an, wie eine Katze, die Rahm genascht hat.«

Und er dreht mich zu sich herum, drückt meine Brust an seine, legt seine Arme um mich und küsst meine Stirn, meine Augen, meine Lippen. Ich öffne den Mund, lasse seine Zunge eindringen, die schnell über meine fährt. Plötzlich löst er sich von mir: »Oh, Dana, ich wollte dich jetzt noch einmal, aber sie könnten kommen.« Dann schiebt er das vergessene Blatt Papier in meine Hand und bringt mich zur Tür. Ich trete hinaus in den späten Vormittag, benommen, schwindlig; jede Pore brennt, jeder Nerv singt, ich hab's getan, ich hab's getan. Aber ich weiß nicht, was genau ich getan habe und wie ich derart schnell auf die Straße gelangt bin.

Am Abend kommt ein Anruf.

»Dana, für dich«, sagt Mama, »es ist der Bibliothekar.« Sie reicht mir den Hörer.

»Du hast das Buch bei mir vergessen«, Jehoiadas Stimme.

Meine Stimmbänder versagen.

»Kann man mich hören?«

»Nein«, stoße ich erstickt hervor, finde die Sprache wieder.

»Wie geht es dir?«

»Alles in Ordnung.«

»Wirklich?«

»Ja.«

»Hast du Sehnsucht?«

»Ja. Sehr.«

Schweigen am anderen Ende, und dann: »Gute Nacht, mein Liebling.«

Meine Beine beginnen zu zittern. Ich lege den Hörer auf und haste in mein Zimmer, vollkommen aufgelöst. Wenn es so etwas wie Liebe auf der Welt gibt, dann ist das Liebe.

Am Morgen sind meine Lippen noch immer geschwollen. Mein Körper scheint einen anderen Antrieb zu haben, als seien manche Sehnen erst jetzt durch den Haut-zu-Haut-Kontakt aktiviert worden. Als sich die Haustür hinter mir schließt und mich ein gewöhnlicher israelischer Herbstmorgen empfängt – weiche Feuchtigkeit, von Westen ein unentschlossener kühler Wind, ein schwacher Geruch nach Meer und gemähtem Gras – da möchte ich singen. Ich hab's getan.

Gestern habe ich noch versucht, Dorit am Telefon zu erreichen. Sie war nicht da. Auch zu Hausaufgaben war ich nicht in der Lage. Das Heft vor mir, ließ ich erneut die Bilder Revue passieren, die verschiedenen Berührungen, jedes Wort hallte in mir nach. Die Art des Lächelns, der Klang der Stimme, die Bewegung des Fingers, der Bruchteil eines Blicks. Aber wo bin ich in all dem? Meine Beteiligung geht in einer amorphen Masse von neuen Empfindungen unter: noch und noch und noch.

Wenigstens wirst du hundert Punkte auf die Arbeit über die NILI kriegen, redete ich mir ein. Kein Schüler der achten Klasse im ganzen Land wird eine so großartige Arbeit wie die meine abgeben. Detailliert und fundiert, wiederholte ich mir zur Bestätigung. Ich sammelte die Seiten zusammen, die ich inzwischen geschrieben hatte, nahm sie mit ins Bett und versuchte, sie mit seinen Augen zu betrachten. Diese kindliche Handschrift, viel zu rund. Ich muss einen anderen Stift verwenden, sagte ich mir. Ein Füller mit schwarzer Tinte wird den Buchstaben mehr Reife verleihen.

Zusammengekauert unter der Decke auf meinem Jugendbett, dessen Schmalheit mir erst jetzt bewusst wurde, umschlang ich mit beiden Armen meinen Körper. Mit angezogenen Knien, gequetschten Brüsten, in Embryohaltung, sprach ich probeweise seinen Vornamen aus: »Jakir.« Doch der Klang war künstlich, und ich kehrte zu Jehoiada zurück, so wie ich ihn in den folgenden Jahren immer nennen würde, bis er schließlich mehr und mehr verblasste. O Gott, nur du weißt, warum ich mit dieser schwierigen, langen und wunderbaren großen Liebe geschlagen wurde.

Nicht immer dachte ich, dass sie wunderbar sei. Und nicht sofort. Sicher nicht, als ich mit dem *Traumkandidat* zusammen war, und auch danach, in den guten wie schlechten Jahren der gesegneten Eintönigkeit meiner Ehe, kam ich nie darauf zurück. Weshalb wirft sie also ausgerechnet jetzt, in der endgültigen Bilanz der Empfindungen, als imaginäre Zuflucht vor dem Schmerz und meiner derzeitigen Lage, einen so großen Schatten?

Woher nehme ich diese perverse Energie, aus dem Schmerz den Genuss herauszufiltern?

Woher kam dieses verquere Talent, die diversen Rollen zu spielen: Schülerin, Tochter, Freundin, Liebende, Geliebte, Soldatin, Studentin, ohne zusammenzubrechen? Diese Schizophrenie, ständig zu schwören aufzuhören und weiterzumachen? Entschlossen zu sein, seine Wohnung ausfindig zu machen, in seine alltägliche Ruhe hineinzuplatzen und es seiner Frau zu stecken, sich mit seinen Kindern anzufreunden, seinen Nachbarn – und es doch nicht zu tun? Nur immer denken, fantasieren, ausmalen.

Groß, schwierig, wunderbar – und gestört.

7
Es erinnert mich an einen Satyr

»Was für ein Perverser«, sagt Dorit, die von einem Treffen mit ihm zurückkehrt, völlig außer sich. »Ich versteh dich nicht, was hast du an dem bloß gefunden?«

Ich blicke sie hilflos an.

»Aber wir lieben uns.«

»Bullshit.«

»Was war denn?«, frage ich beklommen.

»Er wollte wissen, ob du mit Jungen ausgehst.«

»Na, siehst du«, atme ich erleichtert auf, »das ist Eifersucht, ein Zeichen, dass er mich liebt.«

»Idiotin. Er hat versucht, mich anzumachen.«

Ein messerscharfer Schmerz, kaum auszuhalten.

»Darf ich dir einen Kuss geben«, imitiert sie seine Stimme.

»Wo?«

»An der Tür, als ich gegangen bin.«

»Nein, wohin?«

»Ach so, woher soll ich das wissen. Ich habe nein gesagt.«

Und in dem Schweigen, das zwischen uns eintritt, fühle ich mich wie ein Fußabstreifer.

»Das ist seine Art, sich von Frauen zu verabschieden, ich weiß«, versuche ich, die Scherben zu kitten, »er ist von der alten Schule.«

»Bullshit«, sagt Dorit noch einmal, was sehr untypisch für sie ist. »Ich sag dir eins, Dana, du willst der Wahrheit nicht ins Auge schauen. Es kann ja sein, dass er dich liebt, aber er macht jede an.«

Wir waren bereits beim Militär, Dorit klebte an dem jungen Offizier, der ihr zukünftiger Mann werden sollte, und ich verließ in dienstfreien Nächten immer noch den Stützpunkt, für flüchtige Treffen im viereinhalbten Stock, wenn das Licht auf der Terrasse erloschen war.

»Wie erklärst du dir dann die Briefe, das Geld und die Geschenke, die ich nicht annehmen will, die Anrufe?«

»Ich hab's doch gesagt«, wiederholt Dorit, mit dieser Aufrichtigkeit, die unsere Freundschaft über so viele Jahre hinweg bestimmt hat, »kann sein, dass er dich liebt, aber er ist ein geiler alter Bock.«

Die Schrift an der Wand: Geiler alter Bock. Als ob ich das nicht selbst wüsste. Als ob er nicht jede x-beliebige andere lieben würde, die ihn ranließe.

Doch damals, an jenem Morgen, der auf den Tag des ersten Mals folgte, fliege ich zur Schule. Schwebe. Der große Forscher, der Dozent Professor Jehoiada, hat mich von allen auserkoren. Ich muss Dorit sehen. Als ich auf dem Schulhof ankomme und ihr Gesicht unter den anderen ausmache, sagt ihr mein Blick, dass es vollbracht ist. Wir verschwinden durchs Seitentor, eilen zu einem Hauseingang nebenan und setzen uns auf eine Stufe. Dorit wartet gespannt, während ich noch nach den richtigen Worten suche.

»Wo warst du denn gestern Abend?«

»Wir sind zur Tante gefahren, das hab ich dir doch gesagt.«

»Ach, ich …«

»Als du nicht in der Klasse warst, wusste ich, dass du dich entschlossen hast hinzufahren – wart ihr in Zichron?«

»Nein, hast du's vergessen? In der Prophetenstraße.«

»Ha, wie viele Wohnungen hat der eigentlich? Ist er reich?«

»Die gehört Bekannten, einem Maler.«

»Na so was, wie heißt er?«

»Das weiß ich nicht.« Die Details sind wie ausgelöscht.

»Wie kommt das«, frage ich Dorit, »dass ich das vergessen habe?«

»Jetzt hör mit dem Blödsinn auf«, erwidert sie, »ist doch völlig egal. Merkst du eigentlich, dass du mir noch gar nichts erzählt hast?«

Und ich erzähle es ihr in allen Einzelheiten. Die Umarmung am Eingang, das Bett mit dem Kordüberwurf, das Liebesgeflüster, der Anruf am Abend.

Dorit hört zu, mit großen Augen, und gemeinsam erleben wir den vergangenen Morgen noch einmal, lassen ihn hier und jetzt zur Gegenwart werden.

»Aber merkst du«, sagt sie wieder, »dass du mir die Hauptsache noch nicht erzählt hast?«

Und ich kehre zum Wesentlichen zurück, zum ersten Mal, dass es auch nach dem zweiten Mal noch bleiben wird, und umso mehr nach allen anderen Malen, und das alles, was noch folgt, überschatten wird. Ich versuche, es zu umschreiben.

»Hat's wehgetan?«

»Nein.« Wir wundern uns beide darüber.

»Geblutet?«

»Nein«, staunen wir wieder.

»Dann war es vielleicht keine Penetration.« Sie benutzt den Ausdruck aus dem Sexualkundeunterricht der Schulschwester.

»War es schon, ich hab's gespürt. Er ist rein und raus, ich hab's gespürt. Aber es war nur so ein Druck, kein Schmerz.«

»Komisch«, meint Dorit, »vielleicht hat er so einen kleinen.«

Ich bin beleidigt. »Woher willst du denn das wissen«, fahre ich sie an, »oder erzählst du mir vielleicht nicht alles!«

Dorit lacht. »Von meiner Schwester, was glaubst denn du? Sie hat mir einmal alles ganz genau erklärt. Dann hattest du eben Glück.« Sie beschließt, nett zu sein. »Vielleicht hat er dich gut vorbereitet.«

»Ja«, sage ich eifrig, »schließlich hat er ungeheuer viel Erfahrung.«

Das würde ich auch eineinhalb Jahre später zu ihr sagen, als ich sie zu dem Treffen mit ihm schickte.

»Er kennt dich schon so gut aus meinen Erzählungen. Es wird Zeit, dass du ihn mal kennen lernst.«

Aber das waren nicht meine Worte.

»Meinst du nicht, dass du mir allmählich deine Dorit vorstellen solltest? Seit eineinhalb Jahren höre ich nun Geschichten über sie.«

»Weiß nicht, sie ist sehr beschäftigt.«

»Bring sie doch mal mit. Nicht hierher«, lenkt er ein, als er den Unwillen in meinem Blick sieht, »wir setzen uns zusammen in die Cafeteria vom Scharett-Institut. Es weiß ja keiner.«

»Sie wird bestimmt nicht wollen, ihre Freizeit verbringt sie mit Itzik.«

»Dann soll sie ihn mitbringen, warum nicht? Ich möchte deine Freunde kennen lernen. Findest du nicht, dass das ganz natürlich ist?«

Und ich, ständig von Gedanken an seine Frau, seine Söhne, seinen Tagesablauf, in dem ich nicht vorhanden bin, gequält, lenkte ein, war nachgiebig, geschmeichelt.

Doch Dorit wollte kommen, und zwar ohne Itzik. »Nur wir beide«, sagte sie, »und dann?«

»Schau ihn dir an, und sag mir, was du von ihm hältst. Ob er mich wirklich liebt.«

»Weißt du das noch immer nicht?«, fragte sie. »Ihr seid doch schon so lang zusammen.«

»Trotzdem.«

Ich fühle mich nicht sicher. Nie.

»Du liebst mich?«, fragte Jehoiada. »In meinem hohen Alter? Mit meinem verfallenden Körper?«

»Willst du bei mir bleiben, auch wenn ich hinke, an Krücken gehe? Zittere?«

»Was findest du an mir, an einem Greis mit dreiundsechzig?«

»Meine Dana, eine Schwalbe macht noch keinen Sommer für einen verregneten Winter.«

Wir haben eine Routine für unser Leben gefunden, zwei Mal in der Woche, und wenn das Herz zu sehr schmerzt, vereinbaren wir ein zusätzliches Treffen, dazwischen Briefe und lange Telefongespräche.

Auf meine stille, nicht fordernde Art, habe ich es geschafft, ihn an mich zu binden. Oder um der Wahrheit die Ehre zu geben: Dem jungen Körper, der sich zu öffnen, zu reagieren begann, ist das gelungen, was keine Worte zu Stande bringen.

Eines Nachmittags, als ich auf dem Teppich einen Gedichtband lese und er gerade ein Telefongespräch beendet hat, vernehme ich seine klangvolle Stimme, sie hüllt mich ganz und gar ein: »Dana –«

Ich hebe mein Gesicht zu ihm empor –

»– ich liebe dich.«

Juval, der *Springer*, sagte: »Ich habe dich geliebt.« Uri, der *Traumkandidat*, sagte »ichliebedich«, in seiner flüchtigen, sprunghaften Art. Nur der *Fels* tat sich schwer damit. »Was ist Liebe?«, wollte er wissen, als er um meine Hand anhielt. »Wenn es heißt, zusammen sein zu wollen, dann liebe ich.«

Und ihn heiratete ich.

Zu guter Letzt beschlossen wir, Dorit und ich, dass wir uns in seinem Büro in der Manestraße mit ihm treffen würden und nicht in der Cafeteria.

»Ich möchte, dass du den Ort siehst, genau weißt, wie es dort ausschaut, ihn erspürst, und mich vielleicht besser verstehst«, erklärte ich Dorit mit den Worten, die er zu mir sagte, bevor ich nach Zichron-Jakov fuhr.

Einen Tag vor unserem Dreiertreff bekam ich Fieber. Das Kratzen im Hals vom Abend zuvor wuchs sich zu einer Mandelentzündung aus. Ich konnte nichts essen, nicht schlucken, meine Stimme war heiser, das Thermometer stieg.

Dorit rief an, war ratlos.

»Vielleicht kann ich ja trotzdem mitkommen?«, schlug ich vor.

»Auf gar keinen Fall«, protestierte Dorit. »Mit Fieber aus dem Haus gehen? Willst du dir eine Lungenentzündung holen?«

»Dorit«, krächzte ich ins Telefon, »geh allein hin.«

»Wieso denn?« Sie war alarmiert.

»Sag ihm, dass ich krank bin. Damit er nicht wartet.«

»Ich geh nicht allein.«

»Tu's für mich.«

»Was soll ich denn überhaupt mit ihm reden.«

»Da kannst du dich ganz auf ihn verlassen«, antwortete ich, »er hat eine Menge Erfahrung.«

So wie Ora Efrat mich zu ihm geschickt hat, schickte ich nun Dorit zu ihm.

Erfüllte, ohne es zu merken, die feuchten Träume eines alternden Mannes.

Früher einmal hat mich die Frage gequält, was ein Mann fühlt, wenn sein Penis eindringt. Inzwischen nehme ich an, dass ihn die Frage beschäftigt, was eine Frau fühlt. Wissen wollen, was der andere spürt, die Quadratur des Kreises – Jehoiada erwartete Dorit nicht hinter dem Türspalt, doch er servierte ihr Kaffee und platzierte sie neben sich auf das Sofa.

»Er hat mir Komplimente gemacht«, fährt Dorit mit offensichtlicher Zurückhaltung in ihrem Bericht fort.

In mir arbeitet es fieberhaft.

»Hat gefragt, ob das meine natürliche Haarfarbe sei. Gesagt, dass meine Augen poetisch seien. Wie erträgst du das bloß?«, fragt sie mich.

Und ich dumme Kuh rede mir stur ein: Bei mir ist es anders, bei mir ist es was ganz anderes.

»Wir haben über dich geredet. Er sagte, du seist sein Augenstern.«

»Augen was?«

»Na, du weißt schon, dass du ihm teuer wie sein eigener Augapfel bist und so was. Das waren seine Worte.«

»Dann liebt er mich. Siehst du, er hat sich nicht geschämt. Du bist der erste Mensch, der von uns weiß, und er hatte keine Angst –«

»Nun gut«, entgegnet sie, »er weiß, dass ich euch kaum schaden werde, aber wie kannst du so einen Typen nur ertragen?«

»Er hat mich sexuell befreit«, sage ich zu ihr. Mit voller Überzeugung. »Er hat mich von dem Ekel befreit.«

Sie mustert mich mit ihren hellen poetischen Augen.

»Vielleicht«, meint sie nachdenklich, »sicher hat er ungeheuer viel Erfahrung, oder?«

Das Treffen zu dritt fand nie mehr statt. Als ich ihn nach einer langen Genesungsphase wieder sah, warf ich mich in seine Arme, drückte meinen Kopf in seinen Hemdausschnitt und sog tief seinen Duft ein.

»Gesund?«, flüstert er in mein Haar.

»Völlig.«

»Tatsächlich?«

»Warum?«

»Weil ich darüber nachgedacht habe, weshalb du wohl nicht zu dem Treffen mit Dorit kommen wolltest.«

»Wieso nicht wollte?! Ich hatte hohes Fieber.«

»Ich behaupte nicht, dass du kein Fieber hattest«, fährt er fort, während wir wie immer zum Sofa gehen, und ich mich auf seinen Schoß setze, seine Arme schützend um meinen Körper, sein Mund an meinem Ohr. »Ich bezweifle nicht, dass du krank warst, aber warum ausgerechnet vor dem Treffen? Wolltest du, dass sie allein kommt? Um mich zu prüfen? Um sie zu prüfen?«

»Im Gegenteil!« Ich bin wirklich wütend. »Du weißt ganz genau, dass ich anfällig bin für Angina.« Das Echo der Stimme meiner Mutter.

»Der Körper tut das, was die Seele verlangt.« Er lässt seine Lippen über mein Ohr gleiten. »Du überzeugst mich nicht.«

Er öffnet meine Bluse, befreit eine Brust aus dem Büstenhalter, und als ihn das Klingeln des Telefons zum Schreibtisch gehen lässt und ich halb nackt zurückbleibe, bedeutet er mir näher zu kommen, dirigiert mich zwischen seine Knie. Mit einer Hand hält er den Hörer, mit der anderen fingert er in mir herum. Ich streichle seinen Arm, spiele mit seinen Achselhaaren.

Seine Lippen formen sich zu einem Schmollmund, fordern mich auf fortzufahren. Ich dringe mit meiner Hand unter sein Hemd, streichle seine Brustwarzen. Unsere Hände agieren mit einem Mal parallel, er auf meiner nackten Haut, ich unter seinen Kleidern. Bis er, sein Gespräch fortsetzend, meine Brust loslässt und meine zweite, unbeschäftigte Hand auf seinen Hosenschlitz legt, den ich geschickt öffne, aus dem Unterhosenschlitz – weshalb darf er eigentlich weiße Baumwolle ohne Spitze tragen? – sein Glied heraushole, das lustvoll auf die Berührung meiner Hand reagiert.

Er holt tief Atem und signalisiert mir weiterzumachen. Ich streichle den Kopf des Einäugigen, fahre zart zur Wurzel hinunter, und als Jehoiada seine Beine ausstreckt und ich auf seinen Schoß gleite, nehme ich die andere Hand von seiner Brust und konzentriere mich nun mit beiden Händen auf sein Glied: eine an der Spitze mit kreisenden Bewegungen, die zweite reibt gedehnt auf und ab, fühlt die Härte, die langsam entsteht. Währenddessen beendet er das Telefongespräch, stößt einen genussvollen Seufzer aus und umklammert mit beiden Händen meine Brüste.

»Ohhh, Dana, das ist herrlich.«

Doch eine Sekunde später ergreift er meine rechte Hand.

»Nicht so. Warte, ich werde es dir beibringen.«

Lehrer und Schülerin. Wer ist die Kuh und wer das Kalb? Denn nachdem er meine Bewegungen beschleunigt und mir die richtige Richtung gezeigt hat, nämlich von oben nach unten mit wechselndem Druck, verhärtet er sich zur Gänze und ergibt sich der Berührung. Ich rutsche zwischen seinen Knien auf den Boden, auf den Bewegungsablauf konzentriert wie auf einen neuen Tanzschritt: streicheln, drücken, nach unten fahren, streicheln, drücken, nach unten fahren, streicheln –

»Ist es schön für dich?«, fragt er mich heiser.

»Ist es schön für dich?«, entgegne ich.

»Sehr, aber ich möchte, dass es auch für dich schön ist.«

Er richtet sich auf, legt mich über den Schreibtisch, zieht mir hastig die restlichen Kleider aus und stöhnt entzückt auf, als er in mich einzudringen versucht.

»Oh, du bist ja ganz nass«, freut er sich, als hätte er einen Preis gewonnen.

Während er seinem Glied mit der Hand nachhilft, murmelt er:

»Wo ist sie, wo ist meine Höhle?« Und ich, die Frau aller Träume, komme ihm entgegen, öffne sperrangelweit die Pforte.

»Ohh«, seufzt er, »ohhh –«

Lehrer und Schülerin. Wer ist die Kuh und wer das Kalb?

Mit geschlossenen Augen über mich gebeugt, rein und raus in stetem Rhythmus. Mit halb geschlossenen Augen beobachte ich ihn, mustere seine Falten, seine längliche Nase, seine geschwungenen Lippen, dicht vor mir in vollkommener Konzentration. Er ist ganz und gar mein.

Das bin ich, denke ich, ich mache das mit ihm.

Und ich erbebe vor der Stärke meiner Macht, erwidere seine Bewegungen, versinke in dem monotonen Geschaukel, nehme sein Gemurmel in mich auf. Ich vergehe vor Liebe.

Der *Traumkandidat* trat in mein Leben, als ich ihn brauchte. Ich ging auf der Universitätsstraße die breiten, von Rasen gesäumten Treppen hinunter, vor mir die gerade Linie des Mittelmeers, und wühlte in meiner Tasche nach der Geldbörse.

»Brauchst du Hilfe?«, fragte neben mir der Traumprinz.

»Hängt davon ab, wobei.«

»Bei dem Klima verdorrt auch das Wobei«, erwiderte er, und trotz seines spöttischen Tones klang er für mich hinreißend originell.

»Ich suche Geld für den Bus«, entfuhr es mir ganz spontan.

»Dermaßen direkt und aufrichtig«, wie er mir danach erzählte, »dass ich beschlossen habe, dich kennen zu lernen.«

»Ich stehe zur Verfügung, ich habe einen Motorroller.«

»Schön für dich.« Ich betrachtete ihn – ein gutes Stück größer als ich, braunes Haar und braune Augen – und war sofort von ihm angetan. Vielleicht wegen der Stupsnase, dem schlanken, hoch gewachsenen Körper. »Was für ein Glück, nicht von öffentlichen Verkehrsmitteln abhängig zu sein.«

»Was hast du eigentlich immer mit dieser Abhängigkeit?« Seine Augen lächelten. »Studierst du etwa Jura?«

Ich musste laut auflachen. »Nein, ganz und gar nicht, Geschichte.«

»Wenn dem so ist, dann gehört dieser schwarze Kopf mir. Darf ich mich vorstellen«, und er streckte mir seine linke Hand entgegen, »Uri Koren, Jura und Wirtschaft. Zweites Jahr.«

»Sehr erfreut, Dana.«

Unsere Hände verfehlten sich, und als wir sie gleichzeitig wechselten, war die Verwirrung noch größer. Schließlich schafften wir einen offiziellen Händedruck.

»Du darfst nicht denken, dass ich die Gewohnheit habe, Mädchen auf Treppen anzumachen«, sagte er, während wir weitergingen, wobei ich wie selbstverständlich meine Richtung änderte und ihm zum Parkplatz folgte. »Aber du hast so traurig ausgesehen, dass ich dachte, du hättest was verloren.«

»Meine Handtasche ist ein einziges Chaos«, erklärte ich. »Ich finde nicht einmal die Geldbörse darin.«

»Ich kann dich mitnehmen. Wo musst du hin?«

»Danke«, sagte ich brav, »ich gehe nicht mit Fremden.«

Ja, so wie im Märchen, traf ich den jungen Rechtsanwalt, den Traumkandidaten jeder jiddischen Mamme für ihre Tochter.

»Ehemals Führer bei den Pfadfindern, Exfallschirmspringer, Eltern im Villenviertel, die Schwester Soldatin, eine gut situierte israelische Familie, Vater Arzt, Mutter assistiert ihm«, würde er mir am nächsten Tag sagen, in seiner scheinbar zynischen Art, die ich noch näher kennen lernen würde.

»Ich habe einen tollen Jungen getroffen«, verkündete ich meinen Eltern noch am gleichen Abend, »er studiert Jura und Betriebswirtschaft und ist furchtbar groß.«

»Und –?«, fragte Mama.

»Nu?«, meinte Papa.

»Wir haben uns für morgen nach der letzten Vorlesung verabredet. Wir sind beide um drei viertel acht fertig und gehen dann ins Kino oder so.«

»Weißt du, wer und was er ist?«, wollte Mama wissen.

»Wär's nicht besser, er würde dich das erste Mal hier abholen?«, schlug Papa besorgt vor.

»Also, wirklich«, entgegnete ich, »ich hätte es euch ja gar nicht erzählen brauchen.«

Ich sehnte mich nach einer starken Schulter, und Uri galoppierte ritterlich in mein Leben. »Der Prinz auf dem weißen Pferd«, sagte Dorit, »das war es wert zu warten.« Frisch verheiratet beobachtete sie mein Ledigsein mit leichter Sorge.

»Wie lange willst du deinen Jehoiada denn noch behalten?«, fragte sie mich in ihrer Hochzeitsnacht. »Es wird Zeit, dass du Schluss machst, finito. Such dir einen anderen.«

»Wenn das so einfach wäre! Es ist noch kein anderer aufgetaucht.«

»Es taucht immer einer auf, das hängt von dir ab. Wenn du einen finden willst, kommt einer.«

Uri war nicht zu übersehen. Einen Meter neunzig. Ein hübsches Lächeln, ebenmäßige Zähne und vor allem ein muskulöser, beweglicher, schöner Körper.

Er liebte es, in den frühen Morgenstunden zu laufen. Er liebte es, mich auf seinen Armen wie ein Kleinkind hochzuschwingen. War beeindruckt von meinen Brüsten. Und wartete zwei Monate, bevor er mich das erste Mal anrührte. Achtundzwanzig Jahre sind seitdem vergangen. Einmal habe ich seinen Namen in den Gelben Seiten gesucht, Rechtsanwalt Uri Koren, ihn aber nicht gefunden. Ob sich seine Träume von der großen Kanzlei verwirklicht haben? Notar und Vermögensverwalter, kein Strafrecht. Mit dem Kopf auf meinem Bauch träumte er: »Keine Schadensfälle, keine Zivilverfahren, nichts von dem ganzen Mist. Wirtschaft. Finanzen. Dort ist das große Geld.«

Und ich streichelte seine Stirn, kraulte in seinen Haaren, sah ein Haus auf dem Dorf und drei Kinder und wollte fliehen.

»Ich habe den Traumprinz jeder Mama getroffen«, sage ich zu Jehoiada, nachdem ich mein Geheimnis zwei Wochen lang für mich behalten habe.

»Wer ist es?« Er fährt mit einem Schlag in die Höhe.

»Ein Student, Jura und Betriebswirtschaft.«

»Du kleine Spießerin«, sagt er lachend, »ist das alles, was du über ihn zu sagen hast?«

»Er ist in Ordnung«, untertreibe ich, »groß, nett.«

»Ist er ein Mensch? Kümmert er sich um dich?«

»Jetzt wart's mal ab, es hat gerade erst angefangen«, antworte ich.

»Habt ihr zusammen geschlafen?« Das bekannte Funkeln in seinen Augen.

»Ich sagte doch, es hat gerade erst angefangen.«

»Mach es ihm nicht zu leicht, wenn du ihn kriegen willst«, sagt der große Jehoiada.

»Interessant, vor vier Jahren hast du anders geredet.«

»Nun«, lächelt er, »das kann man nicht vergleichen. Jetzt sorge ich mich um dich.«

Der Abend senkt sich herab, dämpft die Geräusche, die von der Straße hereindringen. Das Gehupe wird leiser, die Autos werden weniger. Ein Flackern huscht über die Zimmerwände, bis es schlagartig verschwindet, als Vicky das Licht einschaltet.

Halb liege, halb sitze ich in dem amerikanischen Ledersessel, in den ich in den Nachmittagsstunden platziert werde. Eine Flasche Mineralwasser auf dem dreieckigen Tischchen neben mir. Vicky, auf der anderen Seite, schiebt mir ein Löffelchen Schokoladenpudding in den Mund. Ihre Augen sind auf den Fernseher gerichtet.

Früher habe ich Süßes geliebt. Jetzt erzeugt es Abscheu in mir und Brechreiz. Ich bin eine Spezialistin in Übelkeit geworden. Eines Morgens habe ich versucht, sie zu kategorisieren, mir vorgestellt, die ultimative Erbrechenstabelle zu kreieren, die ich am Empfangsschalter der onkologischen Abteilung aufhängen würde, auf Pergamentpapier in der Schrift der Thorarollen. Sie beginnt mit dem morgendlichen Übergeben, das grüne Säfte freisetzt, geht über das inhaltsvolle Mittagserbrechen – hier ein Löffelchen Jogurt, da ein Gemüserest – und mündet in die längeren oder kürzeren sowie die überfallsartigen Übelkeiten, die wie ein Dieb in der Nacht daherkommen und jeden Lebenswillen rauben. Und als ich gerade so fröhlich darin vertieft war, ihnen genau auf den Grund zu gehen, stieg in mir der größte aller bisherigen Brechreize wie eine nicht einzudämmende Flut mit Krämpfen im Unterbauch vom Magen in den Hals – alle inneren Muskeln in Alarmbereitschaft versetzend –, bis ich im allerletzten Moment, mit übermenschlicher Anstrengung, meine Gedanken zum ersten Mal zur Prophetenstraße, zu Jehoiada lenkte und die Flut eindämmte. Körper und Seele, sagte Jehoiada zu mir. Körper und Seele. Das ist offenbar der Grund, weshalb ich beschloss, meine Liebe zu rekonstruieren. Zurückzukehren zu den Männern meines Lebens. Was gewesen ist, was hätte sein können. Ein Gegengewicht zu den wuchernden Zellen in mir. Fressen und leben auf meine Kosten. In mir und von mir.

Körper und Seele, erklärte Jehoiada, und trotz meiner Jugend wusste ich, dass er Recht hatte. Er hatte immer Recht.

»Ich habe eine Bitte«, sagte er, nachdem wir schon seit einigen Wochen miteinander schliefen, »geh zu einer Frauenärztin.«

Das Hemd über der Türklinke des Zimmers nebenan in der Prophetenstraße, blendend weiß und faltenlos wie immer. Der Geruch nach Terpentin reizte die Nasenschleimhäute.

»Sie ist eine nette Frau, wir sind befreundet. Melde dich bei ihr an.«

»Wozu?«

»Ich möchte wissen, ob du noch Jungfrau bist oder nicht.«

»Ich gehe nicht zum Frauenarzt«, erwiderte ich, »das ist erniedrigend.«

»Aber wieso denn, Dana«, sagte er einschmeichelnd, »bei der Intimität, die zwischen uns ist. Also wirklich! Sie ist eine Frau, und nett. Ich versprech es dir.«

»Aber was macht das für einen Unterschied?«, wollte ich verwirrt wissen, »wir machen Liebe, oder?«

»Für mich macht es einen Unterschied«, entgegnete er mit sanfter Stimme. Seine Augen wichen mir aus. Die Gründe dafür würde ich erst vier Jahre später verstehen, als ich zum ersten Mal mit Uri schlief.

Ich beobachte Vicky, die auf die kleine Mattscheibe starrt, konzentriert auf das Mädchen, das ihren Geliebten mit großen traurigen, in Tränen schwimmenden Augen anstarrt, während ihr Mund lügt.

Und ich?

»Hast du wirklich noch keinen Mann gehabt?«, fragt Jehoiada, und ich schreie stumm, erstarre unter seinen Händen, reagiere auf jede Laune.

»Bin ich der Erste«, fragt er ernst. Sein Finger versucht, in mich einzudringen, »spürst du etwas?«

»Warst du Jungfrau? Bist du sicher?«

Ich bin tief verletzt. Schweige. Krümme mich innerlich.

Einem Sechzigjährigen, einem geilen alten Bock, fällt ein Gretchen wie eine Honigwabe in die Hände – der Honig tropft ihm übers Kinn, und er hat Schwierigkeiten, ihn zu schlucken.

»Bist du sicher?«, wiederholt er. »Warum gehst du nicht zur Frauenärztin und lässt dich untersuchen.«

»Was gibt es da noch zu untersuchen, nachdem wir miteinander geschlafen haben?«, frage ich ganz sachlich.

»Sie ist wirklich eine angenehme Frau, geh zu ihr.«

Dana Lama, Dana ist ein Drama. Dana steht nicht auf und geht. Dana ist gekränkt. Dana wundert sich. Was ist nicht in Ordnung mit Dana? Fast achtzehn, hat noch nie mit einem Mann was gehabt, hat immer brav »Neinneinnein!« gesagt, und nun ist die Luft raus.

»Was kann er meinen?«, will Dana von Dorit wissen.

»Vielleicht hat er nach Spuren gesucht und keine gefunden«, vermutet Dorit.

»Aber wieso glaubt er mir nicht?«

»Nenn es, wie du willst«, sagt Joram in den unruhigen langen Nächten nach der Fehlgeburt. Ein verheiratetes Paar, deprimiert, auf sich selbst zurückgeworfen, nebeneinander im Doppelbett liegend. »Liebe«, sagt er ablehnend, »was versteht ein achtzehnjähriges Mädchen von Liebe. Es glaubt höchstens, dass es was versteht. Auch sexuelle Ausbeutung ist noch eine milde Umschreibung dessen, was zwischen euch war. So wie er sich benommen hat, war das Vergewaltigung. Schlicht und einfach Vergewaltigung.«

Klipp und klar.

»Das erinnert mich an eine Zeichnung von Picasso«, fährt er fort, »ein monströser, geiler Satyr, der ein unschuldiges Mädchen fickt oder die Absicht hat, es zu tun. Ich bring's dir mit, damit du es dir ansehen kannst.«

»Hör auf.« Ich bin erschüttert. Ergehe mich in Selbstmitleid.

»Vergewaltigung«, wiederholt Joram. »Kleine Mädchen. Was für ein Held! Wenn ich das gewusst hätte, als er noch am Leben war.«

»Er hat mich geliebt«, verteidige ich ihn. Bemitleide mich, ihn, Jehoiada.

»Vergewaltigung ist nicht nur physische Gewalt«, fährt Joram fort, »Vergewaltigung ist auch, wenn –«

»Warum nicht Verführung?«, falle ich ihm ins Wort.

»Weil er dich ausgenutzt hat.«

»Stimmt nicht, du kannst das nicht verstehen, ich wollte doch auch –«

»Er hat keine Gewalt angewendet, also nimmst du ihn in Schutz. Es ist bequemer für dich zu sagen, ›Ich habe geliebt‹, als den Tatsachen ins Auge zu sehen.«

»Aber es war Liebe«, beharre ich stur.

»Gut«, sagt er seufzend, »Kompromiss: dann eben Verführung. Aber Liebe war das garantiert nicht.«

8

Die Abteilung für Damenunterwäsche

Aus allen Fugen und Ritzen sprießen Brennnesseln und wilde Gräser, doch in der Manestraße bleibt alles, wie es war: Die Lampe muss erlöschen, bevor ich hinaufgehen kann. An dem Blumenstand an der Ecke der Prophetenstraße kaufe ich eine langstielige Rose.

Bereits seit einem Monat verfüge ich über eigenes Geld. Ehrlich verdient mit stundenweiser Arbeit. Professor Jakir Jehoiada schreibt endlich das Buch, das er schon seit langem schreiben wollte und zu dem er erst jetzt die Zeit und die Finanzierung gefunden hat. Er geht auf und ab in seinem kleinen Büro, diktiert, und ich schreibe. Kreist zwischen dem Bücherstapel und Zeitungsausschnitten auf seinem Schreibtisch und der Tür, eine auf sieben Meter begrenzte Welt. Die Schreibmaschine steht auf dem Teetischchen, das mit einer grünen Filzunterlage geschützt ist. Ich sitze auf dem Sofa und tippe im Takt seines Diktats: »Die Gideo-Gruppe gründete Alexander im Jahr 1913, Doppelpunkt, Anführungszeichen, das Vorhandene bewahren, Zerstörtes aufbauen, Anführungszeichen schließen, Punkt. Die Jugend von Zichron-Jakov schloss sich mit Begeisterung an…«

»Moment, ich bin noch nicht so weit.«

»Es ist eine Frage des Budgets«, hatte er mir begeistert erklärt. Seine Augen leuchteten. »Du bist ganz normale Soldatin, richtig? Du hast kein Problem mit einem freien Abend, wenn du keine Wache oder Bereitschaft hast, oder?«

»Stimmt«, bestätigte ich, wartete, dass er weitersprach.

»Ich habe Forschungsgelder organisiert, alles ist geregelt«, jubelte er und blickte mich ungeduldig an. »Du kannst Geld von mir bekommen, ohne dass dein kleinbürgerliches Gewissen etwas dagegen einzuwenden hätte.«

»Wofür?«, hakte ich nach.

»Hängt davon ab.« Er kniff die Augen zusammen. »Entweder du exzerpierst mir Material, das ich brauchen werde, oder du prüfst Details nach wie eine Assistentin.« Und plötzlich sah er mich direkt an, das bekannte Funkeln in den Augen.

»Am bequemsten wäre es natürlich für beide Seiten, wenn du nur hier arbeitest, nicht in Bibliotheken. Kannst du tippen?«

»Mit zwei Fingern«, ich zögerte, »aber ziemlich schnell.«

»Ausgezeichnet!« Er summte vor sich hin. »Dann werde ich dir diktieren.«

»Mir diktieren?«

»Das Buch. Was staunst du da, Kindchen, hast du's vergessen? Das Buch über Alexander. Auch meine Artikel pflege ich meiner Sekretärin zu diktieren oder auf Band zu sprechen. Also, einverstanden?«

»Womit?«

»Du erhältst einen Stundenlohn. Und dann kannst du dir endlich das kaufen, was ich mir schon die ganze Zeit von dir wünsche!«

Die Abteilung für Damenunterwäsche in dem riesigen Geschäft im Schalom-Einkaufscenter. Ich fahre eigens gegen Abend dorthin. Ich steige in der Herzlstraße aus. Du wirst es tun, klar machst du das!, sagt eine ausgelassene, wild entschlossene Dana, betritt die Rolltreppe, auf der sie immer fürchtet, dass ihr Absatz darin hängen bleibt, und springt am Ende auf sicheren Boden, mitten hinein in das Reich von Spitze und Seide.

»Kann ich Ihnen helfen?«, fragt mich eine Verkäuferin.

»Nein, danke.«

Es klingt ganz ruhig, überzeugend, verrät nichts von meinem Unbehagen. Da liegen sie zu dutzenden auf runden Metallständern: Höschen aus Baumwolle und Seide, Nylon und Spitze, alle Arten, so viele Möglichkeiten.

»Es gibt auch Sonderangebote«, erklärt die Verkäuferin und entfernt sich ins Eck mit den Büstenhaltern. Ich könnte schwören, dass sich mich von dort aus heimlich beobachtet.

Weinrot, Bordeaux und Terrakotta, Baby- und Altrosa, Mattbraun, Creme und Champagner. Ich bin völlig durcheinander, habe einen hochroten Kopf. Sind doch nur Höschen, rede ich mir ein, doch das Gefühl, etwas Schlüpfriges zu tun, quält mich.

Kreischrot, Nationalblau, Kotzgrün. Kommt nicht in Frage. Eine Art Bikini, tiefschwarz, hinten Trikot, vorn Spitzenblumen. Ein hautfarbenes Teil, Nylon, ein hauchdünnes Gewebe transparenter Blütenblätter, kaum noch von der Farbe des Fleisches zu unterscheiden, und zwei passende BH. Geschafft. Geld wechselt den Besitzer. Mit der Tüte in der Hand trete ich mit einem Seufzer der Erleichterung in den warmen Abend hinaus. Die Sünde des Fleisches ist gut verborgen, klein, delikat, provozierend. Aber was mache ich zu Hause am wöchentlichen Waschtag mit diesen reizenden Teilen?

Uri arbeitet für seinen Unterhalt als freier Mitarbeiter bei einer Abendzeitung, dazu zweimal die Woche an seinem freien Tag und einmal nach den Vorlesungen bei der Nachrichten-Rundschau. »Du glaubst nicht, welche Fehler die Korrespondenten machen! Ich verdien nicht besonders viel, aber ich genieße jeden Augenblick.« An den Samstagabenden verkauft er Fahrkarten im Vierer. »Bitte einsteigen, meine Dame, nehmen Sie Ihr Wechselgeld«, schildert er mir fröhlich hampelnd seine Arbeit. »Bis mir ein Freund die Arbeit bei der Rundschau besorgt hat, war ich dreimal die Woche Fahrkartenverkäufer im Bus. Jetzt bin ich schon aufgerückt«, lacht er.

Die freien Vormittage, die ihm sein Abendstudium lässt, nutzt er zum Schlafen, und die Ferien zu Mathematiknachhilfe für Mittelschüler.

Ich bin gebührend beeindruckt.

»Er wird einen exzellenten Ehemann abgeben«, sage ich zu Jehoiada. »Fleißig und klug, keine Scheu vorm Arbeiten.«

»Warum macht er ein Abendstudium? Findest du das nicht merkwürdig?«

Er mustert mich aufmerksam.

»Damit er nebenher arbeiten kann, darum.«

»Vielleicht schläft er aber auch gern, hm? Hast du daran schon mal gedacht?« Er leckt sich die Lippen, als habe er eine Nadel in den Ballon gestochen, den ich gerade aufgeblasen habe.

Der arme Jehoiada.

Wir treffen uns zu viert: Dorit und Itzik, Uri und ich. Dorit und Itzik sind damit beschäftigt, sich eine Wohnung zu kaufen. Bei welcher Bank ist der Kredit am günstigsten? Habt ihr etwas von einem Wohnungsbeschaffungsprogramm für junge Paare gehört? Was ist besser, weit weg und billiger, oder schuften, dafür aber im Zentrum?

Itzik arbeitet im Jugendbereich, bis er sein Abitur geschafft hat, und möchte dann Sozialarbeit studieren. Dorit hilft ihrer Mutter in der kleinen privaten Kinderkrippe und plant, im nächsten Jahr ein Lehrerseminar zu besuchen. Wir sitzen mit ihnen im Café, Uri wie auf Nadeln, ich gelangweilt.

»Für uns beide einen Käsekuchen«, sagt Dorit.

»Für uns Schokolade«, schließe ich mich an.

»Was soll denn das?« Uri springt auf. »Wieso bestellst du für mich? Ich will Apfel mit Vanille«, wendet er sich an die junge Bedienung, wirft ihr einen viel sagenden Blick zu.

»Hat Itzik eigentlich den Kuchentest bestanden?«, versuche ich die unangenehme Situation zu retten.

»Weißt du«, wende ich mich an Uri, »seinerzeit hat sich Dorit eine Geizhalsprüfung ausgedacht, die sie mit dem machen wollte, der ihr Mann werden sollte. Sie sagte, sie würde drei Stück Kuchen bestellen und sehen, wie er darauf reagiere.«

»Ich habe einen Kuchen für uns beide bestellt«, meint Dorit beleidigt, »weil ich nicht zunehmen will, und Itzik mag Kuchen sowieso nicht besonders.«

Itzik nickt. Mir ist schon aufgefallen, dass er zu allem nickt, was Dorit sagt. Welch ein Talent ich doch habe, die Dinge zu komplizieren. Uri studiert die Wände des Lokals, die Stühle, rutscht ungeduldig auf seinem Sitz herum und konstatiert, als wären wir gar nicht da: »Es sind kaum Leute da. Und diese Tischdecken, die gehören längst ausgewechselt. So viel kann das ja auch nicht kosten. Und noch dazu würde es sich ja um eine geschäftliche Investition handeln. Ich sage euch, die stehen kurz vor der Pleite.«

»Wisst ihr«, sagt er dann plötzlich nach kurzem Schweigen, »dass ein Konkursverwalter als Erster seinen Anteil erhält, und erst danach der Rest der Gläubiger?«

Itzik schaut Dorit in die Augen. Was liest er dort? Ich betrachte Uri und weiß genau, was da steht. Ein Schrei: Wenn das deine Freunde sind, weiß Gott, wer du dann bist.

Ich springe zwischen zwei Welten hin und her. Erzähle Jehoiada von Uri und verheimliche Uri Jehoiada. Wenn Uri studiert, ist Jehoiada frei, und wenn Uri Zeit hat, habe ich Zeit.

Morgen beginnen die Semesterferien. Uri ruft aus der Nachtredaktion an. »Vielleicht kommst du in der Früh kurz bei mir vorbei?«

Ich bin eine exzellente Springerin, lang und weit, kreuz und quer, wohin immer man es wünscht.

Auch nach Ramat-Chen fahre ich mit dem Bus. Wenn ich mit einem erfolgreichen Rechtsanwalt verheiratet sein werde, einem Konkursverwalter, der Verträge unterzeichnet und Grundbesitz einzieht, werde ich im Cadillac fahren, tröste ich mich. Was mit einem Motorroller anfängt, endet mit einem Rolls-Royce.

»Geffenstraße«, sagt der Fahrer, und ich steige schnell aus, wie aus einem Traum gerissen.

Gemäß Uris Instruktionen hole ich den Schlüssel unter der Fußmatte hervor, betrete eine dunkle Diele, in der ein riesiger Spiegel Mäntel und Kleiderbügel widerspiegelt. »Die rechte Tür und von dort in einen schmalen Gang, die letzte Tür.« Ich erinnere mich. Uri ist in seinem Zimmer. Er schläft. Es ist halb elf Uhr Vormittag. Er liegt auf der Seite, atmet gleichmäßig, füllt die ganze Länge des schmalen Bettes. Darüber ein Fenster, dessen gelber Vorhang mit Schneckenmuster auch die Wand verdeckt.

»U-ri«, sage ich gedehnt.

Sein Atem wird unruhig, die Augäpfel bewegen sich erschreckt unter den geschlossenen Lidern.

»U-ri, ich-bin-daa-aaa.« Ich beuge mich über ihn, um ihn

zu küssen, exakt in dem Moment, in dem sein Kopf unvermittelt in die Höhe fährt, und mit einem harten Knall treffen mein Gesicht und sein Schädel aufeinander. Meine Lippe platzt auf.

»Was ist los, was machst du hier?« Er blickt mich verwirrt an.

»Wo ist die Toilette?« Ich halte mir den Mund, das Kinn.

»Auf dem Gang.«

»Welche –«

»Mit dem Zeichen auf der Tür.«

»Nicht das Klo, Wasser –«

Das Reden fällt schwer, wenn das Blut schon über die Hand rinnt.

»Das ist auch da«, wedelt er ungeduldig mit der Hand. Und macht die Augen zu.

Ich wasche meinen Mund ab, stelle erstaunt fest, wie schnell das kalte Wasser die Blutung stoppt und wie langsam Empfindungen anderer Art an die Oberfläche dringen.

»Morgens bin ich nicht zu gebrauchen«, entschuldigt sich Uri am Küchentisch. »Ich bin erst nach drei ins Bett gekommen. Ich dachte, du kämst um zwölf.«

»Das war eine Überraschung.«

»Es gibt gelungenere Überraschungen. Willst du was trinken?«

»Orangensaft.«

»Ich mach mir schwarzen Kaffee. Willst du auch einen?«

»Klar.«

»Ein bisschen Kardamom?«

»Klar.«

Und wir kehren mit zwei Tassen Kaffee in sein Zimmer zurück, dessen Aroma den schweißsauren Schlafgeruch vertreibt.

Seit fast zwei Monaten sind wir nun schon ein Paar, und Uri hat mich so gut wie nicht angerührt, küsst mich nicht einmal, ergreift keinerlei Initiative.

Ich ebenfalls nicht.

»Wie funktioniert das eigentlich«, frage ich Dorit, »muss er mich darum bitten, seine Freundin zu sein?«

»Wie meinst du das?« Dorit ist damit beschäftigt, ein Paar Hausschuhe auszusuchen. Synthetikpelz in Rosa oder Hellblau?

Ich begleite sie.

»Woher weiß ich, dass ich wirklich seine Freundin bin, wenn er es mir nicht sagt?«

»Warum, geht er noch mit einer anderen?«

»Nicht dass ich wüsste, nur sagt er nichts, versucht nichts.«

»Keine Ahnung«, lacht Dorit. »Ich hab schon vergessen, wie das war. Es gibt solche, die darum bitten, und andere die es nicht tun; manche probieren es gleich, andere eben nicht.«

»Ich kenne mich in diesen Sachen nicht so aus« – liegt da eine gewisse Überheblichkeit in meiner Stimme? –, »ich habe die Jahre versäumt, in denen man die einschlägigen Erfahrungen sammelt.«

»Sprach die alte Oma«, beginnt Dorit und bremst sich sofort.

»Die blauen«, sagt sie zur Verkäuferin, zahlt und wendet sich mit ernstem Blick zu mir. »Ich hab's dir ja gesagt, je länger du mit diesem Jehoiada zusammenbleibst, desto mehr versäumst du.«

Und nachdem sie mein Schweigen als Zustimmung auffasst, tue ich ihr gleich wieder Leid. »Schaue einfach, wie sich Uri verhält, wie sich die Dinge entwickeln.«

»Er wartet immer nach den Vorlesungen auf mich«, erkläre ich, froh, dass ich etwas zu berichten habe. »Dann fährt er mich heim und verabredet sich mit mir fürs nächste Mal.«

»Worüber regst du dich dann auf?«, sagt sie abschließend fest. »Offenbar ist es das.«

Hand in Hand gehen wir die Treppen des Institutsgebäudes hinunter, wenn die Vorlesungen um acht zu Ende sind. Hand in Hand gehen wir ins Kino. Wenn er mich spätabends nach Hause bringt, fährt er mit der Hand über meinen Nacken, verweilt kurz und sagt: »Gute Nacht.«

Eines Abends, als wir mit dem Motorroller unterwegs sind und ich von hinten seine Hüften umklammere, um mich festzuhalten, bin ich mir plötzlich meiner an seinen Rücken gepressten Brüste bewusst, und ich rätsele, was er wohl fühlt. Uri schweigt gern während der Fahrt. »Es macht Spaß, den Wind zu spüren«, sagt er, »und außerdem kann ich dich kaum verstehen.«

Ich schweige, denn ich habe nicht immer etwas zu sagen und bin mir auch nicht sicher, ob es sich lohnt, es zu ihm zu sagen.

Die Rose bringe ich Jehoiada. Wenn ich könnte, würde ich dutzende kaufen. Langstielige, die Dornen perfekte kleine Stachelpyramiden. Edle Tropfen auf den samtigen Blütenblättern, an dem zart gewölbten Ansatz, wo sich die Blüte aus dem Kelch emporschwingt.

Er öffnet sofort ganz weit die Tür, und ich werfe mich an seine Brust. Sein Geruch hüllt mich ein, seine Seife, vermischt mit feuchtem Dunhill. Von einer seiner Reisen hat er mir eine zartviolette Seife in steifem Papier verpackt mitgebracht. »Darf ich vorstellen, weiße Jardali, dein Lieblingsduft.« Ich habe jeden Körperteil damit gewaschen, jede

Hautfalte damit eingeschäumt, bis ich einsehen musste, dass ich ohne den Geruch seines Körpers und den nach Tabak, der ihn begleitete, diese Duftkombination nie erreichen würde. Auch jetzt noch gäbe ich viel darum, sie wieder zu riechen.

Auf seinem Schoß kauernd, seine Hände wie eine schützende Hülle um meinen Körper, fühle ich mich geborgen, daheim, dazugehörig.

»Du bist meine Rose, die meine Sehnsucht stillt.«

Keine noch so schwülstige Phrase klingt falsch, wenn ich bei ihm bin, seiner Stimme lausche.

»Sag mir, was möchtest du? Was wünschst du dir wirklich? Ich kann es dir geben.«

»Dich«, sage ich, meinen Kopf an seine Brust gelehnt, »nur dich.«

»Ich bin doch hier.«

»Immer, nicht nur so.«

Er schiebt mich weg, geht zu seinem Schreibtisch und verschanzt sich in dem Direktorensessel dahinter, lehnt sich zurück, schwer, müde und entschieden.

»Und in zehn Jahren, wenn ich zu zittern und zu sabbern beginne, wirst du mit einem jungen Liebhaber in den vierten Stock hinaufrennen.«

Diese Vorstellung ist so komisch, dass ich weinen möchte.

»Ich werde dich immer lieben«, sage ich.

Er sieht mich unglücklich an.

»Wir befinden uns jetzt nicht im Bett. So was sagt man im Bett.«

»Immer, immer«, beharre ich.

»Es gibt kein immer, Dana. Du wirst einen jungen Mann nach deinem Geschmack finden, und hops, kein alter Jehoiada mehr.«

»Du bist nicht alt. Du kannst es mit jedem Jungen aufnehmen, den ich kenne.«

»Das ist anscheinend das Problem«, er schaut mich an, »das heißt, in meinen Augen.«

Nur noch selten verweilt sein Blick auf meinen Brüsten.

»Du musst jemand anderen finden. Du musst mir versprechen, jemand zu finden. Ich möchte nicht dein Leben zerstören.«

»Auch wenn ich einen finde«, erwidere ich, »werde ich immer zu dir kommen.«

»Schön«, sagt er, »der Mann bei der Arbeit und die Frau bei ihrem Liebhaber.«

»Der Mann bei der Arbeit«, korrigiere ich ihn, »und die Frau bei ihrer Liebe.«

»Meine Schwalbe«, seufzt Jehoiada, »wer hätte gedacht, dass sich die Dinge so entwickeln.«

Tief in mir, am Schabbatnachmittag zum Beispiel, wenn eine unsägliche Sehnsucht mir schier das Herz abdrückt, weiß ich, dass es keinen Zweck hat.

Aber woher die Kraft nehmen?

Ich denke an ihn bei Tag und Nacht. Immer noch erlebe ich aufs Neue jeden Blick, jedes Wort, die kleinste Geste. Ein nicht zu stillender Hunger nach dem Geruch seines Körpers, nach seinem zerfurchten, klugen Gesicht, nach dieser Stimme mit den vielen Nuancen.

In solchen Stunden kann ich ihn nicht anrufen, um Mut zu schöpfen. Er ist zu Hause, mit seinen erwachsenen Kindern und ihr. Der einen, der Feindin und Hexe, gegen die ich nicht ankomme.

Unsinn, sage ich mir dann. Wenn er dich wirklich lieben würde, hätte er seine Frau verlassen.

Niemand verlässt seine erste Liebe, die Frau seiner Jugend, gebe ich mir mit der Stimme der Kummerkastentante in den Frauenzeitschriften selbst die Antwort.

Wenn ich nicht die Kraft habe, gegen sie zu kämpfen, welche Macht habe ich dann überhaupt über ihn –

Schau, dass du wegkommst, Dana, rette deine Seele, sie zu bewahren hast du bereits versäumt. Aber ich schaffe es nicht.

9

Auf widernatürliche Weise

Uri tauchte auf, als ich ihn dringend nötig hatte. Er zog mich, ohne es zu wissen, aus dem bodenlosen Sumpf.

»Ich habe eine gute Tat vollbracht«, sagte ich zu Dorit, »und Gott hat mir die Rettung geschickt.«

»Was hast du denn getan?« Sie zog die Augenbrauen hoch.

»Ich habe das Alter mit neuem Leben erfüllt.« Wir lachten beide, sie über die Erklärung und ich vor Glück: Ein neuer Lebensweg liegt im schönsten Licht vor mir. Uri und ich werden ihn zusammen gehen, meine Hand auf seiner Hüfte, seine auf meiner, in aller Öffentlichkeit, ein hübsches Paar –

»Ich war tot gestern«, sagt Uri und nimmt einen langen Schluck aus der Kaffeetasse, in der immer noch zwei Körnchen Kardamom treiben. »Je müder ich bin, desto schwerer fällt es mir einzuschlafen.«

An der Wand über seinem schmalen Bett hängt eine Weltkarte mit Plastikfolie überzogen. Nadeln stecken in Nordskandinavien.

»Warst du da, oder möchtest du hin?« Ich betrachte das durchbohrte Lappland.

»Ich war. Nach dem Militär. Und wenn ich die Assistenzzeit hinter mir habe und die Zulassung kriege, werde ich noch mal reisen, für zwei Monate. Ich bin aber nicht sicher, ob dorthin. Hast du Reisen gemacht?«

»Nein.«

»Auch nicht nach Europa?«

»Einmal. Mit den Eltern. London, Paris, Rom, du weißt schon, das klassische Europa.«

»Mit den Eltern«, wiederholt er offensichtlich erfreut, springt auf und geht in die Küche.

Uri ist auch in Bewegung, wenn er sitzt, und wenn er mal sitzt, muss er aufstehen, etwas holen, nehmen, suchen, zeigen. Je mehr er in Bewegung ist, desto langsamer werde ich. Liege zentnerschwer auf dem Bett, die Tasse in der Hand.

»Nimm!« Er kommt aus der Küche zurück, hält mir einen Glasteller mit Keksen unter die Nase.

»Vollkornmehl«, sagt er, »englisches Produkt.«

»Ist das vielleicht anders als unser Zeug?«, will ich in einem Anflug von Patriotismus wissen, nachdem ich die grobkörnige Masse, süß und zäh, mit Hilfe eines Schlucks Kaffee hinuntergewürgt habe.

»Soll das witzig sein?«, sagt er, »ich habe schon von Israelis gehört, die vor den Niagarafällen standen und behaupteten, unser Tanur am Jordan sei schöner.«

»Warst du dort?«

»Nein. Nach dem Studium möchte ich hin, in den zwei Monaten.«

»Wie willst du das alles schaffen?«

»Ich werde es so planen, dass ich es schaffe. Und falls nicht«, er reißt das Fenster auf, sodass die feuchte, frische Februarluft hereindringt, »dann fahre ich später, oder ich verlängere. Kein Problem, irgendwie wird's schon gehn«, trällert er wie in einer Radiowerbung vor sich hin. Ich wäre gern woanders, zum Beispiel in dunklen Zimmern mit Mahagonistühlen und Brokatsofas.

»Gehen wir ins Kino?«, fragt Uri, während er das Fenster wieder schließt.

»Warum nicht?« Ich freue mich.

»Immer fragst du, statt zu antworten!« Er mustert verärgert den Bücherhaufen auf seinem Tisch, ein Kinderschreibtisch mit Seitenfächern und einer hellen Schreibfläche.

»Hast du vielleicht zufällig eine Zeitung auf dem Weg hierher gekauft?«

»Nein, warum?«

»Schon wieder ›warum‹. Um das Kinoprogramm anzuschauen, darum. Liest du nicht täglich Zeitung?«

»Soll das ein Verhör sein?«, frage ich. Ein unbehagliches Gefühl beschleicht mich.

»Nein, im Ernst, es interessiert mich.«

»Ich lese sie, wenn ich heimkomme. Papa bringt sie immer mit.«

»Ein braves Mädchen aus gutem Haus«, fasst er zusammen und geht wieder aus dem Zimmer. Als er zurückkommt, hat er die Freitagsbeilage der *Ha'arez* in der Hand.

»Da ist alles drin«, sagt er. »Also, was möchtest du, Komödie, Tragödie? Ich habe Lust auf Action«, verkündet er.

Ich schweige.

Wir, das heißt Uri, entscheiden uns für die Nachmittagsvorstellung.

»Wir haben fast fünf Stunden Zeit bis vier. Was schlägst du vor, sollen wir bis dahin tun?« Dann wirft er die Beilage beiseite. »Moment, ich habe Mamachen versprochen, das Mittagessen zu kochen. Komm mit, okay?«

Ich bin froh, mit ihm in die Küche zu gehen, um, wie ich mir einbilde, ein Ehepaar zu spielen, das mit alltäglichen Dingen beschäftigt ist wie Kartoffeln schälen – er mit Schäler, ich mit einem kleinen scharfen Messer.

»Machen wir um die Wette?« Er bohrt mir seinen Ellbogen in die Schulter.

»Was gibt es außer Kartoffeln sonst noch?«, frage ich.

»Würstchen, Salat. Wir machen Salat und Püree. Jetzt hab ich schon zwei geschält und du erst eine!«, trumpft er auf.

»Kunststück, schau dir an, was für dicke Schalen du produzierst, sieh mal meine«, brüste ich mich und zeige ihm die längliche Spirale, die an der Messerklinge baumelt.

»Ja und, du Knauserin! Vielleicht holst du eine Kartoffel mehr aus einem ganzen Sack heraus.«

Wohl wissend, dass er Recht hat, fahre ich mit gezielter Langsamkeit fort zu schälen. Ich bin bei der dritten Kartoffel, als er schon sieben fertig hat und sie in eine große Schüssel mit Wasser legt. Schließlich viertelt er sie und setzt einen Topf Wasser auf den Gasherd. »Wenn es kocht, tu ich Salz rein, nicht vorher«, verkündet er im Brustton der Überzeugung. »Und jetzt zum Salat.«

»Vier Tomaten, drei harte«, er redet mit dem Gemüsefach im Kühlschrank, »und eine weiche zum Pürieren. Magst du Rohkostsalat?«

»Nein, überhaupt nicht.«

»Das ist aber gesund!« Uri befühlt die Gurken, wählt zwei dünne und biegsame aus, wühlt herum und bringt drei Lauchzwiebeln zum Vorschein. »In einer speziellen Tüte, um sie frisch zu halten«, wie er stolz erklärt. »Und jetzt Rettich und grüner Salat, gut für den Teint, weißt du das? Haufenweise Vitamin A. Wasch ihn gründlich.«

Er bringt eine Plastikschüssel an und stellt sie unter den Wasserhahn, während er noch ein Schneidebrett und ein Messer herausnimmt.

Unter fließendem Wasser säubere ich jede Tomate einzeln, rupfe die Stängel ab, untersuche die Vertiefungen.

»Die weiche ist widerlich«, sage ich zu ihm, »sie wird dir den Salat ruinieren.«

»Essen ist nicht widerlich«, klärt er mich auf und bringt

mir eine Schürze. »Zieh sie an. Damit du dich nicht schmutzig machst.«

»Du bist ja ein echter Spitzenkoch«, lobe ich ihn, während ich die Gurke schäle, die Wurzeln der Zwiebeln und die grünen Stängelenden entferne und grünliche und weiße Teile auseinander biege. »Dort muss man sie gründlich waschen, manchmal ist noch Erde dazwischen«, tue ich stolz kund. Nachdem alles gewaschen und bereit in der Schüssel liegt, befällt mich die dunkle Ahnung, dass ich – eventuell erfolgreich – irgendeine Prüfung bestanden habe.

»Es wäre interessant zu wissen, was die Wurzel des Wortes *agvania*, Tomate, ist«, sage ich zu ihm. »Hast du ›Unfruchtbarkeit und Schwäche‹ gelesen? Der Held dort hat Malaria und philosophiert ungefähr zwei Seiten lang über die Wurzel von ›a-g-v‹.«

»Was?«

»Von Brenner. Du weißt schon. Der, den sie ermordet haben.«

»Hier sind dermaßen viele ermordet worden, denkst du vielleicht, dass ich mich an jeden Einzelnen erinnere? Und außerdem kochen wir jetzt. Schau her, kleine Stückchen, so, schaffst du das?« Er teilt die Tomate mittendurch, ein Schnitt wie ein geübter Chirurg, und danach jede Hälfte parallel längs und quer.

»Es gibt dafür auch ein spezielles Gerät.« Am liebsten würde ich ihm den albernen Ausdruck von Stolz aus dem Gesicht wischen.

»Aber der ganze Spaß dabei ist doch, es mit der Hand zu schaffen«, gibt er mir Kontra. »Du musst wissen«, er hebt plötzlich den Blick von seinem Schnipselkunstwerk, »die meisten Küchenchefs sind Männer.«

»Viel Spaß. Ich hasse Kochen«, platze ich heraus und beiße mir auf die Zunge.

»Wirklich?« Er säbelt mit penetranter Symmetrie weiter und zuckt die Achseln. »Ich liebe es.«

»Und du meinst, dass Kartoffeln schälen und Salat machen Kochen ist?«

»In meinem Haus«, ignoriert er meine Worte, »wird es jeden Tag ein anderes Gericht geben.« Dabei schaut er mir direkt in die Augen. Eine versteckte Botschaft, nehme ich an, nur dass ich nicht weiß, was für eine.

»Hast du irgendeinen Test mit mir gemacht, damals bei dir zu Hause«, frage ich ihn später, als wir am alten Hafen vom Roller absteigen, um den Treffpunkt vom Jarkon und dem Meer zu bewundern.

»Tickst du noch richtig? Wir haben doch bloß gekocht, weil Mamachen darum gebeten hat.«

»Liebst du deine Mutter?«

»Noch so eine blöde Frage?« Er betrachtet mich. »Wer liebt seine Mutter nicht?«

Angesichts solch schlichter Lebensweisheit verstumme ich.

Zweimal besuchte Uri mich zu Hause, und beide Male war Papa nicht da. Mama bedachte ihn mit glücklichen Blicken, fragte nach dem Mädchennamen seiner Mutter und was er genau studiere. Sie stellte einen gekauften Kuchen – »eigens gebacken«, wie sie sagte – auf den Tisch.

Ich saß abseits, froh, sie glücklich zu sehen, überlegte, was Jehoiada wohl sagen würde, wenn er hier neben mir säße.

»Du wirst ihm doch nichts von uns erzählen?«, fragte Jehoiada besorgt. »Du weißt ja nicht, wie er es aufnehmen würde.«

»Ich werde nichts erzählen«, versicherte ich ihm.

Wer würde eine so aberwitzige Geschichte auch verstehen. Ein zweiundzwanzigjähriges Mädchen hoffnungslos verliebt in einen vierundsechzigjährigen alten Lüstling.

»So ist das also«, sage ich zu Dorit, »ihr kocht zusammen, esst zusammen, geht zusammen spazieren.«

»Was passt dir daran nicht?« Sie mustert mich beunruhigt.

»Ich weiß nicht, es ist so, als ob irgendwie was fehlen würde. Fühlst du dich nicht so, als ob du nicht dazugehörst?«

»Im Gegenteil!« Sie ist alarmiert. »Das ist doch der ganze Witz dabei.«

»Ich hab mal ein chinesisches Sprichwort gelesen: Eine gute Ehe ist, den gleichen Weg zusammen zu gehen, aber jeder für sich«, sage ich zu ihr.

»Die Chinesen mögen ja weise sein, aber wenn dieses für sich wirklich für sich ist, wo ist dann das zusammen?«

»Im Bett«, lache ich.

»Na gut«, antwortet sie ungeduldig, »aber du weißt, dass das nicht genügt. Nicht im Alltag.«

In der Prophetenstraße, im Erdgeschoss, ein Jahr, bevor ich Uri kennen lerne, lasse ich mich von Jehoiadas Händen verwöhnen.

»Wie bin ich?«, frage ich den großen Meister.

»Ich habe dich für deine kommende Begattung vorbereitet«, sagt er und meint sich selbst.

»Erzähl mir von der Französin.«

Jehoiada liebt es, von den Frauen zu erzählen, denen er seine Gunst erwiesen hatte. Von einigen. »Von keiner, die du gekannt hast oder kennen lernen könntest, das ist die Bedingung«, sagte er mir an dem ersten Abend, an dem ich um Bekenntnisse bettelte.

Die Französin war die Kirsche in der Sahnetorte. Er

lernte sie in seinem Freisemester kennen. Germaine, einunddreißig.

»Und jedes Jahr getränkt mit Erfahrung«, sagt er lächelnd. »Die Beste von allen.«

»Erklär es mir«, bitte ich ihn, reibe mich an seiner Haut.

»Das ist eine Sache des Temperamentes, der Harmonisierung.«

»War sie schön?«

»Das ist keine Frage der Schönheit«, entgegnet er. »Wenn eine Frau sinnlich ist, erkennt man das an ihren Augen. So wie ich es bei dir sah, am ersten Abend, als du zu mir kamst.«

Ich weiß nicht, ob ich beleidigt oder geschmeichelt sein soll.

»Sie wusste, wann und wo man berührt. Eine träge Schlange, die zur Tigerin wurde. Nein, eine Katze. Eine anschmiegsame, leckende Katze. Da hast du noch etwas zu lernen. Möchtest du?«, fragt er lächelnd.

Ich bejahe, obwohl ich im Grunde meines Herzens eigentlich gar nicht mehr will.

Er zieht meinen Kopf in seinen Schoß. Ein einäugiger roter Stängel, schon müde vor der Befriedigung, lehnt sich an den rechten Oberschenkel. Jehoiadas sanft gekräuseltes Schamhaar wird langsam weiß.

»Nimm ihn fest, umfasse ihn mit der ganzen Hand.« Er packt sein Glied mit einer Hand, bis es sich mir erwartungsvoll entgegenhebt, während die zweite Hand in mein Haar greift und meinen Mund dirigiert.

»Ich weiß, dass du das nicht magst«, sagt er, »aber du wolltest etwas lernen, oder?«

Langsam lenkt er mich, bis meine Lippen die Penisspitze umschließen. Ich spüre die glatte, zarte Rundung mit der Kerbe, versuche, mich festzusaugen und gleichzeitig hinauf und hinunter zu gleiten.

»Gut«, ermutigt er mich, zurückgelehnt, »ja so, den ganzen Kopf.«

Ich passe meine Bewegungen dem Druck seiner Hand in meinem Haar an: hinunter und lockern, hinauf und hinunter, die Zahnreihen weit geöffnet, die Lippen gedehnt, die Zunge dabei rastlos bewegend, bis sie die lose Hautumrandung findet, sich an die Penisspitze drängt, in die Einkerbung stößt – »Herrlich!« Jehoiadas Stimme wird wie immer heiser. »Das ist es, genau, mach weiter –«

Ich spüre das beginnende Pulsieren, die kleinen Zuckungen, die meine kreisende Zunge auslöst, in ansteigendem Rhythmus mir entgegen, verstärkt von Jehoiadas Körperbewegungen.

»Gut«, stöhnt er, »gut.«

Seinen Körper vollends zurückgelegt, führt er mit seiner freien Hand meine Rechte an die Wurzel des Glieds. »Halt ganz fest, drück zu und lass wieder los«, flüstert er.

Seine Hände beginnen, meinen Körper zu suchen. Tasten sich vom Rücken zu den Brüsten, dann zum Unterleib, bahnen sich einen Weg durch das Haardickicht, drängen sich zwischen die Schamlippen, graben sich ins Innere, während ich die Peniswurzel drücke und presse, mein Mund auf- und abgleitet und mein rechter Wangenmuskel sich mit einem peinigenden Zucken verkrampft.

»Ich kann nicht mehr.« Ich hebe halb erstickt den Kopf, hole tief Luft.

»O nein Dana«, jammert er, »mach weiter, mehr.«

»Es ist schwierig für mich, den Mund so weit offen zu lassen –«

»Mach weiter, bitte, los.«

Und ich beginne von neuem.

Seine Hand massiert meine Wange, was den Krampf lindert. Der erigierte Penis schabt an den Zähnen, füllt den

Mundraum aus, blockiert die Luftröhre. Jehoiada keucht, versteift sich mehr – und ich ersticke.

»Noch mehr, mehr«, wiederholt er mit geschlossenen Augen.

Zumindest sein Körper, sein Geist gehören jetzt mir. Und seine Seele?

Ich versteinere. Die Kiefer versteifen sich vor Schmerz, das Gefühl des Erstickens wird mich gleich zum Würgen bringen.

»Aua!«, schreit Jehoiada, als meine Zähne sein Glied ritzen.

Ich entziehe mich ihm fluchtartig, atme tief ein und entschuldige mich. »Ich kann nicht, ich ersticke einfach.« Er betrachtet mich traurig. »Du wolltest etwas lernen, oder nicht?«

Und dann dreht er mich um, mit dem Rücken zu sich. Seine Hände umklammern meine Brüste, ich spüre sein Glied, wie es versucht, in mich einzudringen –

Wo?

Dana ist verwirrt. Dana schweigt. Dana steht nicht auf und geht. Dana denkt nach. Dana wundert sich.

Dana hat in ihrer Jugend viele Bücher gelesen. Historische Romane, Kriminalromane und unter der Decke auch Groschenheftchen. Sie erinnert sich sehr gut an einen Bestseller, in dem ein gerissener Rechtsanwalt einen des Mordes Angeklagten vor dem Schuldspruch rettet, da sich die Tat in einem Moment ereignet hatte, in dem er nicht »Herr seiner Sinne und Handlungen« war. Der Mann hatte den Vergewaltiger seiner Frau getötet. »Der verabscheuungswürdige Vergewaltiger hat an der zarten Frau einen sodomitischen Akt verübt!«, donnerte der Verteidiger, und die Geschworenen waren bis ins Mark erschüttert.

Zwei Aufklärungsbücher musste ich von vorn bis hinten

lesen, bis ich die Definition von Sodomie fand, was mich allerdings so unwissend wie zuvor zurückließ: »Auf widernatürliche Weise, nicht naturgemäß.«

Ist es das, was Jehoiada gerade im Sinn hat? Ist das die Bedeutung von »auf widernatürliche Weise«?

Jehoiada reibt sich von hinten an mir. Seine Hände quetschen meine Brüste. Ich spüre sein Glied an meiner Afteröffnung, und alle meine Sinne sind auf diese Stelle konzentriert, warten auf das, was als Nächstes passiert.

»Dana«, sagt er, »ich werde dich zur besten aller Frauen machen.«

Meine Gesäßmuskeln spannen sich an.

Die Spitze reibt sich und presst, stößt, drückt und rutscht ab, zwischen meinen Pobacken durch nach vorn. »Oh, du bist ganz nass«, stöhnt Jehoiada, »lass mich in deinen Garten, in meine Höhle.« Und ich entspanne mich, wobei ich immer noch nicht weiß, ob oder ob nicht oder ob es nur meine Ängste waren. »Führ ihn«, flüstert er, und ich packe seinen Penis und schiebe ihn hinein, ganz natürlich, was ich jedoch bei keinem anderen Mann jemals werde tun müssen.

Jehoiada verschwindet im Bad, einen Moment vor seinem Erguss. Genauer gesagt: Jehoiada verschwindet im Bad, und ich sehe nie, wie er kommt. Erst mit Uri lerne ich die warme, weißliche, eruptiv herausschießende Flüssigkeit kennen. Jehoiada rennt, verschwindet, kehrt ordentlich zurück, und die Welt draußen beginnt wieder einzudringen.

»Nimmst du die Pille?«, fragt er mit seinem milden Professorenblick.

»Nein, ich hab Angst.«

»Geh zu der Ärztin, ich habe dich schon so oft darum gebeten«, beschwert er sich. »Sie wird dir erklären, dass du nichts zu befürchten hast.«

»Das stimmt nicht. Man weiß nicht wirklich, was das anrichten kann.«

»Du bist eine Primitive«, lacht Jehoiada, »du begreifst einfach nicht, mit welchem Privileg deine Generation gesegnet ist.«

»Trotzdem«, antworte ich und denke: Was hast du eigentlich mit dieser Ärztin, ist sie eine deiner Exgeliebten?

»Sei nicht so eigensinnig«, sagt er und starrt mich an. »Du bist eine merkwürdige Mischung aus Offenheit und Sturheit.« Und während ich noch schwanke, ob ich das bestätigen soll, fügt er hinzu: »Stille Wasser gründen tief.«

Wie soll ich Uri von Jehoiada erzählen?

Wird Uri – jung, stürmisch, sich seiner selbst und des Weges, der vor ihm liegt, sicher – in der Lage sein, eine so abwegige, seltsame Liebe zu verstehen?

Verstehe ich sie denn?

Ich kann Uri nicht von meiner Liebe zu Jehoiada erzählen.

Wie soll ich es ihm erklären?

Dass ich zu ihm geschickt wurde, um Informationen für meine Abschlussarbeit zu erhalten und er meinen sexuellen Hunger spürte, mich zuerst geküsst und dann mit mir geschlafen und ich mich langsam in ihn verliebt hatte.

»Wenn du nicht mit ihm ins Bett gegangen wärst, hättest du dich nie in ihn verliebt«, sagte Dorit, aber die Dana über dem Sofa weiß, dass die Dana auf dem Sofa den Akt nicht einmal genießt. Die Dana auf dem Sofa gibt sich hin, reagiert, aber sie genießt nicht.

»Ich habe mich nicht in ihn verliebt«, erwiderte ich Dorit, »ich liebe ihn.«

Und diese wenigen Worte, so bedeutungsvoll, nehmen ständig neue und andere Gestalt an.

Auch wenn ich mit Uri zusammen bin, dem edlen Ritter, der wie ein Deus ex Machina als mein Retter auftauchte, bin ich gespalten. Die nette, äußere Dana, die Studentin, die Dana, wie Dana zu sein hat, hilft Mama bei der Hausarbeit, fährt zur Universität, jobbt mal hier, mal dort. Und die andere, die innere Dana lebt in einer Blase, deren dünne Haut von Tag zu Tag dicker und allmählich zu einem Panzer wird, ein Labyrinth ohne Aus- und Eingang.

Die Dana über dem Sofa kennt die Dana auf dem Sofa genau, doch sie muss die Existenz einer weiteren Dana eingestehen. Ganz langsam gelingt es Jehoiada, eine Dana zu formen, wie er sie in seinen Träumen sieht. Urtraum einer Geliebten.

»Morgen kommst du ohne Büstenhalter zu mir«, sagt er. Und Dana fährt in der schwülen Sommerhitze mit dem Autobus. Das Rumpeln der Räder auf der ausgebesserten Straße lässt die schweren, aufreizenden Brüste hüpfen, die auf Jehoiadas Hände warten. Dana grübelt. Unbehagen und Scham halten sich die Waage, aber dazwischen macht sich Genugtuung breit, ein herausforderndes »Ich hab's getan«. Das brave Mädchen geht lüstern wie Lady Godiva zum König, der sie erwartet, und kein Mensch in ihrer Umgebung weiß es. Wie süß ist doch die Befriedigung, die man aus der Heimlichkeit gewinnt.

10

»Ohne Worte bist du entschwunden …«

»Ich spiele nicht, nie«, sage ich zu Dorit. Saßen wir damals in ihrem neuen Heim in einer Wohnsiedlung für junge Paare in Ramat-Aviv? Zweieinhalb Zimmer und ein Hund.

»Deswegen hast du Uri verspielt«, entgegnet sie trocken. »Ich hab dir gesagt, dass du spielen musst.«

»Mit ihm hab ich sogar gespielt. Er hat nie etwas über Jehoiada erfahren.«

»Das war nicht so wichtig. Was man nicht weiß, existiert auch nicht. Ich meine anders spielen: Dich unnahbar geben, schwer zu kriegen sein, du weißt schon. Genau das wollen die Dummköpfe doch, oder? Wie sollen sie glauben, dass sie wichtig sind, wenn du dich ihnen einfach so hingibst.«

»Ich gebe mich nicht einfach so hin«, erwidere ich beleidigt, obwohl ich weiß, dass sie Recht hat.

Uri verbringt den Pessachabend mit seinen Eltern und seiner Schwester, mit Onkel, Tante und drei Kindern, und ich mit meinen Eltern und einem kinderlosen Nachbarehepaar. Schon seit fast zwei Monaten sind wir zusammen. Gehen ins Kino. Essen Falafel.

»Wenn die Sederzeremonie vorbei ist, hole ich dich ab«, hat er gesagt.

»Jetzt gehst du noch weg?«, wundert sich Papa. »Was ist das für eine seltsame Angewohnheit, um elf Uhr abends auszugehen?«

»Warum kommt er nicht herauf?« Mama ist verstimmt.

»Es ist ihm unangenehm, so spät noch raufzukommen«, nehme ich ihn in Schutz, »und außerdem ist es schwierig, einen Parkplatz zu finden.«

»Für eine Vespa ist es wohl kaum schwierig«, beharrt Mama.

»Er kommt mit dem Volvo«, entgegne ich, »von seinem Vater.«

Die beiden verstummen.

Uri wartet am Straßenrand, groß, sauber frisiert, an einen grünen Jeep mit Plastikfenstern gelehnt.

»Wie hast du es geschafft, dich umzuziehen?«, frage ich ihn, indirekt mein feierliches Kleid, zweiteiliger, wehender Chiffon, rechtfertigend.

»Wohin?«

»Du wirst schon sehen.«

Von der Ibn-Gvirol fahren wir in Richtung Küstenstraße, reihen uns in die Karawane der mit Kindern, Eltern und Verwandten beladenen Autos ein – Pessachüberlebende mit vollem Bauch vom Essen und geröteten Augen vom Familienzwist.

Gesprächsfetzen und leichte Musik wehen aus offenen Wagenfenstern.

Wir fahren nach Norden. Nach den riesigen Gastanks und den Militäranlagen biegt er nach Herzelia-Pituach ab, dann geht's nach rechts, die Küste entlang.

»Präg dir das hier gut ein. Ich werde auch einmal ein solches Haus besitzen.«

Ich habe Angst, etwas darauf zu erwidern. Ich weiß nicht, ob ich in seiner Zukunft vorkommen werde, weiß nicht einmal, ob ich das möchte.

Wir fahren weiter nach Norden, bis wir einen dunklen

Sandweg erreichen, der zum Meer führt und bei den Ruinen einer Moschee endet.

»Wir sind in Apollonia«, verkündet Uri, manövriert den Jeep an den Felsrand und stellt den Motor ab.

»Es ist schön hier«, sage ich, obwohl ich noch gar nichts sehe.

»Ja.«

»Wem gehört der Jeep?«

»Einem Freund, ich habe alles geplant.«

Also ist es soweit, denke ich, er ist es. Und warum auch nicht? Wer ständig zwischen ja und nein hin und her pendelt, braucht vielleicht so jemanden, der die Ziele direkt angeht.

»Was geplant?«, frage ich. »Keine Spontaneität?«

»Spontaneität, du liebe Zeit, natürlich gibt es die, aber am besten ist immer noch die, die man im Voraus plant«, lacht er und betrachtet mich stolz. »Merk dir das, dann wird sich alles so für dich regeln, wie du es möchtest.«

»Du hast wohl viel darüber nachgedacht«, probiere ich es mit Lob.

»Ja. In Gesprächen mit Mama.«

»Mit Mama?«

»Was soll dieser Ton? Sie ist sehr klug. Aber vielleicht hat sie nicht immer in allem Recht.«

»Zum Beispiel?«

Er beugt sich zu mir herüber, legt eine Hand auf meine Schulter. »Dass du nicht zu mir passt, damit zum Beispiel.«

»Nicht zu dir passe? Warum?« Ich bin ganz sachlich, stemme mich gegen den Ärger, der in mir hochsteigt.

»Weil ihr nicht viel Geld habt«, fährt er seelenruhig fort und drückt meine Schulter. »Klingt schrecklich, nicht?«

»Geld ist nicht alles im Leben«, antworte ich beiläufig, heiter. »Eine unzeitgemäße Ansicht!«

»Komm, wir gehen zum Strand hinunter«, beendet er das Thema.

Erst jetzt höre ich das Rauschen des Meers. Es ist das Rascheln und Wispern Hunderter fallender Blätter. Wir gehen Hand in Hand. Der Ärger ist noch nicht verflogen. Ich atme tief den feuchten Salzgeruch ein. Der Mond lässt die Wellen milchig weiß schimmern, weit bis zum Rande des Horizonts, bis ans Ende der Welt.

Mein Kopf lehnt an seinem schlanken, starken Hals. Ruhe senkt sich über mich. Alles in allem nur Worte, nichts als Worte. Welche Macht haben sie schon? Zerstreuen sich in alle Winde, ohne Gewicht, lösen sich auf. Nicht wie ein Körper. Stabil. Nah. In Reichweite. Wärme überträgt sich von seiner Handfläche auf meine. Finger umklammert Finger. Bewegt sich, trommelt leicht, lässt locker. Verstärkt den Druck wieder. Signalisiert Zusammengehörigkeit. Erfüllt mich mit Frieden.

»Ich liebe das Meer, den Schaum auf den Wellen, das Rauschen«, sage ich.

»Im Gymnasium bin ich gerne Wellenreiten gegangen, jetzt bleibt mir kaum mehr Zeit dafür.«

»Ich habe mich den ganzen Sommer über am Strand aufgehalten, meine Hefte dabeigehabt und für die Prüfungen gelernt.«

»Warst du eine gute Schülerin?«

»Nicht schlecht.«

»Ich bin in der Sechsten sitzen geblieben, bin vormittags ans Meer gegangen anstatt in die Schule.«

»Wirklich?«

»Ja. Und ich blieb an der Schule. Eine ziemliche Schande. Aber am Schluss kam ich mit einem Einser-Abi raus. Ich habe meiner Mutter versprochen, mich anzustrengen, und versprochen ist versprochen. In der Siebten und Achten habe ich wie ein Irrer gebüffelt und bin überhaupt nie mehr ans Meer gegangen. Nur in den Ferien.«

Wir stehen am Rand des Felsen, Nachtkerzen zu unseren Füßen, Steinbrocken und Sand.

»Komm, setzen wir uns.«

Das Mondlicht versilbert die Blumen meines Kleides.

»Es wird schmutzig werden«, sage ich und lasse mich auf den Boden nieder. Ein Stein bohrt sich in die rechte Hinterbacke, und ich bleibe ergeben darauf sitzen.

Die Wärme seines Körpers überträgt sich auf den meinen; ich höre seinen Herzschlag in meinem rechten Ohr, reibe sanft meine Wangen an seinem Hemd, schließe die Augen.

»Ich bin anscheinend wirklich verrückt nach dir«, stellt er plötzlich fest. Seine Stimme klingt fern. »Egal, was meine Mutter sagt.«

»Ich auch, und wie«, drängen sich mir mit einem Mal die Worte auf die Zunge, von deren Existenz ich nichts wusste.

Mein Gesicht hebt sich ihm entgegen, und seine warmen Lippen pressen sich fordernd auf die meinen. Meine Lippen öffnen sich. Mit seiner Zunge erforscht er meine Mundhöhle, meine Zunge kommt seiner entgegen. Die Spitzen berühren sich spielerisch und ziehen sich wieder zurück, erkunden –

»Wo hast du gelernt, so zu küssen?« Er löst sich keuchend von mir.

»Ich hatte einen Lehrer.«

Und erst dann wird mir klar, was ich gesagt habe.

»Wen?« Uri fährt in die Höhe.

»Einen Professor.« Es gibt keinen Weg mehr zurück.

»Professor?«, echot er.

»Ja, nicht so wichtig, das ist vorbei.«

»Nein, für mich ist das wichtig, erzähl«, und ein Spalt öffnet sich zwischen unseren aneinander geschmiegten Körpern.

»Ich bin in der Achten zu ihm gekommen, um mir Rat wegen einer Arbeit fürs Abitur zu holen, und er wollte mich küssen.«

»Und das war's?«

»So ungefähr.«

»Das ist unlogisch, sag mir alles. Ich habe dir auch von Hila erzählt.«

»Nein wirklich, da war nichts. Wir haben uns einfach geküsst. Er hat mir das Küssen beigebracht.«

»Wie heißt er?«

»Das spielt doch keine Rolle.«

»Was verbirgst du?«

»Was habe ich schon zu verbergen? Das war vor vielen Jahren.«

Lässt meine Stimme den Druck erahnen, der sich in meinem Kopf aufbaut? »Als ich beim Militär war. Ich hab bei ihm gearbeitet, ihm bei einer Forschungsarbeit geholfen. Das ist alles.«

»Du hast bei ihm gearbeitet? Wie heißt er?«

»Professor Jakir Jehoiada.«

»Klingt irgendwie bekannt«, sagt Uri, »wie hast du ihm geholfen?«

»Ich habe Kapitel getippt, die er diktiert hat.«

»Wart ihr zusammen in einem Zimmer?«

»Ja.«

»Allein?«

»Nicht immer.«

»Wo?«

»In seinem Büro. Ich kann euch miteinander bekannt machen, wenn du möchtest.«

»Hast du noch Kontakt zu ihm?«

»Nein, so gut wie keinen.«

»Wieso willst du uns dann miteinander bekannt machen?«

»Weil du dermaßen viel fragst.«

»Ich versuche zu verstehen«, sagt er und versteht überhaupt nichts.

Ich rücke wieder näher an ihn heran, versuche, die Distanz zu überbrücken, die zwischen uns entstanden ist. Uri gibt nach, küsst mich wieder, diesmal ein wenig fordernd. Ich reagiere auf das Verlangen, das der Nacht und der Jugend entspringt, der Erwähnung Jehoiadas und dem verzweifelten Bedürfnis nach Nähe.

»Wie hast du küssen gelernt?«, versuche ich abzulenken.

»Wie alle, ausprobiert eben. Warum hast du mir nicht von deinem Professor erzählt, als ich dir das von Hila gesagt habe?« Er lässt noch nicht locker.

»Weil es nicht von Bedeutung war.«

»Zungenküsse? Was du nicht sagst. Und er hat nicht gefummelt?«

»Nicht wirklich. Er hat es versucht, aber ich war nicht damit einverstanden.«

»Und was heißt das im Klartext?«

»Er hat es versucht, und ich habe nein gesagt.«

»Du hast nein gesagt.«

»Ja.«

»Und damit hat es sich?«

»Ja. Wie schon gesagt, die ganze Geschichte war nichts Ernstes. Ich habe bei ihm gegen Stundenlohn gearbeitet, und das war's. So habe ich mir während der Militärzeit ein bisschen Geld verdient.«

»Den Schweinehund zeigst du mir mal«, sagt Uri heftig, aber ohne sich aus unserer Umarmung zu lösen. Ich atme erleichtert auf.

»Kalt, findest du nicht?« Ich umfange seinen muskulösen Körper mit den Armen, rieche seinen Schweiß und weiß: So muss das richtige, echte Leben sein. Er ist der Mann, ich bin die Frau. Er denkt und entscheidet, plant die Zukunft. Er ist der Kopf, ich bin der Hals, auf dem er sich dreht.

Aus und vorbei die Zeiten Jehoiadas. Das Leben klopft an die Tür, jung und viel versprechend.

»Gehen wir zum Jeep zurück?«, schlägt Uri vor. »Es gibt eine Decke dort.«

Wir stehen auf, wandern eng umschlungen zum Auto zurück. Der Wind und die Nacht breiten ihre Liebe über uns aus. Jung und schön. Jetzt weiß ich es. Jung und schön. Jung.

Uri öffnet die knarrende Wagentür und schaut mich an. »Ist dir sehr kalt?«

»Hmm«, gurre ich.

»Wir setzen uns rein.«

Er geht zum Rücksitz. Ich folge ihm, setze mich neben ihn, warte. Seit fast zwei Monaten kennen wir uns, gehen ins Kino, essen Falafel, halten Händchen, und immer noch warte ich. Uri hat es nicht eilig. Sein Herz schlägt gleichmäßig. Vielleicht will er nicht? Vielleicht fühlt er sich nicht von mir angezogen? Es fällt mir schwer, mit dieser planmäßigen Zurückhaltung zurechtzukommen.

Er hat gesagt: »Ich bin anscheinend verrückt nach dir«, das ist mehr als »Ich liebe dich«, redet Dana sich ein. Doch ein nagender Zweifel macht sich breit. O Gott, mach, dass der Ritter, den du mir geschickt hast, nicht flüchtet.

Uri beugt sich zu mir. »Soll ich dich wärmen?«

»Mm… mm…«

Er wühlt unter dem Sitz und zieht eine graue Militärwolldecke hervor.

»Sie ist schmutzig, aber wenn wir sie über die Sitze legen –«

»– wärmt sie uns das Hinterteil«, sage ich lachend und erhebe mich. Er legt sie rechteckig gefaltet hin, schnurgerade an den Kanten. Und als ich mich wieder setze, mich in seine Arme kuschle, spüre ich seine Hände: die Daumen hart in meinem Rücken, vier gespreizte Finger vorne gleiten wie zufällig über meine Brüste.

Es ist unbequem, eng und kalt, aber wen stört es. Wortlos überlasse ich mich seinem Streicheln. Reich an Erfahrung, aber alles von neuem erlebend, als sei es das erste Mal.

Hila war das erste Mädchen, mit dem Uri schlief. Die ewige Erste, sagt er versonnen lächelnd. Gerade sind wir damit fertig geworden, die in nahezu gleich große Würfel geschnittenen Kartoffeln in den Topf mit kochendem Wasser zu werfen. Emaille mit Blümchenmuster.

»Ein deutsches Produkt«, informiert er mich, »da gibt es keine Sprünge.« Und eine Sekunde darauf: »Weißt du, dass mein Onkel bei der Ergreifung Eichmanns dabei war?«

»Tatsächlich?«

»Streng geheim. Was ihn nicht daran gehindert hat, einen Volkswagen zu kaufen.«

»Warum auch nicht? Wenn man Qualität will –«

»Ich kenne mindestens zwei Familien, die den Fuß niemals auf deutschen Boden setzen würden und zu Hause kein einziges deutsches Produkt haben.«

»Es gibt immer Extremisten.«

»Warum Extremisten? Immer hast du was auszusetzen. Ist ein Prinzip Extremismus? Sie haben beschlossen, keine deutsche Ware zu kaufen, und sie stehen dazu. Leute mit Prinzipien.«

Ich schweige.

Wir lassen die Kartoffelwürfel kochen und kehren in sein

Zimmer zurück. Er setzt sich auf den Bettrand. Ich schaue mich nach einem Stuhl um.

»Lieber Himmel«, sagt er, »hör auf, die heilige Jungfrau zu spielen, komm her.«

»Ich bin keine –«, setze ich zu einer Antwort an, als er schon wieder vom Bett aufspringt, ans Fenster tritt und die Vorhänge zuzieht. Zwölf Uhr mittags. Dunkel.

»Das letzte Mädchen, das mich hier besucht hat, war Hila«, sagt er plötzlich.

»Deine Freundin?«

»Hmm. Seit Ende der Schulzeit. Vier Jahre.«

»Hast du sie geliebt?« Ich steuere sofort den Kernpunkt an. Der ganze Rest ist überflüssig.

»Am Anfang sehr. Sie hatte riesige Brüste. Echt fantastisch.«

»Warum habt ihr euch getrennt?«

»Sie war ganz wild darauf, gleich nach dem Militär zu heiraten. Ich war nicht so versessen darauf.«

»Hast du mit ihr geschlafen?«

»Was für eine Frage! Schon in der Achten. Und du?«

»Was ich?«

»Hast du schon mit jemandem geschlafen?«

»Nicht richtig.« Die Worte kommen mir ganz leicht über die Lippen.

»Du bist noch Jungfrau?«

»Ja.«

»Du hattest noch keinen ernsthaften Freund?«

»Nein.«

»Du liebe Zeit, ich kann's nicht fassen«, sagt er und rennt Richtung Küche. »Ich hab doch glatt vergessen, die Würstchen aus dem Gefrierfach zu holen.«

Während ich im Jeep der Dinge harre, die nun allmählich von ihm kommen müssten, spüre ich, wie mein Blut in Wallung gerät. Ist das die Macht der Gewohnheit? Jehoiadas kundige Hände, die mit meinem Körper spielten.

»Uri«, flüstere ich sanft, wobei ich mir Jehoiada vorstelle, »Uri –«

»Dana«, sagt er gepresst.

Nach hinten gelehnt, die Türklinke im Rücken, überlasse ich mich seinen Händen, die über meine Bluse streicheln und sich unter den kurzen Ärmel schieben, über das Schlüsselbein und die Brust gleiten, in der Achselhöhle verweilen. Sein Mund saugt an meinem Hals, löst sich und tastet sich weiter nach unten, beißt in den Stoff. Ich zittere unter seinen Händen, und es ist, als wären wir zweigeteilt: von den Hüften an aufwärts umschlungen, von den Hüften an abwärts auf dem Metallsitz wie festgeklebt.

»Dana«, wiederholt er meinen Namen. Meine Finger wühlen in seinem Haar, gleiten über seinen verspannten, schweißnassen Nacken. Die Wärme seines Mundes dringt langsam durch die Bluse und den Büstenhalter bis auf die Haut, die nach Berührung lechzt.

»Weißt du«, sagt Uri plötzlich mit heiserer Stimme, »das hier ist genau umgekehrt wie bei Pessach.«

»Was?«

»Von der Freiheit zur Sklaverei statt aus der Sklaverei in die Freiheit.«

»Zusammensein soll Sklaverei sein?«, begehre ich auf, nachdem ich begriffen habe, was er meint.

»Hmm…«

»Glaubst du das wirklich? Dann allerdings ist es eine süße Versklavung«, versuche ich zu scherzen. Der Druck der Türklinke kommt mir zu Bewusstsein, ausgerechnet jetzt, wo ich meinen Rücken von ihr gelöst habe.

»Ich geh schnell pinkeln.« Er springt hinaus und lässt mich benommen im Jeep zurück.

Was meint er damit, wenn er von Versklavung redet? Wozu verpflichtet er sich, wenn er von Liebe spricht? Verpflichtet er sich überhaupt, meint er überhaupt etwas? Und wenn, dann was? Wen? Mich vielleicht?

Ich verstehe mich ja selbst schon nicht, wie soll ich da ihn begreifen können?

Vielleicht ist es das beruhigende Rauschen des Meeres oder die Dunkelheit, die meine Zweifel zerstreut. Er ist ein kleiner Junge, denke ich. Nicht mehr als ein Kind. Wer wüsste das besser als ich, die erfahrene Femme fatale. Ein schüchterner Junge, ängstlich und unerfahren. Warum sollte ich es ihm nicht leichter machen? Schnell öffne ich die Häkchen an meinem BH, ohne ihn auszuziehen.

»Draußen ist noch ein Auto«, sagt er, als er endlich zurückkehrt, sich mit einem Satz neben mich fallen lässt. »Was die wohl machen –«

»Was wir machen, Dummkopf.« Wieder bohrt sich die Türklinke in meinen Rücken, und wir schmiegen uns in einem Kuss aneinander. Seine Hände gleiten nach unten, stockend, suchend, bis zur Hüfte, berühren nacktes Fleisch. Verharren einen Moment. Machen weiter, streicheln die Bauchwölbung, gehen zum Rücken über, schieben sich nach oben. Ich frohlocke insgeheim, als seine Finger tastend nach den Häkchen suchen – und mit einem Mal einhalten.

»Was hast du getan?!«, sagt er beleidigt, anklagend. »Weißt du, wie ich davon geträumt habe, wie ich das mache, wie ich es die –«

»Was?« Wenn es doch ein Loch gäbe, in das ich mich verkriechen könnte.

»– ganze Nacht geplant habe«, fährt er monoton fort, als rede er mit sich selbst.

»Was hast du die ganze Nacht?«

Er antwortet nicht. Schnaubend wie ein gereizter Stier reißt er sich das T-Shirt vom Leib, zerrt gewaltsam an meiner Bluse und dem BH und legt sich schwer auf mich, wobei er mit einer Hand hastig nach meinem Gürtel greift.

»Nein!« Dana wacht blitzartig auf. »Nein!«

Uri hört nichts. Reißt die Gürtelschnalle auf, zwängt seine Hand darunter, packt schon den Höschengummi, versucht, ihn zu zerreißen.

»Nein!« Ich setze mich zur Wehr. »Uri! Nein!!« Versuche, mich unter seinem Körper herauszuwinden, schreie. Meine Stimme klingt schrill in meinen Ohren. »Hör auf! Schluss!!!«

Was immer in sein Bewusstsein drang, jedenfalls hält er mit einem Mal inne und setzt sich auf, blickt auf meine entblößten Schenkel, auf meine Chiffonbluse und den verschobenen Büstenhalter darunter. Seine Augen sind schmal, seine Oberlippe ist in einer Mischung aus Zorn und Staunen hochgezogen. Und dann zuckt er mit den Schultern, zieht sich hastig das T-Shirt über und widmet sich kurz seinem Hosenschlitz. Ich richte mich ebenfalls auf, ziehe den Rock über die Knie, schiebe den Büstenhalter an seinen Platz und drehe ihm den Rücken zu. »Ich komme so schlecht ran. Kannst du mir den BH zumachen?« Ziemlich schlau, was, Dana?

Seine kurzen Finger. Warum fallen sie mir ausgerechnet jetzt auf?

Cocktailwürstchen machen sich an meinem Rücken zu schaffen, verheddern sich in den Häkchen und Ösen, versuchen es erneut. Ich sitze aufrecht da, den Hals gereckt. Es ist nicht passiert. Ist was passiert?

»Man braucht Übung«, stellt er fest, nachdem er es geschafft hat, und rutscht nach vorn auf den Fahrersitz. »Hast du vor, hinten zu bleiben?« Er wirft mir im Rückspiegel einen Blick zu.

»Nein.« Ich steige aus. Ein Windstoß weht meinen Rock in die Höhe. Der Büstenhalter schneidet unter meiner rechten Brust ein. Ich schiebe ihn zurecht, mit dem Rücken zum Jeep, bevor ich die Tür vorne öffne und wieder einsteige. Der Motor springt sofort an. Das Licht der Scheinwerfer huscht über parkende Autos. Lastendes Schweigen. Uri umklammert mit weißen Fingerknöcheln das Steuerrad. Nichts ist passiert. Ein Büstenhalter kann auch von allein aufgehen.

»Ich spüre noch immer die Türklinke im Rücken«, beklage ich mich in kindlichem Tonfall, sanfter als gewöhnlich. Uri schaltet das Radio an. Soldatenchöre erschallen.

»Ich bin müde«, verkündet er, »morgen werde ich lange schlafen.«

Mein Körper entspannt sich. Militäranlagen, Gastanks, schon haben wir die Küstenstraße hinter uns gelassen.

Uri schaut auf die Uhr. »Erst eins.« Und dann: »Ich muss den Jeep zurückgeben.«

»Wem?«

»Er braucht ihn morgen. Sie fahren in den Galil. Er hat eine heiße Braut.«

»Wer?«, frage ich.

»Ich hatte geplant, dass wir uns ihnen in der Früh anschließen.«

»Das können wir doch immer noch«, sage ich schnell, »ich –«

»Nein«, unterbricht er mich.

»Was ist los?« Diesmal bleibe ich hartnäckig. »Vielleicht kannst du mir mal erklären, was –«

»Überhaupt nichts«, bellt er, und da sind wir auch schon in der Ibn-Gvirol. Die Stimme von Zohar Argov trieft nun aus dem Radio, »ohne Worte bist du entschwunden«, hüllt mich ein, schraubt sich ölig in die Metallwände, »ohne ein Flüstern, oi…«

»Ich ruf dich an«, sagt er, als ich vor meinem Haus aussteige, »es war beinah fantastisch, oder?«

Idiot, denkt sich Scarlett O'Hara, als sie die Treppe je zwei Stufen auf einmal hinaufspringt.

Morgen. Morgen ist ein neuer Tag.

11

Das wirklich erste Mal

»Ich bin die Liebe auf den zweiten Blick«, klagte Dorit einmal, »habe weder blonde Haare noch eine gute Figur, und man muss mich erst kennen, um mich zu mögen.«

»Stimmt doch gar nicht. Du bist wirklich hübsch«, entgegnete ich, verärgert, dass auch sie ihre Zweifel hatte. Das war meine Domäne. »Deine kleine Nase, deine Augen. Und außerdem spielt das für dich keine Rolle mehr, du hast Itzik. Wenn überhaupt, dann entspreche ich viel eher dieser Beschreibung.«

»In Ordnung, dann halt wir beide«, stimmte sie zu, »man muss uns eben erst kennen lernen; beim zweiten Mal sind wir interessanter.«

Was sich als unrichtig erwies, denn Joram verliebte sich auf den ersten Blick in mich.

Der Ledermantel, die Schlange vor dem Kino. Wie doch eine zufällige Begegnung das Leben verändert.

Die große Liebe ist es nicht, aber ich bin sechsundzwanzig und hatte bereits zwei Beziehungen. »Ist das nicht genug?«, frage ich Dorit, voller Angst, sie könnte mit Nein antworten.

»Ich weiß nicht. Vielleicht solltest du noch warten.«

»Worauf? Eine alte Jungfer zu werden?«

»Was ja nicht mehr geht.«

»Hör auf, du weißt schon, was ich meine.«

»Nein, weiß ich nicht.«

»Doch. Diese inneren Stürme. Was ich gefühlt habe, als ich auf der Straße wartete, bis Jehoiada frei war, dieses Herzklopfen.«

»Du bist eine Masochistin. So muss man sich nicht fühlen bei der Liebe. Das ist nicht gesund und hält auch nicht ewig an.«

»Aber bei Itzik ist es dir auch so ergangen. Nächtelang hast du von ihm geredet.«

»Ich hatte immer die Kontrolle.«

Das ist also der Ausdruck dafür, dachte ich, was sich Kampf der Geschlechter nennt. Warten wir's ab, wer stärker ist, wer wen aufs Rad bindet.

Uri rief nach zwei Tagen an. Er hörte sich an wie immer: »Hallo, Dana, hast du heute Abend Zeit?«

»Soll ich auf den Terminkalender schauen?«

»Ich werde um zehn unten sein.«

»Arbeitest du nicht?«

»Von fünf bis um halb zehn.«

»Kommst du rauf?«

»Nein, das ist zu spät. Wart unten auf mich. Bye.«

Vor dem Schrank kämpfe ich mit mir, immer fehlt das passende Kleidungsstück, bis mir die rettende Idee kommt: Jeans und T-Shirt. Eine Studentin der Geschichte Erez-Israels in biblischen Sandalen. Übertreib's nicht, Stoffsandalen mit kleinem Absatz. Das Haar mit einer Holzspange hochgesteckt. Ich gefalle mir selbst, mit der schmalen Silhouette, der üppigen Brust. »Genau wie ich damals«, meinte Mama einmal, ein Kompliment, das ich allerdings nicht gern hörte.

»So gehst du am Abend weg?«, sagen meine Eltern, als ich das Wohnzimmer durchquere.

»Wir gehen nicht auf einen Ball.«

»Du siehst wie ein kleines Mädchen aus.«

»Ja, und?«

»Und es gefällt mir nicht, dass er nicht mehr heraufkommt«, erklärt Mama. »Ist es denn so schwierig, wie ein ordentlicher Mensch hereinzukommen, Schalom zu sagen –«

»Es ist spät –«

»Und er findet keinen Parkplatz«, ergänzt sie meine Standardantwort.

»Ich hab ihm gesagt, er braucht nicht heraufkommen«, lüge ich, nicht bereit zuzugeben, dass etwas dran ist an ihren Worten. »Wenn wir mal früher ausgehen, kommt er wieder rauf.«

»Leg ein bisschen Lippenstift auf.« Sie begleitet mich zur Tür.

»Lass das Maidele in Ruh«, sagt Papa.

»Einen Hauch Mascara auf die Augen, damit ist so viel gewonnen.«

»Ich mag nicht«, erwidere ich, flüchte ins Treppenhaus. Auf der Straße nähern sich immer wieder Autos. Fahren vorbei. An einen Baumstamm gelehnt warte ich darauf, dass er angerast kommt und neben mir bremst. Aber es ist schon zehn nach zehn und kein Uri in Sicht.

Warten, wieder warten. Immer warten. Es gibt Mädchen, die holt man in der Wohnung ab, denen bringt man Blumen, Schokolade oder Konzertkarten, während ich auf einem Motorroller mitfahre oder auf der Straße warte.

Es gibt Mädchen.

Du warst nie ein Mädchen. Mit vierzehn hast du dir bereits eingebildet, du seist eine erwachsene Frau. Ohne Erfahrung, aber allwissend. Jeder liegt so, wie er sich bettet, sagt Oma Schlaumeier gerade, als sich ein einzelnes Licht nähert.

»Hi!« Er hält neben mir. »Diese Straße ist echt gefährlich in der Nacht.«

»Was ist passiert?«

»Es sind Löcher drin. Steig auf.«

»Wohin?«

»Warum fragst du immer, wohin? Hast du keinen eigenen Willen?«

»Es ist schon zu spät fürs Kino.«

»Gibt es denn bloß Filme?«

»Ich hab auf nichts Besonderes Lust. Entscheide du.«

»Moment, du hast keine Jacke an? Du wirst erfrieren.«

»Ich dachte, du kommst mit dem Jeep.«

»Wieso denn das? Hol eine Jacke. Ich warte.«

Ich sitze hinter ihm, halte etwas Abstand. Uri tritt mit seinem rechten Fuß einige Male aufs Startpedal, bis die Maschine anspringt und einen Satz nach vorn macht. Ich werde nach hinten geworfen, packe seine Hüften und drücke mich an seinen Rücken. »Halt dich gut fest«, ruft er, schlängelt sich zwischen den Autos hindurch, prescht bei Rot bis zum weißen Stoppstreifen vor und biegt dann ab auf die Küstenstraße. Wieder nach Apollonia? Ist dies der Weg, das Vergangene ungeschehen zu machen? Ein Ersatz? Freude erfüllt mich.

Uri hat dicke Fäustlinge an. Die kalte, feuchte Luft aus den Obsthainen kriecht in den Halsausschnitt, lässt die Zehen starr werden.

»Komisch«, schreie ich ihm ins Ohr, »ich habe zwar die Jacke geholt, aber an Socken habe ich nicht gedacht.«

»Auww…«, brüllt er etwas, das ich schließlich als »Willst du zurück?« deute.

»Nein!«, rufe ich alarmiert. Das Haar flattert, die Augen tränen vom Wind. Ich stecke meine Hände in die Taschen seiner gefütterten Jacke und schiebe die nackten Füße in den Sandalen hinter seine Turnschuhe. Ich bin bei ihm. Bis in alle Ewigkeit. Auch wenn ich vor Kälte sterbe.

Beim Turm des Wingate-Instituts biegt Uri rechts ab in einen Sandweg, der zu einem Parkplatz voller Steinbrocken führt, die der Scheinwerferkegel des Motorrollers schwach beleuchtet.

»Wir sind da«, sagt er, wartet, dass ich absteige, und lehnt den Motorroller dann an einen Baum. In einer Hand den Rucksack, streckt er die zweite nach mir aus. »Komm!«

Wir gehen einen vom Licht des abnehmenden Mondes beleuchteten Pfad entlang, hören die Schreie der Nachtvögel, das Rascheln der Blätter unter unseren Sohlen. Eine Hand in der anderen, hin und wieder ein kleiner Druck, wie um zu beteuern: Wir sind wieder zusammen.

»Ich bin verrückt nach der Natur«, sagt Uri, »ich habe stark geschwankt zwischen Jura und Medizin.«

»Aber das Geld hat gesiegt, stimmt's?«

»Warum Geld? Mit beidem kann man Geld verdienen. Aber ich bin zu dem Schluss gekommen, dass ich mich in Jura besser selbst verwirklichen kann.«

»Weil die besser zu planen ist?«

»Denk, was du willst. Für mich erfordert sie Wagemut. Und auch Verstand.«

Stolz erfüllt mich. Egal, was war. Jetzt ist er an meiner Seite, dieser Mann, die Welt und ich – ihm zu Füßen.

»Warum hast du gestern nicht angerufen?«, frage ich.

»Ich hab's nicht geschafft.«

»Vielleicht könntest du mir erklären, was vorgestern los war, warum du so sauer warst?«

»Es war fantastisch, oder?«

Ich gebe auf, sage nur, so ist das Leben eben, Dana. »Weißt du, wo wir überhaupt sind?«, fährt er nach kurzem Schweigen fort.

»Wadi Poleg. Was schleppst du im Rucksack mit?«

»Eine Decke. Was hast du denn gedacht, eine Bombe?«

Originell ist er gerade nicht. »Du denkst aber auch an alles«, lobe ich ihn.

»Es wird Zeit, dass du mich kennen lernst«, sagt er mit stolz geschwellter Brust.

Links der Fluss, rechts die Hügel. Uri geht voraus. Ich umklammere seine Hand. Wir erklimmen einen schmalen Pfad, der auf einen kleinen Hügel führt.

»Da sind wir«, sagt er, öffnet den Rucksack und zieht die Wolldecke heraus: »Halt mal.«

Wir breiten die Decke zwischen uns aus, ein graues Viereck, das Gräser und Blumen unter sich begräbt. Uri springt mit einem Satz darauf. »Sei nicht immer so schwerfällig, komm schon.«

Ich würde ja gern locker und fröhlich sein und weiß nicht, weshalb sich nur lastendes Schweigen ausbreitet, während ich auf die Decke trete. Er streckt die Hände nach mir aus, wortlos, eine Sprache, die jeder versteht. Und ich flüchte mich hinein, versuche, in ihnen Schutz und Geborgenheit zu finden. Nicht einen Moment kommt es mir in den Sinn, dass er vielleicht Zuflucht bei mir suchen könnte.

»Ichliebedich«, sagt Uri atemlos zwischen einer Umarmung und einem Kuss. Auf die Berührung seiner Hände reagiere ich mit Bewegungen des Körpers. Wir ziehen uns gegenseitig aus, unsere nackten Körper leuchten in der hellen Nacht. Wir schmiegen uns beglückt wie zwei unschuldige Kinder aneinander. Dann betrachtet er mich, das dichte dunkle Dreieck zwischen meinen Beinen. Ich schaue auf sein hoch aufgerichtetes Glied. Das Mondlicht verschleiert die Augen, der Blick wird weit – mein wirklich erstes Mal, denke ich, staunend und bereit.

Was fühlt ein Mann, was fühlt ein Glied zwischen den Schenkeln eines Mädchens?

»Nässe und Wärme«, antwortete mir Joram.

»Was fühlt eine Frau?«, stellte Juval die Gegenfrage. Jehoiada habe ich nicht gefragt.

Bei Uri kam ich nicht mehr dazu.

Ich liege auf dem Rücken, will jede seiner Berührungen auskosten, als unverhofft Jehoiada in meinen Gedanken auftaucht, ein unerbittlicher Dämon, der darauf wartet, es mit dem Eindringling aufzunehmen.

Uris Glied ist groß und dick, Furcht einflößend. Er liegt über mir, auf die Ellbogen gestützt und manövriert mit seinem schmalen Becken zwischen meinen Schenkeln herum, bis er den engen Zugang gefunden hat. Er stößt hinein. »Es tut weh«, sage ich staunend.

Er hält inne. Liegt wie ein Mühlstein auf mir. Wartet einen Moment, aus dem eine ganze Ewigkeit wird.

»Nein«, erwidere ich auf seine stumme Frage, »man muss es zu Ende bringen. Ich will keine Jungfrau bleiben.«

Sofort macht er weiter. Dringt ein wenig tiefer ein und zieht ihn wieder zurück. Sein Körper hebt und senkt sich, langsam, schwer, vehement. Auch der Schmerz verstärkt sich, lässt jedoch mit einem Mal nach, geht auf in einer neuen Empfindung – ich kann kaum noch atmen. Uri liegt nun in seiner ganzen Länge und mit seinem gesamten Gewicht auf mir, mit geschlossenen Augen, konzentriert, gesteuert von einem Mechanismus, der stärker ist als er. Ich ersticke fast, kämpfe um ein Quäntchen Luft, zapple, um mich zu befreien, doch Brust und Lungen sind unter seinem Gewicht begraben. Ich ringe nach Atem, und mein keuchendes Luftholen vermischt sich mit Uris Schnauben. Er krümmt sich zusammen, ein grunzender Laut bricht aus ihm heraus, während er in die Höhe schießt, sich hastig aus mir zurückzieht und ein weißer, dickflüssiger Strahl sich stoßartig über seine Hand ergießt.

Das war es nun, das wirklich erste Mal in der Geschichte von Dana-Lama-Banana, der Femme fatale, die die französische Germaine in den Schatten stellte und zwei Mal ihre Jungfräulichkeit verlor. Einmal an einen Mann, der an sie nicht glauben mochte, und ein zweites Mal an einen, von dem sie sich wünschte, er würde ihr Ernährer vor dem Gesetz werden.

»Es gibt welche, die lassen sich vom Arzt wieder zunähen«, sagt Dorit lachend, »und andere, die schaffen es, sie an der Nase herumzuführen. Wie hast du, wie hat er … wie kommt es, dass er nichts gemerkt hat?«

»Es hat wirklich wehgetan«, ich kämpfe um Uris Ehre. »Ziemlich sogar.«

»Dann erklär mir mal, wie das möglich ist?«, fragt sie gutmütig. »Da schläfst du schon seit ein paar Jahren mit deinem Professor, und plötzlich kommt ein junger Typ daher, und auf einmal bist du wieder Jungfrau?«

»Ich weiß auch nicht, wie. Aber so ist es.«

»Wie?«

»Er hat mir wehgetan!«

»Gleich glaubst du es selbst noch!«

»Schluss damit. Hör auf, gemein zu sein. Er hat sich total anders angefühlt.«

»Nicht wie ein Bleistift?«

»Ganz im Gegenteil. Ich musste ihm auch nicht helfen. Er hat mich nicht gebeten, ihn mit der Hand zu führen, verstehst du? ER stand von selbst und kam ganz allein rein.«

»Und bei Jehoiada ist das nicht so?«

Und nun schäme ich mich für Jehoiada: »Weiß nicht, nein. Eigentlich überhaupt nicht.«

Uri hat ein großes, dickes Glied, und erst mit dem Abstand der Jahre schrumpft es auf sein natürliches Maß zusammen. Ein hoch gewachsener Junge mit einem normal großen Penis schläft mit einem Mädchen, das gewöhnt ist, mit einem alternden Mann ins Bett zu gehen.

»Es wird langsam spät«, sage ich, während er seine Hände im hohen Gras abwischt, denn ich fürchte mich vor dem Schweigen, das zwischen uns entstehen könnte, und beiße mich auf die Zunge, um nicht zu fragen: »Willst du mich jetzt noch sehen?« Denn ich bin nicht geübt genug für solche Spielchen wie: Du bist großartig, echt toll –

»Es war fantastisch«, sagt er, diesmal ganz sanft. »Sollen wir uns anziehen?« Seine Hand streckt sich nach mir aus. Eine friedliche Ruhe hat sich über ihn gesenkt, die ich noch besser kennen lernen sollte, bei ihm und auch bei den anderen, wenn sie ihren Orgasmus hatten – wie Säuglinge, die gerade gestillt worden waren. Er legt seine feuchte Hand besitzergreifend auf meinen Bauch, lässt sie zu meiner Brust hinaufwandern.

»Ich habe keine Lust, mich anzuziehen«, erwidere ich, und wie um Jehoiada zu ärgern, der immer noch in meinem Kopf herumspukt, ziehe ich Uri an mich und umarme ihn heftig.

»Es hat nicht wahnsinnig wehgetan«, sage ich, »nicht so, wie immer erzählt wird.«

Uri schweigt, und eine unsinnige Gewissheit steigt in mir auf, dass sich alles zum Guten wenden wird. Die Vergangenheit ist vorbei, die Zukunft liegt vor uns, und zwei junge Menschen beginnen ihr Leben. Fleisch berührt Fleisch, das mit der Seele wird noch kommen. »Steh auf«, sagt Uri, »wir ziehen uns doch lieber an.« Ich suche meine Kleidungsstücke zusammen, schlüpfe, wie ich später zu Hause feststelle, verkehrt herum in den Slip, streife den Büstenhalter, den ich zuerst vorn zumache, dann nach hinten drehe und zurechtrücke, über, wobei ich mir des Blicks, der meinen Bewegungen folgt, wohl bewusst bin. Dann ziehe ich das T-Shirt, die Jeans und die Sandalen an. »Ist was?«, frage ich lächelnd, in dem Bemühen, mir nichts anmerken zu lassen. Uri bindet sich die Turnschuhe, seinen langen Rücken mit lässiger Anmut gebeugt. Seine Finger nesteln an den Schnürsenkeln. Ich hasse diese Finger. Hasse sie einfach. Kurz und dick; da nützt auch der ganze schöne Rücken nichts.

»Fahren wir schon zurück?«

»Weißt du noch was Besseres?«, fragt er und fügt mit einem Lächeln hinzu: »Willst du zu mir kommen?« Ich möchte ja sagen, ihn umarmen, mich an ihn kuscheln, ihn streicheln.

Doch heraus kommt: »Nein. Nichts.«

Wir falten also die Decke zusammen, zupfen Blätter, stachelige Klettenbällchen und Kleesamen von ihr ab, und Uri nimmt sie und steckt sie in den offenen Rucksack – eine ganz gewöhnliche Decke.

Als ich immer dünner wurde und der aufgeblähte Bauch begann, Schmerzen bis in die Brust und Schultern auszustrahlen, schickte mich die Hausärztin zu allen erdenklichen Untersuchungen. Ich wurde abgeklopft und durchleuchtet, von einem Spezialisten zum anderen überwiesen, vom Egotripisten zum Egomaniker, vom Samariter zum Arroganzling – niedere Götter in Weiß, die Gott spielen. Ich begann, sie zu hassen. Allesamt. Eine Bande von Egomanen. »Nun, wie steht's mit meinem Herzen? Hab ich eins?«, fragte ich Dr. Tamrin.

»Nein«, lachte er, »aber sonst ist alles in Ordnung. Ein wenig Diät könnte nicht schaden und sportliche Aktivität, aber alles in allem ist Ihr Herz reines Titan.«

Und ich verließ ihn glücklich aufatmend, nur um am nächsten Tag das andere, endgültige Urteil des Frauenarztes zu hören.

12

Ich und kein Engel

»Vicky!«

Dieser verdammte Schmerz. Sechs Stunden soll die Pille wirken, die blitzartigen Überfälle des Schmerzes abwehren, der ohne Vorwarnung zuschlägt. Böse funkelnde Brillenschlangen, die im Hinterhalt lauern.

Noch sechzehn Stunden, bis die Pflegetruppe anrückt.

»Keine Bange«, versicherte Dr. Hackstein, »wir werden Ihnen einen wohldosierten Cocktail zusammenstellen. Die Behandlung ist so angelegt«, wandte sie sich an Joram, »dass Dana keine Schmerzen spüren wird. Das ist im Grunde unsere Hauptaufgabe: Schmerzen zu vermeiden. Dafür sind wir da. Zu nichts anderem.« Sie warf ihm einen scharfen Blick zu, um sicherzugehen, dass er das Unausgesprochene verstanden hatte, und kehrte zu mir zurück: »Sollte etwas anderes auftreten, nicht Schmerz, muss man sich an den Hausarzt wenden. Er wird es behandeln. Klar? Wir kümmern uns um den ganzen Rest. Wenn Sie den Zeitplan genau einhalten«, sie blickte wieder Joram an, »wird sie rund um die Uhr schmerzfrei sein. Ich verspreche Ihnen«, das galt nun wieder mir, »dass wir unser Bestes tun, damit Sie nicht leiden müssen.« Warum war ich damit einverstanden gewesen, sie kommen zu lassen? Ich hätte mich zur Wehr setzen sollen. Joram hätte erröten sollen, sich verstellen müssen.

Stattdessen hatte er nur gesagt: »Das war's, Dana, wie ist es dir lieber?« Seine Art, »das war's« auszusprechen. Als ob ich irgendeine Wahl hätte. Das ist alles, was es gibt, Dana. Deine ganze Scheiße.

Ich bereue es, meine Herrschaften, verschwindet, macht, dass ihr wegkommt. Allesamt.

»Die Tabletten, die ich aufgeschrieben habe«, drang Dr. Hacksteins Stimme zu mir, »werden zu wirken beginnen, noch bevor der Schmerz anfängt. Deshalb ist es äußerst wichtig, sie pünktlich einzunehmen.«

»Das wird sich ändern, unbedingt«, antwortete sie auf eine Frage von Joram, die ich überhört hatte. »Aber dann werden sich auch die Einnahmezeiten der Medikamente ändern. Oder wir werden sie austauschen. Sagen Sie uns einfach Bescheid, wenn das geschehen sollte.«

»Was geschehen«, fragte ich, »wenn ich bitten darf? Ihr sprecht über mich.«

»Natürlich, Dana«, lächelte Dr. Hackstein. »Ich habe nur darum gebeten, uns mitzuteilen, wie der Cocktail, den ich zusammengestellt habe, wirkt. Jeder reagiert anders, möglicherweise dauert es einige Zeit, bis er seine Wirkung entfaltet.«

»Das Team wird jede Woche vorbeikommen«, fuhr sie mit sachlicher Stimme fort, wobei sie diesmal nur mich ansah. »Und es gibt bei uns eine Krankenschwester, die jede Frage beantworten wird, vierundzwanzig Stunden, zu jeder Tages- und Nachtzeit.«

Sie öffnete ihre abgewetzte braune Ledermappe, die nach Lehrerin oder Pflichtverteidigerin aussah, und begann, die Einzelheiten zu notieren, füllte Seite um Seite.

»Ich berechne die Dosierung entsprechend dem momentanen Zustand«, verkündete sie, noch während sie schrieb. »Und Sie notieren in einem eigenen Heft das Medikament und die jeweils genaue Zeit der Verabreichung. So werden wir den Überblick behalten. Michal wird es gleich erklären.

Augenblick mal«, sie straffte sich kurz, »wer ist die ganze Zeit bei Dana?« Sich umblickend lokalisierte sie Vicky und lehnte sich beruhigt zurück: »Sehr schön. Sie haben eine Filipina gefunden. Ausgezeichnet.« Mit einer Handbewegung nahm sie sie in das Grüppchen auf, das sich aufmerksam um mein Bett versammelt hatte.

»Sie haben viel Erfahrung«, meine Stimme klang gleichgültig.

»Ja, darauf können Sie sich verlassen«, antwortete sie und schob energisch die Brille nach oben. »Ich verspreche Ihnen, Dana, dass wir die Schmerzen in den Griff bekommen werden, gemeinsam.«

Michal hatte sich mit Vicky in eine Ecke des Zimmers zurückgezogen, eine dünne Plastikmappe zwischen sich. So dünn? Entsprach die Anzahl der Seiten darin etwa den Tagen, die sie mir noch gaben? Worüber redeten sie? Die Sozialarbeiterin saß neben mir. Ich erinnerte mich nicht an ihren Namen, in dem ganzen Trubel war in meinem Kopf alles wirr durcheinander gegangen. Tuvi? Ruchi? Vielleicht Zippi?

»Ich verstehe«, sagte ich zu ihnen, »alles klar. Lasst uns leben und schauen, ob wir's überleben.«

»Das wird prächtig klappen«, erwiderte Tuvizippile im Brustton der Überzeugung, ohne auf meine Äußerung einzugehen.

»Erfahrung?«, fragte ich wieder.

»Eine Menge«, bestätigte sie.

»Vicky! Pill, hurry, please!«

Bringt sie mir auch jetzt wieder das Telefon?

Wie lange brauchst du denn noch, du blöde Kuh, ergänze ich den Satz für mich. Vier verdammte Stunden. Diesmal gibt es wenigstens keine Diskussion. Aus der Küche dringen die vertrauten Geräusche, das Aufziehen der Schublade mit den Medikamenten, die Kühlschranktür.

Ein Teelöffel Pudding, in dem die Tablette zerdrückt ist, wird in meinen Mund geschoben, und als ich die Reste mit Mineralwasser hinunterspüle, weiß ich, dass ich jetzt nur noch warten kann. Da nützen keine Erinnerungsspielchen mehr. Das Leben ist stärker als meine Fantasie, deren Sehnsüchte mir am Ende nur Schmerzen anderer Art bereiten.

Schon seit einem Monat habe ich Jehoiada nicht mehr gesehen, und bald zwei Monate ist es her, seitdem wir das letzte Mal miteinander geschlafen haben.

»Das sind also deine Versprechungen«, sagt er mit schelmischem Blick. »Du hast noch keinen Ehemann und schon vernachlässigst du den Liebhaber.«

»Das sind die Prüfungen«, weiche ich aus, sitze friedlich, von seinen dünnen Armen umfangen, zu seinen Füßen und atme tief den mir vertrauten Geruch ein.

»Und vielleicht«, fahre ich selbstgefällig fort, »ist es ja wirklich schon der Ehemann.«

»Es wird auch Zeit.« Jehoiada schürzt die Lippen. »Kinder auch, wie viele?«

»Schluss damit!« Ich fahre mit einem Finger über seine Lippen, streichle seine Wange, schiebe die Finger zwischen die Knopflöcher seines Hemds, dessen Weiß längst nicht mehr blendet.

»Nein, tatsächlich«, sagt er, »deine Noten sind nicht gerade überragend, nicht einmal in Bibliotheken sehe ich dich sitzen. Was bleibt also? Heiraten und Kinder kriegen!«

»Uff, also echt.« Ich versuche, seine Kritik abzuwiegeln, spiele mit seinem Brusthaar, das grau aus dem Ausschnitt seines Unterhemds lugt.

»Nein, Dana, wirklich. Mir gefällt nicht, was hier passiert. Dieser Junge macht dich verrückt.«

»Wieso? Wie kommst du denn darauf?«, begehre ich auf. Ich weiß nicht, ob mir die Vaterrolle, die er sich anmaßt, gefällt.

»Ich habe nachgeforscht«, sagt er. »Und außerdem, du rufst nicht an, kommst kaum. Ich habe auch keine Möglichkeit, dich zu treffen.«

Habe ich vier Jahre auf solche Worte gewartet, oder schon mein ganzes Leben? Beim Öffnen seiner Hemdknöpfe küsse ich das Brusthaar.

»Hör auf!« Er schiebt meine Hand weg und stellt mich auf die Beine. »Ich habe mich geirrt. Du bist trotz allem eine kleine Spießerin.«

Ein zorniges Funkeln blitzt in Jehoiadas Augen auf, wenn er böse ist, überträgt sich auf mich, lässt Kraft in mir wachsen. Ich gehe zum Sofa, setze mich, die Beine leicht schräg, mir meines Rocks bewusst, der über den Schenkel hinaufrutscht, und des Büstenhalterträgers, der unter der ärmellosen Bluse ein wenig über den Arm rutscht.

»Du hast also den richtigen Mann und Ernährer gefunden, und alles, was zwischen uns war, ist nicht mehr wichtig?«

»Doch. Sehr sogar.«

»Es sieht aber nicht so aus.«

Er marschiert zwischen Schreibtisch und Tür auf und ab. Vor den Bücherregalen stopft er langsam seine Pfeife, drückt den krausen Tabak, den er aus dem schwarzen Ledersäckchen holt, mit einem kleinen Pfeifenstopfer hinein.

»Ich habe Anfang der Woche auf dich gewartet, aber du hast dir nicht einmal die Mühe gemacht, mir mitzuteilen, dass du nicht kommen würdest.«

»Ich, ich hab's dir gesagt.« Ich versuche, mich zu erinnern. »Ich hatte eine Prüfung.«

Und mit einem Mal sehe ich das Bild ganz klar und deutlich vor mir. Ich sitze in Dorits neuer Wohnung. Wir diskutieren die Möglichkeit, dass sie ihr Studium im Lehrerseminar abbricht und zur Innenarchitektur wechselt. Die Arbeit mit ihrer Mutter wird langsam zum Ärgernis. »Ich verstehe mich nicht mehr so gut mit ihr«, erklärt mir Dorit. Das ist haargenau das, wovor ich sie damals gewarnt habe. »Mach dies, mach jenes, Schluss damit, und außerdem, wie lange soll ich noch Popos abputzen und Backebackekuchen singen?«

»Wirst du das schaffen?«

»Mit Fernstudium an der Technischen Hochschule, am Abend, warum nicht?«

»Wenn ich deine Mutter wäre, würde ich dir sogar die Studiengebühren zahlen.«

»Übertreib's nicht. Aber wenn es mir gelingt, in Teilzeit weiterzuarbeiten –«

»Warum soll sie nicht jemand bezahlen?«

»Weil sie behauptet, es gebe keine bessere Kindergärtnerin als eine, die selbst Mutter ist.«

»Und gemeinsame Ferien, ich kenne das Argument aus persönlicher Erfahrung.«

»Und dieses Verständnis für die Psychologie des Kindes!«, seufzt Dorit. »Interessanterweise sind die gestörtesten Kinder in der Schule gerade die von Psychologen, wie Jochai. Erinnerst du dich?«

Der Name löst schallendes Gelächter aus: Die Schlammkugeln, mit denen Jochai die Landkarte von Erez-Israel beschoss, sein merkwürdiges Gezappel in den Turnstunden, und der Ausflug in den Karmelwald, als er sich in einer Höhle versteckte, während alle nach ihm suchten. Als ich nach Luft japse, fällt mir bei Karmel Zichron-Jakov ein und dann Jehoiada.

»Großer Gott, du wirst es nicht glauben, morgen bin ich mit Jehoiada verabredet, aber ich habe mit Uri was ausgemacht.«

Und Dorit wischt sich die Lachtränen aus den Augen, wird ernst und sagt nur: »Na, großartig.«

»Ich hab nicht einmal daran gedacht, dass dies unser Tag ist.« Ich bin völlig überrascht. »Erst jetzt, als wir den Karmel erwähnt haben, ist es mir eingefallen.«

»Großartig«, wiederholt Dorit.

»Das lässt tief blicken, oder?«

»Allerdings. Rufst du Jehoiada an, dass du nicht kommst?«

»Warum eigentlich nicht?«, sage ich, während ich an all das Warten, die Telefonanrufe und die langen Liebesbriefe in den Nächten beim Militär denke. »Auf dem Heimweg, von einer Telefonzelle aus. Warum sollte er umsonst warten.«

Doch auf dem Weg nach Hause, in Begleitung Dorits und ihres Mannes, während wir amerikanisches Soft-Eis schlecken, erzähle ich ihnen von Uris verschiedenen Tätigkeiten. Jehoiada ist mir komplett entfallen.

»Ich bin noch nicht senil«, knurrt Jehoiada. »Wenn du es mir gesagt hättest, würde ich mich erinnern.« Er zündet sich die Pfeife an, Dunhill-Geruch liegt in der Luft. »Kein Problem«, erklärt er abschließend, »das ist ein gesunder Prozess. Aber ich bin nicht gewillt zu warten, du musst es mir nur sagen.«

»Aber was denn!« Ich werde unsicher. »Wir gehen erst seit ungefähr einem Monat zusammen und haben uns nicht einmal geküsst.«

»Tatsächlich?« Jehoiada gewinnt wieder an Boden. Sofort setzt er sich neben mich, legt eine Hand in meinen Nacken, nähert sich meinem Mund. Seine Augen sind geschlossen, als er mich sanft mit geöffneten Lippen küsst. »Meine kleine Dana, zieh deine Bluse aus«, sagt er, während er sein Hemd aufknöpft.

Das Blut gerät nicht in Wallung, leichte Trauer ersetzt das Adrenalin.

»Gibt es nichts zum Tippen?«, frage ich, als hätte ich vergessen, dass infolge privater Konflikte und politischer Erwägungen der Etat eingefroren wurde, und das Buch über Alexander nicht erscheinen wird, jedenfalls nicht ein von Jehoiada verfasstes.

»Vielleicht warten wir, bis wir in der Wohnung in der Prophetenstraße sind?«, fahre ich fort.

»Du hast Recht«, erwidert er ein wenig zu schnell. »Absolut.« Dann richtet er sich auf und knöpft sein Hemd zu.

»Da-na? Want to see news?«

Vicky steht neben mir, die Fernbedienung in der Hand. Antonella, die Seifenopernheldin, hat schon längst aufgehört zu schluchzen, und ich, in meinem Ledersessel, habe bereits vor drei Monaten das menschenmögliche Quantum an Tränen vergossen.

»No«, antworte ich, »no news, not TV.«

Nur ich, bitte.

Dana, Dana-Lama-Banana. Ich.

Ohne Jehoiada. Ohne den *Fels*. Ohne Mann, Beruf oder irgendeinen Abschluss. Ein Ich, das nur ein einziges Mal ICH sein wird. Ohne jeden anderen, ohne Hoffnung, ohne Traum.

Ohne mich?

Und wenn ich nun zu ihr sagen würde: Lass mich allein, Vicky, ich möchte für mich sein, mit diesem Etwas, das ich nicht benennen kann, an das ich aber schon gewöhnt bin, mit dem ich über fünfzig Jahre lang gelebt und Erfahrung gesammelt habe, wie ich damit umgehe, lass mich ganz einfach allein – ihre Mandelaugen würden mich neugierig, vielleicht mit ein wenig Feindseligkeit betrachten, und sie würde schleunigst Joram anrufen: »Verstehe Da-na nicht.« Und er würde garantiert kommen, sobald er konnte, das Luminal und alles andere hervorholen und hinter meinem Rücken die ambulante Pflegeschwester alarmieren.

Eine Pille gegen Depression, das ist ihre Methode, das Ich in die Schranken des Normverhaltens zu verweisen. So stellen sie sicher, dass wir uns nicht in der Illusion verlieren. Und es gelingt ihnen. Wirklich. Ich –

Schlucke Pillen.

Beschwöre Erinnerungen herauf.

Die Männer in meinem Leben.

Beweise mir jedes Mal von neuem, dass ich keine Ruhe finde ohne Jehoiada, ohne den *Fels*, auch nicht ohne Uri und Juval. Dass ich nicht Ich wäre ohne sie. Damals nicht, heute nicht. Wann soll es mir dann überhaupt jemals gelingen, mich ohne sie zu definieren?

Das letzte Mal.

Ich schlief nicht länger mit Jehoiada. In den verbleibenden Jahren unserer Beziehung wurde der Kontakt durch gelegentliche Gespräche und sporadische Treffen aufrechterhalten. Innige Umarmungen bei der Begrüßung, ein zarter Kuss beim Abschied, am Ende schließlich nur noch ein Händedruck.

Ohne Worte, ohne Erklärungen.

Die Einladung zu meiner Hochzeit schickte ich per Post. Doch sogar jetzt, in dem verstellbaren Ledersessel, meine Beine hochgelegt, die Augen geschlossen, möchte ich immer noch diese märchenhafte Einmaligkeit der Prophetenstraße empfinden. Die Haut, die nach Berührung lechzt, die blank liegenden Nerven. Seine sanfte, feste Hand, die hartnäckig weiter dorthin vordringt, wo mich noch keiner berührt hatte. Altersflecken auf dem Handrücken, Falten auf der Stirn, um die Augen, den Mund herum. Wenn Liebe nicht blind macht, was dann?

13

Der und der, die und die

Uri liebt die Natur, und ich fange an, Uri zu lieben. Von Tag zu Tag lerne ich seine Weltanschauung mehr schätzen. Die klare Art und Weise, in der er Ereignisse und Menschen beurteilt. Die Leichtigkeit, mit der er Probleme löst, auch für sich selbst.

Bei mir ist alles ambivalent. Ich sage einerseits und andererseits, man kann es so oder so sehen, die zwei Seiten der Medaille, und noch so ein paar abgedroschene Sprüche. Uri kennt keine Probleme. Morgen um zehn ist morgen um zehn, auch wenn es elf sein sollte; und zwei, die sich in der Wüste verirrt und nur noch einen armseligen Wasserrest zur Verfügung haben, würden sich bei ihm nicht die letzten Tropfen teilen, sondern einer würde alles trinken und überleben.

»Verstehst du den Gedanken«, begeistert sich Uri, »die Herrschaft über Besitz ist der Schlüssel zum Leben, auch im Judentum. Und mir soll bloß niemand mit Geist und Materie auf den Geist gehen. Ohne Materie kein Geist. Punkt. Geistigkeit ist Luxus.«

Ich bin beeindruckt. Eine Frau muss sich beeindrucken lassen. Wie viele Jahre sind seit damals vergangen? Fünfundzwanzig, achtundzwanzig oder hundert? Welchen Wert hat die Zeit gegenüber dieser Idee: Die Geistigkeit ist überflüssig. Sie ist überflüssiger Luxus. Luxuriöser Überfluss? Ich bin beeindruckt, aber ich zeige es nicht direkt. Nur so, dass er es merkt. Uri denkt eingleisig, ist unabsichtlich verletzend. Aber ich bin nicht verletzt. Und außerdem bringt die Planung der gemeinsamen Zukunft jeden Zweifel zum Verstummen. Wir werden eine Mietwohnung suchen, den Magister machen, ins Ausland reisen. Er wird an der London School of Economics studieren, ich werde Hebräisch unterrichten. Man berichtet mir, dass die Frauen von heute nicht mehr zu beeindrucken sind. Sie ergreifen die Initiative, nehmen sich, was sie wollen, entscheiden sich. Man braucht es mir nicht zu sagen, ich sehe es selbst. Lese es. In der Zeitung, in den Geschichten. Verpiss dich, sagen sie, ich habe ihn gevögelt, bis ihm Hören und Sehen vergangen ist, erzählen sie sich. Starke Frauen. Keine wird heute mehr gebumst. Sie bumst nur noch selbst.

Wir warteten voller Qual auf das Klingeln des Telefons.

Ich kann Uris Freunde nicht ertragen, ebenso wenig wie er die meinen. Eine Party in der Jarkonstraße, eine geräumige Wohnung im zweiten Stock, ein Haus mit vom salzigen Meereswind zerfressener Fassade. Uri stellt mir seine Freunde vor: weiße Zähne, Brille; eine Hand mit einem Glas Bier; die Hand einer Frau mit einer Zigarettenspitze, schlanke lange Finger; eine Hand mit Zigarre. Darf ich vorstellen, der und der, die und die. Ich fühle mich verloren, als er in der Menge verschwindet und sein Lachen aus verschiedenen Ecken klingt.

»Lass uns gehen«, bitte ich ihn, als ich ihn an der Wand lehnen sehe, einem schlanken, blonden Mädchen gegenüber, »ich hab Kopfweh.«

»Ja, gleich«, sagt er ein wenig gereizt, »darf ich vorstellen, die Schwester von Micha, mit dem ich dich vorher bekannt gemacht habe, meinem besten Freund.«

Ich erinnere mich nicht, ob das die Hand mit dem Bier oder die mit der Zigarre war, sehe nur, dass Michas Schwester ein hübsches Lächeln hat und Uri sich zu ihr beugt, völlig locker nach jahrelanger Bekanntschaft. Im Treppenhaus, während ich mit den Jackenknöpfen kämpfe, sage ich großmütig: »Sie ist wirklich süß, Michas Schwester.« Doch Uri hört gar nicht zu, erklärt nur: »Tu mir einen Gefallen, ich möchte mir von meinen Freunden nicht anhören müssen, dass ich eine Freundin habe, die sich die Haare von den Beinen nicht wegmacht.«

»Und was macht ihr für uns weg?« Ich bin gekränkt.

»Ich rasiere mich, oder?«

»Das ist nicht das Gleiche.«

»Das ist ganz genau das Gleiche.«

»Von mir aus kannst du dir einen Bart wachsen lassen. Du rasierst dich doch schließlich nicht für mich.«

»Warum nicht? Ich möchte ordentlich aussehen.«

»Aber Haare sind etwas Natürliches«, erwidere ich. »Du liebst doch die Natur.«

»Nicht bei einer Frau.«

Zu Hause angekommen, gehe ich ins Bad und betrachte durch den Nylonstrumpf hindurch die kurzen Haare an meinen Beinen. Ich habe das Gefühl, dass er Recht hat. Eine Frau muss rasiert sein, glatt, nackt und sauber. Eine Frau hat eine Frau zu sein.

»Du bist so warm und weich, ganz Frau«, sagte der *Springer*, als wir uns in seiner Wohnung trafen. Ein Haus über drei Etagen, eine Sammlung von Keramikleuchtern an der Wand am Eingang, ein wild wuchernder Philodendron.

»Wow«, sagte ich, »ziemlich großzügig.« Das Wohnzimmer führt auf ein kleines Stück Rasen hinaus, auf dem eine Trauerweide mit hängenden Zweigen steht, an deren Stamm eine Plastikschaukel befestigt war. »Bis auf den Garten.«

»Geh bloß nicht raus«, warnte mich Juval.

Schon als wir einparkten, spähte er nach allen Seiten. Während er den Peugeot 405 per Fernbedienung verriegelte, musterte sein Blick unruhig die Fenster des Nachbarhauses.

»Es gibt da ein Klatschweib«, flüsterte er mir übers Autodach zu, »geh hinter mir, als wärst du gekommen, um etwas abzuholen.«

Ich schritt aufrecht hinter ihm her, Ledermappe, hohe Absätze. »Was ist das für eine?«, fragte ich an der Haustür, »hat sie nichts zu tun den ganzen Tag?«

»Sie ist eigentlich Buchprüferin, aber sie hängt zu Hause herum.«

»Die Arme.« Ich erlaubte mir eine Spur Überheblichkeit.

»Ganz und gar nicht. Wir sind die Armen.«

Das »wir« schloss seine Frau, ihn und mich ein. Der Schlüssel drehte sich schon im Schloss, als er fortfuhr: »Einmal hat sie einen Nachbarn beobachtet, der in der Mittagspause mit der Sekretärin kam, und es sofort seiner Frau erzählt.«

»Was?« Ich war erschüttert. »Aber das gilt nicht für uns, oder? Ich komme, um Material abzuholen.«

»Genau«, bestätigte er und öffnete die große Holztür, die ins Wohnzimmer führte.

Das Haus war voll von Tamars Spuren. Kleine weibliche Tonfiguren mit schweren Hinterteilen und Brüsten auf den Regalen, komplizierte Makramee-Arbeiten, an den Wänden aufgespannt, über den Holzschaukelstühlen; Messingkessel als Blumentöpfe, Kupfertabletts.

»Tamar ist wohl künstlerisch veranlagt«, meinte ich anerkennend. Juval kehrte mit zwei Gläsern Orangensaftkonzentrat aus der Küche zurück. »Was anderes gibt es nicht. Was hast du gesagt?«

»Ich sagte, Tamar hat eine künstlerische Ader.«

»Klar«, bestätigte er, »sie hat sogar Zeugnisse dafür.«

Die künstlerische Tamar war zu ihren Eltern nach Sedot-Jam gefahren, Omer befand sich im Kindergarten, Zufit in der Schule. Und Papa ist mit einer alten Bekannten auf einen Sprung vorbeigekommen, nicht in seinen dienstfreien, sondern in seinen disponiblen Stunden, um ihr »Material« zu geben, das seit Jahren in den Schubladen seines Herzens und seiner Hoden wartet.

»Schon zwölf«, Juval schaute auf die Uhr, »ich hab nur bis eins Zeit.«

»Und dann taucht die ganze Gesellschaft auf?«

»Nein, zuerst muss ich dich in die Stadt zurückbringen, und erst dann hole ich Omer ab.« Er lächelte mich an und fügte rasch hinzu: »Das ist Tamars Aufgabe, aber sie hat den Tag genutzt, um zu ihren Eltern zu fahren, und ich –«

»Bist du sicher, dass sie bei ihren Eltern ist?«

Juval erstarrte für einen Augenblick, bis sich ein ironisches Lächeln auf seinem Gesicht ausbreitete: »Wer weiß, vielleicht so, wie du bei deinen Eltern bist –«

»Nein. Eine solche Ausrede habe ich nicht mehr.«

Das Bild meines Vaters in seinen letzten Tagen, bleich, nach Luft ringend, drängte sich mir auf, zwang mich, tief Atem zu holen. »Aber siehst du, alles Schlechte hat auch sein Gutes, sogar der Tod«, und in diesem Augenblick meinte ich jedes Wort, das ich sagte.

Und dann waren keine Worte mehr nötig. Wir standen beide gleichzeitig auf. Juval ging voran ins Schlafzimmer, mich führend wie in jener Nacht in der sechsten Klasse. Das spärliche Licht in dem dämmrigen Raum betonte die blauen Vorhänge, die Türkisschattierungen des Bettüberwurfs und brachte drei himmelblaue Kissen zur Geltung, die zu einem gleichschenkligen Dreieck angeordnet waren.

»Alles ist blau. Arrangiert sie das jeden Morgen so?«, fragte ich bewundernd.

»Aber sicher«, erklärte Juval, »Tamar ist wunderbar.« Er zog an der ins Grünblau spielenden Decke und legte sie auf den Nachttisch. Ich trat ans Bett, um die große blaue Zudecke zurückzuschlagen, und legte ein blau gestreiftes Laken und weiße Kissenbezüge mit blauen Rändern frei. »Ist euer Schlafanzug auch blau?«, konnte ich mir nicht verkneifen zu fragen. Plötzlich entdeckte ich mich selbst – kurz geschnittenes Haar, lange Silberohrringe, ein gerade geschnittener Hosenanzug aus Viskose, ein schiefes Lächeln – im großen Spiegel gegenüber dem Bett.

»Falls du die Toilette brauchst, die Tür rechts da«, erklärte Doktor Juval Karmi mit seiner berufsmäßigen Stimme.

»Ihr denkt an alles«, bemerkte ich, während ich mein Haar vor dem Spiegel ordnete. »Er ist genau auf Höhe der Matratze.«

»Wenn schon, denn schon«, lächelte er selbstgefällig.

Woher kommt das ganze Geld? Bestimmt von ihr, dachte ich im geräumigen Elternklo, während ich ein wenig schief auf der Kloschüssel saß, damit man das Plätschern im Zimmer nicht hören konnte. Ich betrachtete die Seifenbehälter und Parfümfläschchen, die gläsernen Flakons mit getrockneten Duftkräutern, begutachtete die Glaswand um die Badewanne, deren Blumendekor auf die Boden- und Wandfliesen abgestimmt war.

Irgendjemand ist hier zwanghaft, beschloss ich für mich, pseudomodern und nicht besonders originell.

Oh, Dana-Banana, hast du dir schon mal überlegt, was Juval gedacht haben mag, als er in deiner Wohnung war?

Bei mir ist zumindest nichts prätentiös. Ein breites Holzbett, schwarz, ohne Nachttische. Ein grauer Teppichboden. Ein grobmaschiger Vorhang mit braunen, längs dunkler, quer heller gewirkten Acrylfäden. Kein Makramee, kein Blumentopf. Die Skizze einer nackten Frau, zwanzig auf zwanzig Zentimeter. Eine Reproduktion von Egon Schiele; ein nacktes gelbliches, knabenhaftes Mädchen, ein grauer Streifen teilt vorsichtig das Schamhaardreieck. Und ein Blatt in einem Aluminiumrahmen, behutsam aus einem riesigen Picasso-Bildband herausgetrennt: ein alternder Satyr, gebückt, mit erigiertem Glied, der die Hand bettelnd nach einem jungen Mädchen ausstreckt.

»Diese Skizze finde ich sehr erotisch«, erkläre ich Juval, der das Bild anstarrt. Wir versuchen beide, uns davon abzulenken, dass es das erste Mal ist.

»Aha«, sagt er. Wir stehen einander umarmend vor dem Bett, auf dem zwei warme Decken ausgebreitet sind, jede mit einem andersfarbigen Bezug. Er schaut mir in die Augen. »Joram hat einmal einen Picasso-Bildband mitgebracht«, versuche ich, der Erregung mit Konversation beizukommen, »und dieses Bild hat mich fasziniert. Es hat so eine unverblümte Erotik.« Dann lächle ich ihn an. »Kaum zu glauben, Juvusch, da bin ich nun sechsunddreißig, wirklich kein kleines Mädchen mehr, und dermaßen aufgeregt.«

»Ich auch«, flüstert er mit seinem treuen Hundeblick, der mir aus der Kindheit in Erinnerung ist. Vollenden wir, was wir versäumt haben? Ich wende meinen Blick von ihm ab und spüre, wie sich das alte Zittern in mir regt, nur dass es diesmal in der Brust beginnt und dann erst die Beine erreicht.

»Dana«, er streichelt mein Haar, seine Hand umfasst meinen Nacken, »ich glaub's nicht, dass mir das geschieht. Uns.«

Wie in einem Stummfilm beginnt er, im Zeitlupentempo den Angorapullover über meinen Kopf zu ziehen, lässt ihn auf den Boden fallen, presst mich an sich, während seine

Hände unter mein Seidenhemd gleiten. Ich knöpfe sein Flanellhemd auf, unter dem ein blaues T-Shirt zum Vorschein kommt. Er löst seine Hände von mir, um sich aus den Ärmeln zu befreien. Die Kleider fallen unbeachtet zu Boden. Ich stehe im schwarzen Büstenhalter da, den ich erst vor ein paar Stunden mit Bedacht ausgewählt habe. Seine schmale Brust drückt sich an die meine, und das Zittern, das nun meinen ganzen Körper erfasst hat, kann ihm nicht entgangen sein.

»Moment«, ich löse mich von ihm, renne los, um die Heizung einzuschalten. Als ich zurückkomme, sitzt er auf dem Bett, auf Jorams Seite, in bunten Boxershorts, auf denen blaue und rote Bälle zu sehen sind. Ich streife hastig meine Stretchhose herunter und hechte mit einem Sprung unter die Bettdecke. Dort ziehe ich den BH ab und er seine Unterhose. Körper drängt sich an Körper. Seine Hände mit den schönen Fingern liegen auf meiner Brust, und seine Stimme dringt wie aus der Ferne zu mir: »Weißt du, dass ich immer von dir geträumt habe, als ich ein Junge war?«

»Wir sind doch keine Fremden«, sage ich, »warum schäme ich mich dann bloß? Bin sechsunddreißig und schäme mich!«

Er umarmt mich beschwichtigend, greift nach unten und streift langsam mein Höschen herunter. Ich leiste Hilfestellung und flüstere: »Die Scham des ersten Mals. Weißt du, wir sind nicht mehr die Jüngsten.«

»Ist ja gut, Dana.«

»Der Körper ist nicht mehr das, was er einmal war«, fahre ich eigensinnig fort.

»Du weißt, dass das nicht von Bedeutung ist«, sagt er und küsst mich. Neben dem Gefühl der Spannung und Neugier auf den fremden Körper spüre ich tiefe Dankbarkeit und etwas Zartes, das sich, noch flüchtig, zu verdichten beginnt. Vielleicht werde ich es später Liebe nennen.

Uri liebt die Natur, und ich liebe allem Anschein nach ihn. Was sich am Anfang als Gelegenheit bot, Jehoiada zu entkommen, verwandelt sich in etwas Konkretes. So empfinde ich es zumindest. Unmerklich wird Uri zum Bezugspunkt meines täglichen Lebens: bevor wir vom Eichmann-Prozess geredet haben; nachdem wir Fellinis »Roma« gesehen haben; vor der Fressschlacht am Bezalelmarkt.

Es macht Spaß, ins Bett zu gehen, allein. Während ich mir Worte und Blicke ins Gedächtnis rufe, senkt sich ganz langsam der Schlummer über mich, trudelnde Gedanken, in denen überall Uri auftaucht. Seine Augen, seine Lippen, seine Zehen mit den quadratischen Nägeln; Weiß auf Rosa. Dana und Uri Koren, kuschle ich mich in den Namen ein, als wäre ich mit ihm geboren. Die nahe Zukunft ist klar, die fernere folgt daraus: Nach dem M.A. fahren wir nach London, er wird weiterstudieren, promovieren, Doktor Uri und Dana Koren. Wieder zu Hause wird er zum Juniorpartner der Kanzlei von Herzig & Nachum ernannt werden, Bekannte seines Vaters. Die komplizierten Fälle warten schon auf ihn, und ich warte daheim auf ihn, warte, waaar-teee – sage ich selig lächelnd, bevor ich einschlafe.

Auch am Morgen ist es jetzt anders. Die Lider öffnen sich mühelos, der Körper wird von einem Adrenalinstoß belebt. Keine Zweifel, keine Scham mehr oder das Gefühl zu sündigen wie zu Anfang der Beziehung mit Jehoiada. Ein guter Morgen verspricht einen verheißungsvollen Tag, und wenn dieser enttäuschend verläuft, folgt ein neuer. Was auch immer geschieht, von Jehoiada werde ich ihm niemals erzählen. Die Kluft von zweiundvierzig Jahren vermag ich nicht zu erklären. Aber das ist jetzt Vergangenheit. Von jetzt an gibt es nur noch Zukunft.

An den Samstagabenden, nach dem Käsekuchen, kommt Uri zu uns herauf: Er setzt sich in den Kordsamtsessel und streckt die langen Beine aus. Mama serviert verschiedene Nüsse in einem Silberschälchen, Papa lächelt einen flüchtigen Gruß, mustert Uri einen Moment und vertieft sich dann wieder in die Lektüre seiner Zeitung.

»Wie geht es den Eltern?«, fragt Mama.

»Gut.«

»Und dem Studium?«

»Gut.«

»Möchtest du Kaffee?«

»Nein, wir müssen gleich weg.«

»Wir gehen auf eine Party.« Ich bin schon aufgestanden.

Papa hebt den Blick: »Viel Spaß, Kinder.« Mama schaut Uri mit einer Mischung aus Besorgnis und Respekt an. »Passt auf mit diesem Töfftöff«, sagt sie, und schon sind wir draußen.

»Wir gehen doch gar nicht auf eine Party«, sagt Uri, bevor wir losfahren. »Warum hast du das gesagt?«

»Was weiß ich? Nur so.«

»Wozu nur so?«

»Ich weiß nicht, um ihnen einen Grund zu nennen. Ich dachte, du wolltest gehen.«

»Ich sage nie Dinge ohne Grund«, belehrt er mich.

Hinter ihm auf dem Motorrollersitz denke ich, dass die Sprache des Körpers stärker sein wird als die des Verstandes und dazu im Stande, jede Schieflage zu reparieren. Wir brausen los, mein Haar flattert im Wind, meine Hände stecken in seinen Hosentaschen. Das Herz wird groß und weit in meiner Brust, lässt keinen Raum mehr zum Denken.

Uri schiebt Zweige aus dem Weg. Ich halte mich von hinten an seinen Kleidern fest.

»Woher kennst du eigentlich diese ganzen Plätze?«, frage ich anerkennend.

»Ist was?«

»Wollen wir nicht lieber zu unserem Hügel?«

»Was heißt hier unser!«

»Natürlich nicht.« Ich bin verstimmt. »Ich meinte damit nicht, dass er uns gehört.«

Immer das Gleiche. Die guten Vorsätze verkehren sich ins Gegenteil. Wann wird es ihm gelingen, nicht nur die Worte zu begreifen, sondern auch den Bezug? Mit den Jahren, rede ich mir ein. Auch das wird kommen. Wenn wir uns kennen, aneinander gewöhnt haben.

»Das macht mir Angst.« Ich zerre an seinem Hemd, mache auf kleines Mädchen. Uri bleibt stehen und legt mir beruhigend eine Hand auf die Schulter.

»Du fürchtest dich vor der Dunkelheit? Im Wadi Poleg war das aber nicht so.«

»Ich weiß auch nicht, warum.«

»Es ist bloß kein Mond da. Das ist alles. Es gibt nichts, wovor du Angst haben musst.«

Wir gehen weiter. Ich richte meine Schritte nach den seinen aus, bis er an einer kleinen, buschlosen Lichtung stehen bleibt und die Decke ausbreitet.

»Jetzt fürchte ich mich nicht mehr«, sage ich. Uri lächelt. »Und kalt ist es auch nicht.« Wir ziehen uns gegenseitig aus. Unsere Körper heben sich hell von der Dunkelheit ab.

»Man sollte Nudist werden, schau mal«, unterhalb der Hüfte ist er ganz weiß, unberührt von jedem Sonnenstrahl; das schwarze Dreieck wird von der Dunkelheit verschluckt.

»Du auch«, lacht er, seine Hände auf meinen Brüsten, »weiß wie Schnee.«

Jede Berührung löst einen Schauer aus, der zwischen die

Schenkel kriecht, den Rücken hinaufgleitet und bis in die Zehenspitzen hinunterrieselt. Verlangen steigt in mir auf. Er zeichnet Kreise auf meinem Rücken, ich auf seinem. Er lässt eine Hand meinen Schenkel entlangwandern. Auch meine Hand streicht über seine Oberschenkel, fährt höher, umfasst seine Hoden, rau und weich zugleich. Ich spüre harte kleine Körnchen darin.

»Dana!«, stöhnt Uri.

»Uri.«

»Moment«, sagt er und setzt sich auf. Seine Hände lösen sich von meinem Körper, und er mustert die Umgebung. Meine Augen, die sich inzwischen an die Dunkelheit gewöhnt haben, unterscheiden Gräser und Sträucher am Rand, und in dem Duft der nahen Zitrushaine nehmen meine Sinne eine Spur Salbei wahr.

»Ich such was, wart einen Moment«, erklärt Uri, als ob ich davonlaufen würde. Ich liege da wie ein heißer Stein, glühend in der Dunkelheit.

Er steht auf. Seine große nackte Gestalt verschwindet. Eine Minute später kehrt er zurück und hockt sich neben mich, in den Händen die kleinen, handtellerförmigen Blätter der Erez-Israel-Lupine, und legt mir eines auf jede Brust.

Mein Herz zieht sich zusammen vor Liebe. Hüpft vor Glück. Er, genau er ist der Mann, mit dem ich mein Leben teilen möchte, mit dem ich alt werden will. Sogar sterben.

Das Blatt fühlt sich rau an auf der zarten Haut, bedeckt die Brustwarze, schmiegt sich an die Wölbung. Uri beugt sich ein zweites Mal über mich, legt seine Hände auf die Blätter, drückt und streichelt, presst und spannt.

»Misst du irgendwas ab?«, entfährt es mir unwillkürlich.

Er schweigt, und wir fahren fort, einander lustvoll zu streicheln. Seine Hände zwischen meinen Beinen, meine

Hand an seinem steifen Glied, das sich an meinem Körper reibt. Plötzlich setzt er sich ein zweites Mal auf.

»Moment, ich will dir was geben.« Er wendet sich ab und kramt in einer seiner Hosentaschen.

Wieder finde ich keine Worte. Die duftgeschwängerte Nacht, die Lupinenblätter auf meiner Brust, die Stille – ein Zauber, der keines Kommentars bedarf. Es ist mir klar, was er im Sinn hat, die Harmonie der Körper hat schließlich zur Übereinstimmung des Denkens geführt: Nichts anderes wird er hervorholen als einen Ring, den ihm seine Großmutter vererbt hat. Einen Verlobungsdiamanten. Auch mit einem dünnen Goldreif würde ich mich begnügen, den er von seinem selbst verdienten Geld gekauft hat. Sogar mit einem Vorhangring. »Du bist mir bestimmt, Dana«, wird er sagen, »wie ein Kleinod.«

Auch ich setze mich auf.

»Warte –«

Uri durchwühlt nun die zweite Hosentasche und zieht schließlich ein kleines Tütchen heraus, reißt es schnell auf und reicht mir den Inhalt.

»Zieh's mir über«, sagt er schlicht.

Eine Ewigkeit vergeht, bis bei mir endlich der Groschen fällt.

Dana steht nicht auf und geht. Dana verstellt sich.

»Was ist los, siehst du zum ersten Mal ein Kondom?«

»Nein, aber es ist das erste Mal, dass ich so was in der Hand halte.« Flaches, glattes Plastik. Ich weiß nicht, was ich damit machen soll. Das heißt, ich weiß, was es ist und wozu es dient, aber nicht, wie es geht.

»Gib her.« Uri nimmt es, rubbelt es zwischen seinen Händen, bläst hinein und reicht es mir wieder, als sei es eine Praline, und ich, in der nur Jehoiada zu lesen verstand, nähere mich dem erigierten Glied, das Uri stolz betrachtet, rolle die dünne Hülle von der Spitze bis zur Wurzel, betrachte, mir ein Lachen verkneifend, den Zwergenzipfel, der oben stehen bleibt. Alles ganz einfach.

Im Nachttisch neben dem blauen Bett in dem blauen Zimmer mit dem großen Spiegel bewahrt Juval eine Packung Kondome auf. Made in France, neunundneunzig Komma neun Prozent Sicherheit. Ich trete aus der Elterntoilette und warte dann auf Juval, der nach mir hineingeht, hänge meine Kleider auf den abgerundeten Holzbügel, natürlich blau gestrichen. Der leicht grau gestreifte Viskoseanzug und die elfenbeinfarbene Bluse verdecken Tamars Frotteemantel und orangefarbene Batikhosen. Juval, wieder zurück, legt langsam seine Kleider ab. Es eilt ja nicht. Eine Stunde. Ausreichend unter den Bedingungen, die wir gewöhnt sind. Ein Jahr hastiger Nummern bei mir zu Hause, in der Wohnung von Freunden, zum ersten Mal jetzt bei ihm. Auch hier überkommt mich ein unbehagliches Gefühl.

»Kann sie plötzlich auftauchen?«, frage ich, während ich einen Stöckelschuh abstreife.

»Woher soll ich das wissen? Es gibt eigentlich keinen Grund.«

»Vielleicht rufst du ihre Eltern kurz an, dann wissen wir Bescheid, und du kannst beruhigt sein.«

»Ich bin nicht beunruhigt«, erwidert er mit einem Anflug von Ärger, wendet sich dem Nachttisch zu, holt ein Kondom aus der Packung und deponiert es in Griffweite.

»Wie ein verheiratetes Paar«, lache ich und kuschle mich unter die Decke. Juval folgt mir.

Ich habe mal von einem Mann gelesen, der den Frauen, mit denen er schlief, in seinem Notizbuch Zensuren gab.

Auch ich gebe insgeheim Noten. Erstelle eine Bilanz der technischen Fähigkeiten einschließlich der Variablen: Größe, Form, Funktionalität, Ausdauer, Kreativität und Einsatzwille. Ich bewerte vor dem Akt, währenddessen und danach. Die Femme fatale sammelt in Seidenfutteralen Schamhaare, entscheidet, wer in die Hölle, wer ins Paradies, wer in ein Parfümflakon kommt und wer ins Klo gespült wird. Die abschließende Beurteilungszeile allerdings fehlt.

14

Fällt dir zu Füßen, dazwischen

Vicky steht neben mir, fährt mit einem kleinen Handtuch über mein verschwitztes Gesicht.

»Sch… sch… sch…«, sagt sie.

Ich muss geträumt haben. Verstört nehme ich wahr, dass es immer noch Abend ist, der Fernseher flimmert, und meine Beine auf dem Ledersessel sind fest in eine Decke gehüllt.

Erst zehn, zeigt mir die große Pendeluhr, die ich von meinem Großvater geerbt habe. Die Nacht ist noch lang. Früher hätte ich gesagt – jung. Unendliche Müdigkeit in den Gliedern. Meine Finger sind steif. Das Blut fließt träge. Kein Hunger. Keine Übelkeit. Auch keine Traurigkeit. Das allein schon ist ein Grund zur Freude.

»Schla-fen?«, fragt Vicky.

»Somebody called?«, versuche ich, den Augenblick hinauszuziehen.

»Nein.« Sie lächelt.

»Joram?«

»No.«

»Berta?«

»No.«

»Nein, sag nein.«

»Nein«, wiederholt sie gehorsam.

»Nobody, Vicky, sure?«

»Yes, yes«, und sie lacht übers ganze Gesicht.

Eines Abends, nach einer Pfadfinderaktion, in der fünften oder sechsten Klasse, begleitete mich Juval nach Hause. Zu fünft verließen wir die Gruppe, und am Ende blieben nur wir beide übrig.

Eine feuchte, hormongeschwängerte Nacht. Wir gehen nebeneinander her, unsere Hände treffen sich unbeabsichtigt einen Augenblick, ein kleines Kichern. An der Haustür sehen wir uns an. Seine eisblauen Augen betrachten mich mit diesem Hundeblick, den ich verabscheue, doch in dieser Nacht sehe ich in ihnen das Versprechen stolzer Treue, den Grundstein zu einem Königreich, in dem ich die Prinzessin bin – wenn ich es richtig anstelle.

»Weißt du, was?«, sage ich. Und noch bevor ich fortfahre, leuchten seine Augen auf. »Ich habe keine Lust zum Schlafen.«

»Ich auch nicht, komm, wir unternehmen noch was«, meint er begeistert.

Wir kehren im Laufschritt auf die Straße zurück. Juvusch tollt in Bocksprüngen auf dem Bürgersteig herum. Ich zügle mich und frage mich einen Moment, ob ich nicht doch lieber im Bett liegen würde, lesen, schlafen, träumen.

»Gehen wir in den kleinen Park?« Er hüpft an meiner Seite, zieht seine Hose aus der Pospalte. Wir biegen in eine dunkle Straße ein, an deren Ende ein versteckter kleiner Park liegt, mit Schaukeln, Kletterleitern, Rutschbahnen und ein paar Kiefern. Daneben stehen ramponierte Bänke, die untertags nervösen Müttern, auf die Uhr schielenden Kindermädchen und müden Passanten vorbehalten sind. Wir lassen uns auf einer davon nieder. Juvusch erzählt begeistert von seinem Bruder, dem Soldaten, und seinen Heldentaten. Ich höre abwesend zu, denke, was mich dazu gebracht hat zu sagen, ich hätte keine Lust zu schlafen – eine Büchse zu öffnen, die ebenso gut die der Pandora anstatt die der Fortuna sein könnte.

Habe ich an jenem Abend, der den Beginn eines selbstständigen Lebens verhieß, wirklich so gedacht?

Ein Hauch von Abenteuer umfängt uns. Spannung liegt in der Luft. Ich sitze neben ihm, kichernd, aufgeregt, eigentlich in den bebrillten, unzugänglichen Hebräischlehrer verliebt, dessen Geschichten hin und wieder irgendwo abgedruckt werden, und beobachte neugierig Juvuschs Annäherungsversuche. Sein zufälliges Rutschen auf der Bank in meine Richtung, seine Körperhaltung während er redet, ein gelegentliches Verhaspeln am Satzende, liebenswert, komisch. Mitleid erregend. Nun mach schon, ermutige ich ihn innerlich. Warum hat er denn solche Angst, mehr als nein kann ich doch nicht sagen. Falls ich nein sage, meine ich wohl damit – wenn ich überhaupt etwas meine, denn ich weiß nicht einmal, wozu ich nein sagen würde. Auch ich bin hin und her gerissen zwischen Furcht und Wollen.

Was wird er von mir denken, wenn ich zulasse, dass er mich küsst. Was wird er von mir denken, wenn ich ihm erlaube, mich zu berühren? »Komm schaukeln«, sage ich zu ihm, eine wilde Lust drängt mich dazu.

»Au ja, prima«, stimmt er begeistert zu. Wovor habe ich ihn gerade gerettet? Wir rennen zu der kleinen Holzschaukel, auf die unser Po gerade noch passt. Mit den Füßen auf dem Boden machen wir ein paar Schritte rückwärts, bis wir auf den Zehenspitzen stehen – und Schwung!

Vor und zurück, mit gebeugtem Körper, vor und zurück. Ich hebe ab, schwinge in die Höhe und stoße einen Schrei aus. Juvusch an meiner Seite, er singt. Wie von selbst passt der Takt der Schaukeln sich an, und gemeinsam fliegen wir vor und zurück, bis er höher ist als ich.

»Pass auf, du überschlägst dich noch«, rufe ich ihm zu.
Er lacht.

»Wie machst du das?«

Juvusch hält mit einem Schlag an, springt von der Schaukel, stellt sich hinter mich und stößt mich mehrmals kräftig an, bis ich in den Nachthimmel hineinfliege. Ein Gefühl der Freiheit erfüllt mich; und erst als mein Kopf fast am oberen Gestänge anstößt, schreie ich: »Genug! Hör auf!«

»Was hast du denn –«

»Aufhören!«

Er greift nach dem Sitz, hält sich mit seinem ganzen Gewicht daran fest, wird ein wenig mitgeschleift, bis wir schließlich zum Stehen kommen.

Heftig atmend steige ich ab. Er lächelt. Ich schwanke noch ein wenig auf den Beinen, und unbeabsichtigt, als sei jetzt der richtige Moment, bevor ich das Gleichgewicht verliere, streckt er seine Arme aus, und ich lasse mich hineinfallen. Unsere Gesichter sind einander zugewandt, und ein kleiner, süßer Kuss wird zwischen warmen Lippen ausgetauscht.

Wir schauen uns an und wenden uns wortlos einer der Bänke zu. Der Boden ist übersät mit Kiefernzapfen. Sein Gesicht nähert sich ein zweites Mal meinem Mund. Meine Lippen kommen ihm entgegen, fiebernd, verzeichnen jeden Hauch der Berührung. Er versucht, seine Zunge hineinzuschieben. Speichel sammelt sich in den Mundwinkeln, und ich weiß nicht, ob ich mitmachen oder mich ekeln soll; und so drehe ich mein Gesicht zur Seite.

Gab es also damals schon eine Dana neben dem Baum und eine Dana darüber? Eine, die sagte: »Lass das, Dana, pfui, schäm dich!« Oder verwandelt die Erinnerung wieder einmal alles in kleinliche Berechnung?

Juvusch ist Feuer und Flamme. Aufgeregt. Dana offenbar auch. Der Stamm der Kiefer stützt mich im Rücken, während wir uns lange küssen und mit der Feuchtigkeit unserer Münder vertraut machen. Ich spüre seine Hände, die von meinen Hüften zu den Schultern klettern, langsam, aber sicher über die Bluse gleiten, die seitlichen Ränder der Brust berühren, sie aber noch nicht umfassen. Juvusch ist an mich gepresst, sein Becken drückt das meine gegen den Baum. Trotz meiner Erregung schrillt so etwas wie eine Alarmglocke in mir. Juvuschs Keuchen ist in der Nacht, in dem öffentlichen Park, überdeutlich zu hören. Es zeugt von Schwäche, der Schwäche des Mannes, der die Frau braucht.

Zu einem so geringen Preis fällt er dir zu Füßen.

Dazwischen.

Gefällt.

Ich umarme Juvusch, und fest umschlungen pressen wir die Münder aufeinander. Ich weiß nicht mehr, ob seine Zunge in mir oder meine in ihm ist. Meine Hände kneten seinen Rücken, seine umfassen meine Brust. Wir küssen uns, lösen uns, küssen uns. Ein Zittern durchläuft seinen Körper, eine Art Krampf, bei dem er sein Becken stark an mich drückt, presst und reibt, und schlagartig reiße ich mich los –

Wir stehen einander gegenüber, noch keuchend, ein bisschen verlegen, mit zerknitterten Kleidern.

»Es ist spät«, flüstere ich, »wir müssen nach Hause.«

Juvusch nickt. Wir verlassen den Park, gehen die kleine Straße zurück. Das Licht der Laternen verstärkt die Verlegenheit in seinem Gesicht, deren Bedeutung ich erst viele Jahre später verstehen sollte, nachdem wir zusammen in meinem Bett gewesen waren. Aber damals, völlig durcheinander von widerstreitenden Gefühlen und der Stimme, die »Schluss!« befiehlt, frage ich nur: »Schaukelst du auch gern?«

Und er denkt einen Moment über den möglichen Hintersinn meiner Worte nach und lächelt schließlich wissend: »Wir haben offenbar einen Nachholbedarf aus der Kindheit. Polnische Familie.« Wir verlassen den hellen Bereich der Straße. In der wohltuenden Dunkelheit erzählt er mir von seinen Eltern, die sich häufig streiten, von seinem Vater, dem Milchmann, der in der Nacht unterwegs ist und am Tag zu Hause, von seiner Mutter und seinen Geschwistern. Doch am Hauseingang, als er wieder diesen Hundeblick auf mich richtet und den Kopf neigt, um mich im nächsten Moment zu küssen, drehe ich schnell mein Gesicht zur Seite und schlüpfe ins Treppenhaus, wobei ich ihm noch eine »gute Nacht« wünsche.

Von meinem dunklen Zimmer aus spähe ich auf die Straße, und als ich ihn dort stehen sehe, beginne ich mich zu schämen: Wie sollen wir uns am Morgen in der Klasse begegnen, was sagen, wie verbergen? Eine erste Spur, die in die Zukunft weist. War es nur die Nacht, nur die Erregung, die die Handlungen steuerte, nur eine diffuse Anziehung zwischen den Geschlechtern? Oder war wirklich etwas? Wie ich ihn so heimlich von oben beobachte, weiß ich nicht, was ich will – dass er geht, dass er heraufkommt. Und als er sich auf den Nachhauseweg macht, bin ich enttäuscht und erleichtert zugleich.

Schon beim ersten Mal, in meiner Wohnung, noch erregt und von Lust erfüllt, steigt auch das Gefühl der Enttäuschung wieder auf, schwach und flüchtig noch.

Juval arbeitet sich lehrbuchmäßig vor. Er küsst, geht zu Streicheln über, beginnt an den Seiten und gelangt ins Zentrum. Alles fühlt sich gut an, aber nichts hinreißend. Nur das Neue und Andersartige lassen das Blut in Wallung geraten. Er streichelt wie der *Fels*, ist rücksichtsvoll wie er. Und wenn er mich nicht unvermittelt packen, mich umklammern und uns beide herumdrehen würde, er einmal auf mir und ich einmal auf ihm sitzend, bei jedem Akt mindestens zwei Mal, könnte ich mich glatt irren und wie nach zehn Jahren Ehe flüstern: »Joram, jetzt.«

»Das war gut«, sage ich leise, als er aufsteht. Juval verstaut sein krummes, wieder schlaffes Glied in der Unterhose, hebt ein Kleidungsstück nach dem anderen von dem Haufen am Boden auf – in umgekehrter Reihenfolge wie beim Ausziehen. Nur meine Kleider bleiben zurück, doch ich lasse mir Zeit beim Aufstehen. Nagender, ungestillter Hunger macht sich in mir breit.

»Möchtest du einen Kaffee?«, frage ich.

Juval nickt, und ich bin gezwungen, aus dem warmen Bett zu steigen. Ich werfe meinen Hausmantel über, schlüpfe in die Hausschuhe und nehme mit einem Schwung die Kleider vom Boden, lege sie auf die zerknautschte Decke und betrachte die Arena, in der wir noch vor wenigen Minuten miteinander gerungen haben. Wie pathetisch!

Wir sitzen auf den Hockern in der Barecke, die Hände um die riesigen, braunweißen Porzellantassen gelegt, Schaumgebäck auf einem Porzellantellerchen symmetrisch angeordnet. Das schönste Gästegeschirr habe ich ihm zu Ehren herausgeholt.

»Es wäre spannend zu wissen«, überlege ich laut, »ob sich etwas zwischen uns entwickelt hätte, wenn wir uns einfach so, als zwei Fremde, begegnet wären?«

»Heute Nacht habe ich darüber nachgedacht«, erwidert er, und ich genieße die Vorstellung, wie er mit Tamar in dem Ehebett liegt, ein verheiratetes Paar, und seine Gedanken zu mir schweifen. Es ist auch nicht mehr wichtig, was er antworten wird, denn mein Gefühl einer sündigen Eroberung beruhigt den Hunger.

»Du bist warm und weich«, sagt Doktor Juval Karmi, Tamars Mann, neben mir in ihrem blauen Bett unter dem großen Spiegel, »so ganz und gar Frau.« Einander zugewandt, entspannt wie ein Ehepaar in dem Wissen, was wir voneinander zu erwarten haben, streichle ich seinen Rücken und er meinen Po. Meine Brüste, noch voll, aber schon nicht mehr so straff, sind an seiner Brust flach gequetscht. Das also sucht er in mir, Wärme und Weichheit?

»Du bist ein kalter Mensch«, knurrte Joram über einem Teller Sushi. Wir feierten seinen vierzigsten Geburtstag oder so was Ähnliches, in einem Restaurant in der Hafengegend, und er erzählte von einem Arbeitskollegen, von einem Missverständnis, das sich zum Konflikt ausgeweitet hatte.

»Gib bloß nicht nach«, fiel ich ihm ins Wort, »er wird es dir nicht danken. Lass nicht zu, dass er dich ausnutzt –«

»Du bist ein kalter Mensch.« Er sah mich erzürnt an. »Ich habe noch nie ein gutes Wort über jemanden von dir gehört.«

»Möchtest du, dass ich mich verstelle?«, verteidigte ich mich.

»Nicht nur das«, fuhr er fort, »das ist auch mit mir so. Ich kann dir nie etwas wirklich erzählen, immer schaffst du es dazwischenzufunken.«

»Du kannst mir nichts erzählen?!« Ich war aufgebracht. »Wann hast du mir denn schon jemals wirklich was erzählt? Sogar bei Berta –«

»Komm, lass uns aufhören«, unterbrach er mich, stocherte in seinem Sushi herum, »es ist sinnlos.« Ich war entsetzt, meine Gedanken aus seinem Mund zu hören. Konnte es sein, dass auch er dieses Gefühl von Entfremdung und Einsamkeit empfand?

Ich erhob das Weinglas: »Auf hundertzwanzig«, sagte ich

und lächelte sogar, obwohl ich wütend war. Er will reden? In den harten Jahren, in denen ich in Behandlung war, um eine Schwangerschaft herbeizuführen, in der Krise bei der Geburt – immer ist er gegangen, in seine Welt verschwunden. War zwar als Chauffeur verfügbar, fungierte als Samenspender, war immer ein Fels, bot aber niemals eine warme Schulter. Und ausgerechnet als ich angefangen habe, meine eigenen Lösungen zu finden, versuche, mit der Zwiespältigkeit meines Lebens fertig zu werden, mit mir und ihm und schließlich auch mit Juvusch, als mögliches Heilmittel für ein erfülltes Leben, das ganz mir gehört – ausgerechnet jetzt beginnt er sich zu beklagen. Kann es sein, dass diese Einsamkeit, die ich zu verdrängen gelernt habe, auch in ihm ist, von mir genährt? Ich bin empört: Was maßt er sich an?

Er will mir meine Rolle als Opferlamm nehmen. Nicht einmal das Unglücklichsein lässt er mir.

»Wir müssen miteinander reden«, erklärte ich mutig.

»Ist das alles, was du dazu zu sagen hast?«, antwortete er leise, wie zu sich selbst. »Das ist es, was du kannst. Lass uns reden, lass uns reden, aber es kommt nie was dabei heraus. Es redet sich leicht, doch etwas zu tun ist schwierig.«

»Joram müsste dich hören.« Ich fahre mit der Hand über Juvals Oberschenkel, spiele mit seinen Haaren. »Er sieht mich anders.«

»Ist Tamar nicht weich und warm?«, frage ich, als seine Antwort ausbleibt.

»Nein, wieso, schon«, verteidigt er sie. »Wir sollten das Reden lassen, die Zeit läuft uns davon.«

Es ist tatsächlich schon zwanzig nach zwölf, und ich lege eine Hand auf seinen krummen Penis – klein und zart unter meinen Fingern –, der schnell anschwillt. Ich weiß, wenn er eindringt, wird es ein wenig mehr reiben als bei einem normalen Glied, doch nach ein bis zwei Minuten, eingebettet in Feuchtigkeit, wird diese Empfindung verschwinden. Während ich die übliche Erkundungstour seiner wohlgeformten Finger abwarte, denke ich darüber nach, wie sehr doch körperliche Liebe ihren Zauber verliert, wenn sie zu Sex wird. Ein Kolben in der Röhre, sonst nichts? Ein wenig Gleitmittel, eine Erwärmung der Haut, eine Ansammlung schwellender Zellen, eine Stimulation der Nerven, die in einem starken Zusammenziehen kulminiert und sich graduell wieder abbaut.

War was?

So ganz und gar anders als die Leidenschaft in der Fantasie. Wir umschlingen einander und versuchen, das zu entdecken, was jenseits davon liegt, im Glauben daran, dass es noch etwas darüber hinaus gibt –

»Du bist warm und weich«, flüstert Juval. Mein Lächeln, das falsch ist, in seinen Augen aber wohl echt wirkt. Was weiß er von meiner Verachtung für sein Glied, von den Bewertungen in meinem Kopf, von meinen Erinnerungen, in denen er später nur als Vergleich für andere dienen wird.

In Tamars Bett nimmt Juvals Erektion zu. Er dringt schnell ein, zieht sein Glied heraus, stülpt ein Kondom darüber, und steckt es wieder hinein. Angeregt vom Reiz des Verbotenen, jedoch gleichgültig seinem Körper gegenüber, ist meine Vagina noch nicht feucht, und es tut weh.

»Das Kondom ist unnötig«, sage ich, »ich hab's dir doch gesagt, dass ich nicht schwanger werden kann.«

»Ein Risiko besteht immer«, beharrt er auf seinem Standpunkt.

»Hast du Öl?«, suche ich nach einer anderen Lösung.

»Vielleicht brauchst du Hormone?« Da spricht der Arzt

in Juval, der nur den Körper sieht und gar nicht auf die Idee kommt, dass auch die Seele beteiligt sein könnte.

»Vielleicht Butter, wie im *Letzten Tango in Paris*?«, schlage ich vor, und die Vorstellung von Marlon Brandos altem, müdem Körper über dem jungen eines fremden Mädchens erregt mich offenbar – und ich werde feucht.

Juval will aufstehen, doch ich halte ihn zurück.

»Nicht nötig. Es geht schon.« Er fährt in seiner Bewegung fort. Ich assistiere, hebe das Becken, kratze mit scharfen Fingernägeln über seinen Rücken, wobei ich darauf achte, nicht zu übertreiben, damit keine Spuren zurückbleiben, und versuche, Bilder aus dem Marlon-Brando-Film heraufzubeschwören.

Die Laute, die Juval ausstößt, als er kommt, sind kehlig und abgehackt wie Schmerzensschreie. Sie befreien mich von der Last seines Körpers, hinterlassen Unerfülltheit und Neid in mir.

»Bist du nicht gekommen?«, fragt er, doch es klingt eher nach einer Feststellung.

»Ich war unkonzentriert.« Ich bin ausnahmsweise mal aufrichtig.

»Es ist mir unangenehm, dich zu drängen, aber wenn ich dich in die Stadt zurückbringen soll, müssen wir uns beeilen.«

Mit unbeteiligtem Gesicht, aus Respekt vor der Nachbarin, trete ich aus der Tür, in der Hand eine Mappe mit alten Zeitungen, die er mir zur Tarnung gegeben hat. Als ich im Auto sein hübsches Profil betrachte, beschleicht mich das Gefühl, dass ich, wenn wir jetzt wieder ins Bett springen könnten, zu ungeahnter Sinnenlust finden würde.

»Wir haben den Spiegel nicht benutzt«, sage ich zu ihm.

»Ach, ja«, bestätigt er.

»Ich weiß nicht, was heute los war.«

»Vielleicht standen wir zu sehr unter Druck«, meint er.

»Komm, wir lassen unsere Wohnungen aus dem Spiel, in Zukunft weder bei mir noch bei dir.«

»Wahrscheinlich hast du Recht«, pflichtet er mir bei, während er auf die Hauptstraße einbiegt, wobei er ständig in den Rückspiegel schaut, ob er ein bekanntes Auto entdeckt.

»Und jetzt«, sage ich zu ihm, »habe ich Hunger.«

»Du bist gleich zu Hause.«

»Nein, Hunger nach dir«, erkläre ich und beobachte, wie sich sein Gesichtsausdruck verändert. »Ich würde es gern noch mal machen.«

Ein kleines Lächeln vertreibt den Ernst und die Autorität, eine Maske, die er sich mit den Jahren zugelegt hat, und er blickt mich stolz an. »Aber wir haben keine Zeit mehr«, erwidert er sanft, entschuldigend.

»Ich weiß«, meine Stimme klingt träge, ein wenig enttäuscht.

Und der Dummkopf glaubt mir. Für einen Augenblick überkommt mich Traurigkeit, vielleicht auch Scham, doch als er mich am Supermarkt meines Wohnviertels absetzt, habe ich sie schon verdrängt.

Juval fährt weiter, um seine Kinder abzuholen. Und was mache ich? Kaufe Getreidebratlinge, frisches, schon gewaschenes Gemüse, tiefgefrorene Erbsen, einen kleinen Kohlkopf. Im dreistöckigen Dampfkochtopf bereite ich ein vitaminreiches Mittagessen zu, das ich mir mindestens einmal in der Woche verordne, und trinke ein Glas Wein dazu.

Ich habe keine Kinder. Na und? Ich wäre ohnehin nicht im Stande, ihnen das Selbstbewusstsein mitzugeben, damit sie eine Existenz frei von Hemmungen und Beschränkungen führen könnten. Vor allem Mädchen. Was soll's. Ist nicht, war nie.

Wenn ich hingegen Söhne hätte, wäre ich nicht genau wie Dorit? Sie inspiziert morgens ihr Bett, ob sie auch zu Hause geschlafen haben; wartet jetzt schon voller Panik darauf, dass ihnen was zustößt, wenn sie beim Militär sind. Wozu nur? Alles Dunkle hat auch seine hellen Seiten, sagt Oma Schlaumeier. Sie hat natürlich Recht, wie immer. In den Nächten habe ich meine Ruhe, kann mich ganz auf meinen Partner konzentrieren. Leiste mir jeden Donnerstag frische Blumen – nicht billig, aber es lohnt sich, verleiht den Ledersofas einen intimen Touch, bringt die Farbtupfer des Berberteppichs mehr zur Geltung. Zwei Theaterbesuche im Monat, Premierenabonnement. Zwei Mal im Jahr begleite ich den *Fels* auf seinen Auslandsreisen. Ich bin sozusagen frei und kann mich bewegen wie ein Schmetterling.

Ich sammle Zeugnisse und Diplome. Studienkurs im Schätzen von Kunstgegenständen, erste Stufe. Fremdenführung am Absalom-Institut. Sogar alternative Heilkunde habe ich angefangen, es jedoch sofort wieder abgebrochen. In letzter Zeit dachte ich daran, mich für einen Kurs in Auslandsreiseleitung einzuschreiben. Wenn die Diplome in Rahmen steckten, würde die ganze Wand in der Diele darunter verschwinden. B.A. in allgemeiner Geschichte und der von Erez Israel. M.A. in Erez-Israel-Geschichte. Ein weiterer BA in Kunstgeschichte, ein Studium, das ich abschloss, nachdem ich das Promotionsstudium aufgegeben hatte.

»Dana«, hat Joram einmal zu mir gesagt, »die Tatsache, dass dein Name fast in jedem Schulbuch steht, muss nicht heißen, dass du nichts zu Ende bringen darfst.« Wenn diese Idiotin nicht ich wäre, hätte ich geheult statt gelacht.

Nach dem ersten Mal mit Juval bei mir zu Hause, als wir

auf den hohen Barhockern sitzen und uns an den Tassen festhalten, schaut er mich lächelnd an. Er hat zwei Geheimratsecken, was seine Stirn höher und breiter erscheinen lässt und den Augen einen ernsthaften Ausdruck verleiht, sodass der Knabe Juvusch in ihm nicht mehr zu erkennen ist.

»Wohin bist du verschwunden«, frage ich, »damals in der Siebten? Du warst plötzlich nicht mehr da.«

»Wir sind in den Kibbuz gezogen, ich hab's dir geschrieben.«

»Ich hab nichts bekommen«, sage ich wie vor einem Monat im Krankenhaus. »Wann denn?«

»Erinnerst du dich an die Nacht auf der Schaukel?« Er lächelt. »Ich habe dir ein Gedicht geschickt. Wenn du geantwortet hättest, wäre ich jetzt vielleicht ein Dichter.«

»Es ist nie zu spät«, tröste ich ihn.

Das Bild eines gelblichen Blatts Papier mit ein paar kurzen Zeilen steigt undeutlich in meiner Erinnerung auf: »An meine Dana«, mit riesigem Ausrufezeichen, nein, drei Ausrufezeichen waren es, und an Stelle des Punkts jeweils ein Herz. Drei Herzen nebeneinander, kindlich rot ausgemalt, was ein Mädchen wütend machte, das sich für eine Frau hielt. Also beschloss ich, den Absender und alle, die ihm ähnlich waren, zu ignorieren.

»Ich war ein solcher Waisenknabe, das gibt's gar nicht!«, wundert sich Juval im Nachhinein, und nach einem Weilchen: »Und auch schüchtern.«

»Wir kompensieren jetzt«, stelle ich fest. »Es ist nie zu spät.« Kaum habe ich das gesagt, entdecke ich einen Eidotterfleck auf meinem Ärmel, den ich eilig umschlage. Dann beschließe ich, mich anzuziehen.

»Die Bluse«, fällt mir plötzlich wieder ein, »die, die ich an dem Abend anhatte? Erinnerst du dich? Wir haben uns an die Kiefer gelehnt, als wir uns umarmten. Das Harz klebte daran und ist in der Wäsche nicht mehr rausgegangen. Ich hab sie weggeworfen, damit es Mama nicht merkt.«

»Du hast ja keine Ahnung!«, sagt er und bricht unvermittelt in Lachen aus. »Ich hab in die Hosen ejakuliert vor lauter Aufregung. Bloß von der Umarmung. Ich bin am nächsten Tag nicht in die Schule gegangen, weil ich mich so geschämt habe.«

»Ich hab's nicht mal gemerkt«, wundere ich mich.

»Am liebsten wäre ich im Erdboden versunken«, sagt er und betrachtet mich erstaunt. Dann streckt er lächelnd die Hand aus, kneift mich sanft in die Wange. »Jetzt gibt's keine Probleme mehr.«

»Nein, das heißt doch, um ehrlich zu sein, die Erregung von damals hat mir gefehlt, die würde ich gern wieder spüren.«

»Wieso denn das?«, erwidert er, »auf keinen Fall, nein danke.«

Heute Nacht werde ich keine Schlaftablette nehmen. Ich schlurfe in Richtung Bett, langsam, mit kleinen Schritten. Vicky stützt mich von hinten. Solange ich es noch schaffe, werde ich gehen. Vom Bett zum Sessel. Vom Sessel zum Bett. Eine riesige Entfernung! Rechter Fuß, ein rosa Hausschuh, Kunstsamt. Linker Fuß, das Gleiche. Einer wird brav vor den anderen gesetzt; ich höre das Knacken der Kniegelenke.

Vicky ist dicht an meiner rechten Seite. Ihr Geruch, straffe Haut, das glatte Haar mit einer goldenen Spange zusammengehalten. Ein Schritt und noch ein Schritt. Zuerst in das Badezimmer. Vicky drückt auf die Zahnpastatube, lässt einen gestreiften Zentimeter auf die Bürste gleiten. Ich fahre damit eifrig über meine Zähne, und schon reicht sie mir Wasser zum Spülen. Vicky ist effektiv. Vicky ist geübt.

Keine Frau ist in Zeiten der Not besser als Vicky. Sie kennt den Ablauf der Prozeduren und eilt ihnen voraus. Bald werde ich mir das Gesicht waschen. Sie lässt Wasser aus dem Hahn in ihre hohle Hand fließen, beträufelt mein Gesicht, tröpfelt Flüssigseife in meine aufgehaltene Hand, und als ich damit über mein Gesicht fahre, spüre ich schon, wie sie es ab- und nachspült, wo noch ein Seifenrest übrig ist. Sie ist nicht immer so sanft wie heute. Und schon sind wir im Klo. Ich setze mich auf die Schüssel. Sie steht in der offenen Tür, wartet, bis das Tröpfeln versiegt. Dann drückt sie auf die Spültaste. Das Wasser sprüht mich von hinten kalt an, da ich nicht schnell genug aufgestanden bin.

»Why to hurry?!«, fahre ich sie böse an. Sie murmelt etwas. Ich fest in ihrem Griff, marschieren wir ins Schlafzimmer. Ich setze mich mit einem Seufzer der Erleichterung auf das Bett. Sie hebt mit der linken Hand meine Beine an, während sie mich mit der Rechten im Rücken abstützt. Sobald meine Beine in der Mitte der Matratze liegen, lässt sie meinen Rücken in die Kissen zurücksinken.

Wieder ein Tag geschafft.

15

Ein glühend heißes Bad

Gelbliches Licht in meinem Zimmer. Die Leselampe ist nach oben gerichtet, und die beiden Frauen, die sich an der Wand mir gegenüber umarmen, haben keine Gesichter, nur eine Wange an ein Profil gelehnt, die Hälse wie zarte Halme einander zugeneigt. Ihre Hände verschwinden jeweils auf den Schultern der anderen. Sie umarmen einander oder sich selbst. Ihre zueinander strebende Bewegung und die Verwischung der Grenzen zwischen ihnen wecken in mir jedes Mal eine eigenartige Weichheit.

Dorit hat ihre Wohnung mit den Fotos ihrer Kinder tapeziert. Seit drei Jahren haben sich auch die von Itzik dazugesellt, als Folge seines tödlichen Verkehrsunfalls. Über dem Ehebett in einem verschnörkelten Silberrahmen lächelt er in verewigter Freude auf sie herab.

»Redest du mit ihm?«, frage ich sie, auf ihrem großen Bett liegend, die Füße hochgelegt, so wie wir es in unserer Jugend immer gemacht haben.

»Manchmal«, ein verschämtes Lächeln huscht über ihr Gesicht. »Ich erzähle ihm von den Kindern.«

»Und er versteht immer alles, ja?«

»Was willst du denn?«

»Du redest mit dir selbst, weißt du.«

»Und du hast die Weisheit mit Löffeln gefressen.«

»Du kannst das Schweigen interpretieren, wie du willst«, insistiere ich weiter, »aber auch im Leben schweigen sie einfach nur so. Nicht verständnisvoll, sondern weil sie die Schotten dichtmachen. Und jetzt sowieso. Er ist tot, Dorit, Ende, Schluss, aus!«

»Lass mich doch mit deinen beschissenen Ansichten in Ruhe«, Dorit setzt sich wütend auf. »Du bist wirklich unerträglich. Ich weiß selbst, dass ich mit mir rede und nicht mit ihm. Aber ich rede für mich. Und es tut mir gut. Du solltest auch mal reden«, setzt sie boshaft hinzu, »nimm ein Bild von Jehoiada und halt ihm eine Rede.«

»Nach ihrem Tod sind sie plötzlich die liebsten Menschen«, ich gebe nicht nach, »und mit einmal können sie einen verstehen, was?«

»Was sollen sie denn verstehen?« Sie wirft mir einen scharfen Blick zu, »und was soll überhaupt dieses ›sie‹? Itzik ist nicht ›sie‹. Itzik ist mein Mann. Der Vater meiner Kinder. Auch Joram ist nicht ›sie‹. Mein Gott, ich kann diese ständige Miesmacherei von dir nicht ausstehen. Mit den Jahren wirst du immer penetranter. Vielleicht äußerst du wenigstens einmal im Leben, ein einziges Mal nur, was du eigentlich willst, was dich wirklich stört.« Und während sie das sagt, verwandelt sich ihr Ärger in Mitleid.

»Was meinst du damit –«

»Lenk nicht ab, sag mir, was sie an dir nicht verstehen, was dich stört –«

Aber ich schaue sie nur beleidigt an.

»Du …«, beginne ich, stehe auf und gehe ins Wohnzimmer.

Als ich versuchte, schwanger zu werden, trank ich keinen Wein mehr. Kein Alkohol, keine Drogen, keine Zigaretten. Ich glaubte noch, dass alles gut enden würde. Auch als sich die Notwendigkeit eines chirurgischen Eingriffs herausstellte, blieb ich optimistisch. Joram trug seinen Teil dazu bei, fuhr mich zu den Untersuchungen, spendete Samen zu den gewünschten Zeiten.

»Weshalb willst du unbedingt ein Kind?«, fragte er mich, als wir nach dem vierten erfolglosen Versuch in der Cafeteria saßen und ich verheulte Augen hatte. »Versuch doch, diesen Atavismus hinter dir zu lassen. Du wirst eben ohne einen Erben sterben. Was ist so schlimm daran?«

»Ich will aber ein Kind«, wiederholte ich wie ein Mantra, »alle haben eins. Es ist mir egal, wie du das nennst.«

»Genau das ist Atavismus. Ein instinktives Bedürfnis, das man nicht beherrschen kann. Vergiss es!«

»Du hast gut reden, dein Kind ist ohne dich aufgewachsen.«

»Ist das ein Kind?«, sagte er traurig. »Dann besser keins. Nein, wirklich, was hast du von Kindern?«

Die Praxis von Dr. Grabovitzki befindet sich in einem Haus an der Ecke Nordau-/Diezengoffstraße im ersten Stock. Uri hat die Adresse von einem Freund, der diese »Affäre« vor einem Jahr hinter sich gebracht hat. »Der Arzt ist zwar schon pensioniert, aber seine Hände zittern noch nicht«, sagt Uri ganz ernst.

»Hast du Angst?«, wendet er sich am Eingang zu mir. Melancholische Abendstimmung. Wenn wir nach Westen weitergehen würden, könnten wir die Sonne sehen, eine riesige rote Scheibe, die ins Meer versinkt. »Angst? Ich? Wovor?«

Dieses Bedürfnis, ihm Worte in den Mund zu legen, die er gar nicht gesagt hat, die zu sagen er gar nicht fähig gewesen wäre. Verwandelt der Abstand der Jahre meine Männer denn alle in eine amorphe Masse, nur unterschieden durch vereinzelte weiche Dellen?

Uri fragt nicht, ob ich Angst habe. Uri ist zu verstört, um sich Gedanken darüber zu machen, was vielleicht in mir vorgeht. Er läuft neben mir, ich kann kaum Schritt halten. Sein ganzer Körper hat einen vorwärts drängenden, ungestümen Rhythmus. Die Art, wie sich seine Halsmuskeln ruckartig spannen, wie seine Hand nach vorn zur Klingel schnellt, seine zusammengezogenen Augenbrauen, die zwei senkrechten Falten über der Nasenwurzel.

Habe ich Angst? Es ist an mir, die Frage zu beantworten, die nicht gestellt wurde. Das Wort »Angst« gibt es in meinem Wortschatz nicht. Vielleicht Scham.

»Ich schäme mich«, sage ich also, als er läutet. In der kurzen Spanne zwischen dem Verklingen der Glocke und dem Geräusch sich nähernder Schritte rede ich mir ein, dass ich im Lauf der vergangenen drei Wochen, seitdem ich festgestellt habe, dass ich schwanger bin, genügend Zeit und Muße für Erschütterung, Hoffnung, Enttäuschung und eine Entscheidung hatte. Und ich denke nicht daran, den Entschluss zu bereuen. Ich bereue ihn nicht einmal jetzt nach so vielen Jahren.

Ein dünner Mann mit Brille auf der Nase öffnet uns die Tür.

»Ich habe einen Termin vereinbart«, sagt Uri.

»Bitte«, er tritt zur Seite. Ein Anzug, der bessere Tage gesehen hat, schlottert um seinen mageren Leib. Er bedeutet uns einzutreten, in einen Raum, der auf den ersten Blick wie ein Wartezimmer aussieht: zwei Quadratmeter, weißer Kalk, eine welke Topfpflanze, fünf Stühle an der Wand. Er schließt die Tür hinter uns und führt uns in einen weiteren Raum von der Art, die ich später noch näher kennen lernen sollte, manchmal mit Hoffnung, meist jedoch mit Resignation und Schmerz: ein Schreibtisch, davor zwei Stühle, dahinter ein ausladender Sessel, der für den Arzt bestimmt ist. Ein halb offener Vorhang enthüllt einen Untersuchungsstuhl, an dem Klammern für die Beine befestigt sind.

»Bitte setzen Sie sich doch.« Er schließt die Tür, macht es sich in seinem Sessel bequem, blättert in Papieren und richtet seinen Blick auf Uri. »Ähh, Familie Kohn, nicht wahr? Womit kann ich dienen?«

»Meine Frau ist schwanger«, sagt Uri, »aber wir studieren noch.«

»Glückwunsch«, lächelt Dr. Grabovitzki, »Kinder sind ein Segen.«

»Nicht für mich«, erwidere ich.

»Noch nicht«, mildert Uri meinen aggressiven Tonfall ab. »Wir leben noch von unseren Eltern. Wohnen zur Miete und können uns im Moment kein Kind leisten.« Die Lügen kommen ihm ganz flüssig über die Lippen.

»Es wird noch so ein, zwei Jahre dauern«, füge ich Zustimmung heischend hinzu.

»Man sagt immer, noch ein bis zwei Jahre«, entgegnet Dr. Grabovitzki. Er wird das Wort nicht in den Mund nehmen, bevor wir es nicht aussprechen. Ich betrachte ihn feindselig. Wie viele Geschichten hat er sich schon mit diesem verständnisvollen Lächeln angehört? Mit etlichen hat er sicher seine Wohnung im zweiten Stock finanziert.

»Wir sind wegen einer Abtreibung gekommen«, rückt Uri mit der Wahrheit heraus. Seine Knie wippen unter dem Tisch nervös auf und ab.

»Eine Abtreibung?«, wiederholt der Arzt, und einen Augenblick wird mir angst und bang. Vielleicht haben wir uns in der Adresse geirrt, oder die Information, die Uri bekommen hat, stimmt nicht.

»Es gibt Kommissionen in Krankenhäusern, warum wenden Sie sich nicht dorthin?«

»Ich will keine Kommissionen«, platze ich heraus.

»Wir haben keine Zeit mehr«, sagt Uri, »es ist schon die zehnte Woche.«

»Ich muss Sie zuerst mal untersuchen.« Dr. Grabovitzkis Lächeln wirkt sonderbar verzögert, beginnt im rechten Mundwinkel und erreicht von dort über die Mitte der Lippen schließlich seine Augen.

»Bitte legen Sie sich hin.« Er deutet in Richtung der Liege, erhebt sich, hält den Vorhang auf und zieht ihn mit einem Ruck hinter uns zu.

Uri bleibt draußen.

Dana im Drama. Dana steht nicht auf und geht. Dana mit weit geöffneten Beinen auf einem Stuhl, der speziell für Frauen konstruiert wurde. Wie konnten Männer etwas erfinden, das nur für Frauen bestimmt ist? Entsprechend der Art und Weise, wie sie Frauen sehen. Eine Dekoration für ein Loch. Die Beine gespreizt, jeder Fuß in einer Halterung arretiert. Der Unterleib offen präsentiert. Kopf und Brust nach hinten gedehnt. Dr. Grabovitzki sitzt zwischen meinen Beinen, stellt seinen Drehstuhl auf die entsprechende Höhe ein.

»Ich mache nichts Besonderes«, sagt er, »schaue nur nach.«

Ein kaltes Instrument wird in die Vagina geschoben, gleitet hinein und erweitert die Öffnung.

»Ganz ruhig«, sagt er, während eine Hand über meinen Bauch gleitet. »Entspannen Sie die Muskeln.«

Seine Hand erinnert mich nicht an die von Jehoiada. Die Flecken darauf sind widerlich. Uneinheitliches Braun auf gelblicher Haut. Auch sein Hals widert mich an, diese drei roten Falten, die sich vom Kinn nach unten ziehen. Geruch nach undefinierbarem Aftershave.

Seine zweite Hand, im Plastikhandschuh, dringt ein.

»Entspannen, ich mache nichts.«

Wie soll ich mich denn entspannen? Ich betrachte den Vorhang: weiß, die Decke: weiß.

Was wühlt er dort herum? Ich versuche, seine Bewegungen zu ignorieren, mich von meinem Körper zu entfernen, von dem unteren Teil, der weit geöffnet und einladend daliegt.

»Fertig!« Er erhebt sich von seinem Stuhl. »Sie können sich anziehen«, und schon ist er draußen. Als ich mein Höschen anziehe, höre ich ihn jenseits des Vorhangs zu Uri sagen: »Die Schwangerschaft ist noch nicht in der zehnten Woche. Vielleicht denken Sie noch einmal darüber nach?«

»Da gibt es nichts nachzudenken«, erwidert Uri, »wir haben uns entschieden.«

»Ich arbeite nicht zu Hause«, fährt der Arzt fort, als ich mich wieder auf meinen Platz setze, »nur im Krankenhaus. Das bedeutet viel Geld. Für Narkose, Aufenthalt.«

Sich selbst erwähnt er nicht mal, denke ich wütend.

»Ich weiß«, sagt Uri, und die beiden vereinbaren einen Termin in drei Tagen.

»Morgens nichts essen und nichts trinken«, wendet er sich dann an mich. »Kommen Sie mit nüchternem Magen.«

Bevor wir hinausgehen, ergreift er Uris Ärmel. »Fürs nächste Mal«, sagt er augenzwinkernd, »habe ich einen Rat für Sie, wie man eine Schwangerschaft verhütet.«

Wir halten inne, erwartungsvoll.

»Ein Paar kommt zum Arzt, so wie ihr, um ihn um ein Rezept gegen Schwangerschaft zu bitten. Kein Problem, sagt der Arzt zu dem Mann, nimm jedes Mal ein halbes Glas Soda und tu ein Drittel Glas Limonade dazu. – Das ist alles? Der Mann ist begeistert. Wunderbar. Und was macht man damit? – Trinken, antwortet der Arzt. – Toll, der Mann ist ganz aufgeregt. – Wann, davor oder danach? – Nein, antwortet der Arzt, anstatt.«

Und Dr. Grabovitzki erstickt fast: »Ha… ha… ha…« Wir stimmen in sein Lachen ein, gehen lächelnd hinaus, doch draußen vor dem Haus frage ich Uri: »Hast du gewusst, dass das so teuer ist? Ein dreifacher Monatslohn. Wo sollen wir das hernehmen?«

»Halbe, halbe«, erklärt er schlicht.

»Wie bitte«, sage ich erschreckt, »ich weiß nicht, woher ich das nehmen soll.«

»Du hast auch Verantwortung«, argumentiert er. »Ich habe aufgepasst, und es ist trotzdem passiert. Ich verstehe nicht, wie. Wir stecken da beide drin.«

Joram erzählte mir von seinem Sohn an dem Abend, an dem wir beschlossen zu heiraten. Wir schlenderten durch die Straßen, wollten uns in ein Café setzen. Er räusperte sich: »Komm, wir suchen uns einen ruhigen Platz. Ich will mit dir über die Zukunft reden, falls du nichts dagegen hast –«

»Wow!«, hätte ich am liebsten geschrien, stattdessen schwieg ich natürlich.

Trotz der vorsichtigen Formulierung – ich hatte verstanden. Sechsundzwanzig Jahre Junggesellinnendasein würden demnächst zu Ende gehen. Sechs zu viel. Welchen Wert hast du, wenn du über zwanzig und noch unverheiratet bist? Die Welt ist voller Paare, wie auf der Arche Noah, und unverheiratete Frauen sind prädestiniert, alte Jungfern zu werden: dürr, verbittert und frustriert. Nicht wie heutzutage, wo jede ein freies Vöglein ist und überall hinscheißen kann.

Aber warum lügen. Auch damals gab es Frauen, die sich frei bewegten und trotzdem fest mit beiden Beinen auf der Erde standen, die in der Welt herumreisten, zur Miete wohnten, ab und zu schwanger wurden und nicht abtrieben. Der weltweit verbreitete Slogan »Macht Liebe, nicht Krieg« erreichte auch unser Land, ein wenig ramponiert zwar, aber ohne etwas von seinem Reiz verloren zu haben.

Doch ich war immer noch ein braves Mädchen aus gutem Haus. Fuhr zur Universität, arbeitete für meinen Lebensunterhalt, brach jeden Kontakt zu Jehoiada ab, versuchte, Uri nicht nachzutrauern, hasste Diskotheken, liebte Volkstänze, kehrte zum Schlafen zu den Eltern zurück, wich jeder Frage aus, schloss die Tür hinter mir. Und dort hing auch ich meinen Träumen nach, durchwanderte die Regenwälder Südamerikas, überquerte Islands Gletscher, schoss sogar in einem vernagelten Holzfass die Niagarafälle hinunter oder flog mit einem Ballon über die Wälder, sah all die hohen Bäume, die gefällt wurden, um Papier zu liefern, so viel Papier.

Joram achtet immer darauf, mich nach Hause zu begleiten und mit hinaufzukommen, »guten Abend«, »wie geht es Ihnen« und »gute Nacht« zu sagen.

Sein Gesäß füllt den Sitz aus, kompakt, wohlgeformt. Seine Hände liegen auf dem Tisch. Er trägt einen kantigen goldenen Ring mit einem schwarzen Stein in der Mitte, von dem mein Blick wie magisch angezogen wird. Bedeutet er etwas?

Ist es also so weit? Planen wir die Zukunft?

»Gehen wir zum Café Rose«, sage ich, damit wir weiterschlendern können. Ich möchte den Augenblick genießen. »Wie beim ersten Treffen«, lächle ich, »erinnerst du dich? Dort oben?«

Joram nickt.

»Ich habe viel nachgedacht«, sagt er, während ich aufmerksam die Schaufenster betrachte, bin jedoch ganz Ohr. »Es gibt ein paar Dinge, die du wissen musst und über die wir bisher noch nicht gesprochen haben.«

»Warst du im Gefängnis?« Ich versuche, auf keinen Fall

das Naheliegendste zu fragen. »Hast du eine Million Dollar in Luxemburg?«

Er lacht nicht, als er sagt: »Ich habe ein Kind.«

Also das ist es. Wo immer du hingehst, fällst du rein. Diese schmutzigen kleinen Kreaturen. Wo immer du hinkommst, sie sind schon da.

»Wo ein Kind ist, gibt es auch eine Mutter.«

»Stimmt.«

Er sagt, stimmt! Er hätte sagen können, gab, hätte die Achsel zucken, nicht mehr oder das ist unwichtig sagen können, aber er hat stimmt gesagt.

Für einen Augenblick verschlägt es mir die Stimme. Was soll ich fragen? Wer? Wann? Wo? Wie? Solange ich nicht frage, falle ich nicht.

»Er ist zwei Jahre alt.«

Wir stehen schon an der Fußgängerampel gegenüber der Allee. Ein paar Straßen weiter war ich vor über einem Jahr mit einem Kind im Bauch unterwegs.

»Pass auf«, er hält mich zurück, »es ist Rot.«

»Sie lebt nicht in Israel«, fährt er fort, und aus irgendeinem Grund kann ich wieder atmen.

Kein Café Rose mehr. Holz- und Stahlgerüste rings um das Gebäude zeugen von einer weiteren Bankfiliale oder einem Immobilienbüro.

»Alles ist im Fluss«, sage ich.

Joram dreht sich zu mir. »Jetzt haben wir schon geredet. Setzen wir uns an den nächstbesten Platz, der uns gefällt.«

Die Welt wird wieder heller. Noch ist nicht alles verloren. Es gibt Ehrlichkeit. Anteilnahme. Offenheit. Es gibt eine Zukunft.

»Und die Geschichte?«, frage ich, scheinbar beiläufig, über einem Glas Milchkaffee und einem Stück Nusskuchen, das ich mit der Gabel zerhacke.

»Es gibt keine. Ich war jung, wir haben nicht aufgepasst.«

»Ja und, man kann eine Abtreibung durchführen lassen.«

»Sie wollte nicht.«

»Religiös?«

»Nein.«

»Wollte sie dich festnageln?«

»Nein. Sie war eine traditionell erzogene Jemenitin, wirklich schön«, sagt er. In seinen Augen ist keine Sehnsucht. »Sie hatte den Körper einer Tänzerin.«

»Tänzerinnen haben einen kleinen Busen.«

»Sie nicht.« Der Anflug eines Lächelns lässt Grübchen entstehen.

»Also, was ist Sache? Bist du nicht frei?«

»Nur keine Aufregung«, er zieht eine Zigarette heraus und zündet sie an. »Ich sagte doch, sie ist nicht in Israel. Und wir haben auch nicht geheiratet.«

»Aber es existiert ein Kind.«

»Vielleicht lässt du mich jetzt mal alles von Anfang an erzählen?« Er lächelt wieder.

»O-kay, o-kay.«

Joram erzählt, und ich stochere im Nusskuchen herum.

»Das Kind ist in einem Heim und Na'ama in den USA«, erklärt er. »Und ich erzähle dir das, weil es wichtig ist, dass du alles über mich weißt, bevor du dich entscheidest. Ich wollte nicht, dass du plötzlich über eine Information stolperst, ohne darauf gefasst zu sein.«

Sie lernten sich in seinem letzten Jahr bei der Armee kennen. Na'ama arbeitete im Tel-Haschomer-Krankenhaus in Tel Aviv, fuhr jeden Tag von Jarchiv, einer Grenzsiedlung, dorthin. Sie hatte es nicht leicht, als einzige der Töchter in der Familie ihren Militärdienst durchzusetzen, erzählt er. Und so, wie er es sagt, mit ein wenig Stolz in der Stimme, ruft es Sympathie in mir hervor: Er ist also in der Lage, Verständnis für Schwierigkeiten aufzubringen. Im gleichen Maß wird er auch mich verstehen können.

Ihre Schwestern gaben sich offiziell als religiös aus und wurden befreit, aber sie wollte zum Militär. Als Kompromiss meldete sie sich freiwillig zum nationalen Hilfsdienst. Die Eltern unterstützten das natürlich nicht, hinderten sie aber auch nicht daran.

»Ich habe sie kennen gelernt«, fährt er nach einem kurzen nachdenklichen Schweigen fort und nimmt einen Schluck Kaffee.

»Gute Menschen. Die Mutter läuft noch mit Rock über den bestickten Hosen herum.«

Joram erzählt anscheinend gern. Ein wenig nach vorn gebeugt, spricht er ruhig, holt weit aus. Wann kommt er endlich zur Sache. Vielleicht verbirgt auch er Geheimnisse, gut versteckt unter wohlgeformten Sätzen?

»Wir dachten nicht an Heirat, aber es war mir schon ernst.«

»Hast du ein Bild von ihr?«

»Ja. Wenn du es sehen willst. Na'ama liebte das Tanzen, auch darin war sie anders als ihre Schwestern, die ziemlich schnell heirateten, eine einen Goi«, er lächelt, »aus deutscher Familie. Wenn du möchtest, kannst du ihn kennen lernen.«

»Du hast noch Kontakt?«

»Ja, warum nicht? Ich mag ihn.« Er blickt mich an, wartend.

»Warum habt ihr also nicht geheiratet?«

»Wir haben geheiratet.«

»Aber du hast gesagt –«

»Nicht beim Rabbi. Wir sind nach Zypern gefahren.«

»Das ist wie jede andere Heirat auch, gilt genau so –«

»Ja, aber wir sind nicht zum Innenministerium gegangen, haben es nicht registrieren lassen. Inzwischen kam das Kind zur Welt, und wir trafen die Entscheidung, nicht zusammenzubleiben. Im Ausweis steht nichts davon.«

»Nicht, dass ich irgendwas von deiner Geschichte verstehen würde, aber du bist verheiratet, und daran ändert für mich kein Ausweis was.«

»Aber das ist nicht wichtig, du übersiehst die Hauptsache, verheiratet oder nicht, das ist kein Problem für mich, sollte die Heirat gültig sein, kann man sich scheiden lassen. Was wichtig ist, ist das Kind.«

Nicht für mich, möchte ich erwidern, aber ich schweige. Da siehst du's wieder. Jeder hat seine Geschichten. Und auch wenn du sie in allen Einzelheiten erzählst, macht sie das nicht weniger problematisch. Hinter jeder steckt noch eine und noch eine. Übergeschichten und Untergeschichten. Du kannst mich mal mit deiner Geschichte. Doch kein einziges dieser Worte kommt über meine Lippen. Selbstmitleid steigt wieder in mir auf. Da hast du gedacht, das wäre es nun, Ende gut, alles gut. Du hast deinen Fels gefunden, um auf ihm dein Leben aufzubauen. Hast du gedacht. Du hättest wissen müssen, dass es keine Wunder gibt.

»Wo ist sie jetzt?«

»In den USA, wie ich schon sagte. Berufstänzerin.«

»Und das Kind ist bei ihr?«

»Nein. Sie ist unwichtig. Das Kind ist wichtig, obwohl eigentlich auch nicht so sehr.« Und plötzlich verstummt er und schaut mich an, und ich weiß, jetzt kommt die wirkliche Geschichte, die, die noch im Verborgenen liegt. Ich will sie gar nicht hören.

»Ich weiß nicht, warum es mir so schwer fällt, es auszusprechen. Das Kind befindet sich in einem Heim. Es ist gelähmt und geistig behindert.« Dann atmet er tief durch und erklärt: »Und ich zahle monatlichen Unterhalt.«

Der Stein ist ihm vom Herzen gefallen.

Hast du schon mal bemerkt, liebe Dana, wie befreiend es ist, etwas auszusprechen? Was ungesagt bleibt, verdichtet sich im Inneren zu einem Stein, der an eine Wand geschleudert wird, dort abprallt und wieder dagegenschlägt. Jedes Mal hinterlässt der Aufprall eine wunde Stelle, bis diese schließlich aufplatzt.

So wie jetzt. Ein drückendes Gefühl im Kehlkopf, eine Empfindung, von der man nicht weiß, wie man sie bezeichnen soll, oder doch? Vielleicht Brechreiz?

Liebe Dana, was hast du in jenen ersten Ehejahren gemacht, als die Worte danach drängten, ausgesprochen zu werden, und du geschwiegen hast?

Also, er hat einen gelähmten, behinderten Jungen in einem Heim. Jetzt, wo er es mir gesagt hat, ist er auch meiner.

»Komm, wir fahren hin«, sage ich zu Joram an jenem Nachmittag über den Resten meines misshandelten Nusskuchens.

»Wie lange hast du ihn nicht mehr gesehen?«

»Seit über zwei Jahren.«

»Und du willst ihn nicht sehen?«

»Wozu? Er erkennt niemanden, versteht nichts. Es bereitet mir nur Herzschmerz.«

»Für dich! Schau, du sprichst von Herzschmerz, ein Zeichen, dass du an ihn denkst, und ich –«

»Wie könnte ich nicht an ihn denken? Aber es hat keinen Sinn hinzufahren.«

»Ich möchte ihn sehen«, beharre ich, und schon während ich die Worte ausspreche, merke ich, dass sie falsch sind. Denn was habe ich mit diesem Jungen zu schaffen, diesem unglückseligen Geschöpf, das in Gesellschaft anderer solcher Kreaturen mit einem nutzlosen Körper in irgendeinem Zimmer liegt, weder tot noch lebendig, nur ein Leib, der ernährt und versorgt wird, bis er stirbt und alle erlöst aufatmen.

Will ich wirklich in den Süden fahren, nach einer Straße suchen, die wahrscheinlich nach einer Blume oder einem Baum benannt ist, und an der sich hinter einer Hecke ein altes Haus verbirgt, in dessen Räumen der Gestank nach Urin und Lysol hängt? Nein, eigentlich nicht.

»Ich möchte nicht, dass du ihn siehst. Er hat nichts mit uns zu tun. Wenn Na'ama es will, dann ist das ihre Sache. Wir beide fangen ein neues Leben an.«

»Ich glaube, du hast Recht«, stimme ich ihm, ausnahmsweise mal nicht widersprechend, zu.

Zu Hause nahm ich ein sehr heißes Bad. Die Beine wurden feuerrot. Erbarmungslos ließ ich die Hitze in alle Poren und Körperöffnungen dringen, in der Hoffnung, sie würde vielleicht die Gebärmutter erreichen und einen natürlichen Abgang verursachen. Meine Eltern waren bereits schlafen gegangen. Was verstanden sie schon von Sex. Hin und wieder einmal hörte ich ungewohnte Atemgeräusche aus ihrem Zimmer, nur die von Papa, niemals von Mama. Ich wusste inzwischen auch das schuldbewusste Lächeln zu deuten, das er ihr am Abend zuwarf, um sie für die Nacht zu versöhnen. So wie es mir gelungen war, Jehoiada vor ihnen zu verbergen, so würden sie auch nichts von der Abtreibung erfahren, die am Dienstag vorgenommen würde, falls nicht ein Wunder geschähe und ich vorher einen Abgang hätte.

Das Bad war von Dampfschwaden erfüllt, mein Gesicht schweißüberströmt. Außer einem merkwürdigen Spannen in der Brust zeugte nichts an meinem Körper davon, was sich im Inneren abspielte. Rosa Brustwarzen, flacher Bauch, vielleicht sogar ein wenig flacher als sonst. Konnte es sein, dass ich mich, wir uns, geirrt hatten?

Was hatte Na'ama, ein hübsches junges Mädchen mit Schwanenhals, aus konservativer Familie dazu getrieben, eine Heirat vor einem Rabbi abzulehnen? Was hatte sie dazu bewegt, ihre erste Schwangerschaft, ungeplant und ungewollt, auszutragen? Was dachte sie in den ersten Tagen ihrer Schwangerschaft, als sie feststellen musste, dass sich all ihre Pläne zerschlagen hatten? Ich würde es nie nachvollziehen können. Als meine Periode ausblieb, sagte ich mir bei der ersten morgendlichen Übelkeit: Auch wenn Uri es wollen sollte, ich werde dieses Ding nicht behalten. Ich habe noch Zeit, Mutter zu sein. Uri wollte es nicht. Er erschrak, genau wie ich. Aber er hätte nicht erschrecken dürfen. Er hätte sagen müssen: Meine liebste Dana, wir werden ein Kind haben, ich bin ja so glücklich. Wie ein Romanheld. Oder wie in den erträumten Geschichten. Aber Uri schwieg eine ganze Weile, länger als gewöhnlich, Verwirrung in den Augen, vielleicht auch Ärger, bevor er sagte: »Ich passe immer auf, vielleicht kannst du mir erklären, wie das geschehen konnte?«

Was für Erklärungen konnte ich abgeben? Sollte ich sagen: »Du bist der Einzige«? Ich bin nicht die Heldin eines Hollywoodschinkens oder eine Figur aus einem Trivialroman. Ich bin Dana. Das brave Mädchen aus gutem Haus. Studentin. Arbeite für meinen Lebensunterhalt. Kein Mann darf mich einem Wahrheitstest unterziehen.

Umso mehr, als es die Wahrheit ist.

Mit Jehoiada habe ich nicht darüber geredet. Unsere Treffen waren immer seltener geworden, auch die Telefonate. Die Sehnsucht hatte sich bereits in ein nostalgisches Leitthema verwandelt: Sehnsucht nach der Sehnsucht. Was es mir erleichterte, ihm nichts von der Schwangerschaft, von der Abtreibung und dem Riss zu erzählen, der immer weiter zwischen mir und Uri aufklaffte. Hätte er die Wahrheit erfahren, hätte er sich vielleicht bemüht, die Dinge zwischen uns in ihrer früheren Intensität wiederaufleben zu lassen. Würde er die Wahrheit wissen, wäre er sicher von mir enttäuscht.

Ich klammerte mich an den ersten intuitiven Entschluss: Dieses Kind, dieses Etwas, diese sich mit aberwitziger Geschwindigkeit vermehrenden Zellen werden mir nicht mein Leben diktieren. Ich ganz allein bestimme darüber. Und ich lerne zu eliminieren.

Anscheinend bin ich eingeschlafen. Es ist noch dunkel im Zimmer, nur das kleine Licht aus der Toilette brennt. Ein warmes, feuchtes Gefühl zwischen den Beinen. Die Windel ist noch trocken, doch die Haut an den Schenkeln ist schweißnass. Mir bleibt nichts erspart. Noch eine verlorene Schlacht.

»Sei doch vernünftig, Dana, der Urin rinnt im Schlaf aus, was bist du so stur?«

»Wenn man immer schwächer wird, bauen auch alle Muskeln ab.«

»Sie ziehen allen in der Nacht Windeln an.«

»Bloß in der Nacht. Am Tag musst du ja nicht.«

Mein »Ich will nicht« wurde immer leiser, je mehr meine Kräfte nachließen.

»Sie haben bei der Operation die Blase verletzt, so viel ist sicher. Bei Frauen ist da unten ja alles so eng beieinander, wenn sie also etwas herausschneiden, verletzen sie den Rest«, sagte ich immer wieder zu Michal, die freundlich lächelte.

»Möglich«, schien sie mir zuzustimmen. Was sollen sie sich mit dir auch herumstreiten. »Aber was spielt das jetzt für eine Rolle, es ist wichtig, dass du dich wohl fühlst.«

»Für mich spielt das eine Rolle. Wenn sie die Blase verletzt haben, muss man sie verklagen. Ich werde keine Windel anziehen.«

»Ganz wie du willst«, beendete sie das Thema.

Aber in der Nacht erwachte ich aus einem unruhigen Schlaf, weil ich nass war. »Vicky, Vicky!«, rief ich. Oder vielleicht »Mama, Mama«? Es war früh, vielleicht drei oder vier Uhr morgens, aber zu spät. Vicky zog mich aus, wechselte die Laken. Als sie das Leintuch abzog, bemerkte ich eine weiße Plastikunterlage auf der Matratze. Das traf mich doppelt hart. Sie haben schon vorgesorgt, wie man es bei einem Baby tut. Ich habe kein Mitspracherecht. Hatte ich je eines?

»Sei doch vernünftig«, sagte Joram bei seinem wöchentlichen Besuch zwei Tage danach. Zwei Nächte eingenässt im Bett. »Ich weiß, dass du ein praktisch denkendes Mädchen bist. Das ist keine Frage der Ehre. Möchtest du, dass die Wohnung stinkt?« Schlicht und sachlich. Und stimmt. Ich habe ein gelähmtes und geistig behindertes Kind in einem Heim. Einfach und direkt. Dieses Mal – nicht wie damals im Café betroffen, aber mitfühlend – wünschte ich aus tiefstem Herzen, dass er in meine Läge käme.

Na'amas Kind, wenn es noch lebt, müsste wie alt sein? Weit über zwanzig? Was dachte Na'ama, als sie die Schwangerschaft bemerkte, die sie wie ein Fluch traf, und sie es nicht wagte, sie zu beenden?

»Das nicht, es gibt eine Grenze«, sagt sie zu Joram. »Aber ich will jetzt kein Kind, es zerstört unsere Pläne.«

»Was sind denn unsere Pläne?«, fragt Joram.

»Meine Pläne«, antwortet sie. Aus der zeitlichen Distanz lege ich ihr Worte in den Mund, unterstelle ihren Entscheidungen, von denen ich nur das Endresultat kenne, Absichten.

»Lass uns in Zypern heiraten«, sagt sie, »so wird niemand hier etwas erfahren, und das Kind hat einen Vater. Aber nach der Geburt, ich weiß nicht, ich möchte unbedingt tanzen.«

»Du wirst tanzen«, verspricht der *Fels*. »Ich werde es großziehen.«

Wie hat Na'ama ihren dicken Bauch vor den Augen ihrer Familie versteckt? Im sechsten Monat wölbt sich vorne ihre enge Hose. Sie zieht eine luftige Tunika darüber. »Ich habe ein Zimmer in der Stadt«, sagt sie zu ihren Eltern. Ihre ältere Schwester unterstützt sie. »Na'ama lernt tanzen, Na'ama arbeitet als Bedienung, lasst sie in der Stadt bleiben. Das ist ganz normal. Macht nicht aus jeder Mücke einen Elefanten. Ich werde auf sie aufpassen, kein Problem.«

Na'ama hört zu tanzen, hört zu arbeiten auf. »Ich habe beschlossen, das Abitur zu machen, nicht nur zu tanzen«, verkündet sie ihren beglückten Eltern, »ich habe keine Zeit, euch zu besuchen.«

»Es wird schon gut gehen«, redet Na'ama sich ein, als sie mit heftigen Wehen verängstigt im Kreißsaal eintrifft. Joram begleitet sie. Er rennt mit drei weiteren Männern im Wartezimmer herum, raucht hektisch. Von fünf Uhr morgens bis sechs Uhr abends bleibt Na'ama im Kreißsaal. Gegen vier wird es hektisch. Ärzte und Schwestern rennen hinein und hinaus. Um sechs sagen sie zu ihm: »Der Säugling ist auf der Intensivstation, Na'ama erholt sich. Alles ist gut gegangen.« Erst zwei Tage später werden sie ihr mitteilen, dass der Kopf zu groß ist, dass sich die Nabelschnur um seinen Hals gewickelt hat und dieser Umstand keine normale Entwicklung verspricht. Als die Sozialarbeiterin kurz vor ihrer Entlassung aus dem Krankenhaus zu ihr geht, sagt Na'ama: »Ich will das Kind nicht.« Joram, der neben ihr sitzt, schaut sie hilflos, vielleicht sogar wütend an, und als er etwas entgegnen möchte, erklärt sie mit klarer Stimme: »Du hast kein Mitspracherecht, du bist nicht der Vater.«

Und an die bestürzte Sozialarbeiterin gewandt, sagt sie: »Er ist ein guter Freund, der mir viel geholfen hat. Aber wir sind nicht verheiratet. Hören Sie nicht auf ihn. Er hat hier nicht mitzureden.«

Na'ama, hattest du wirklich den Mut zu all dem, oder fantasiere ich mir das nur zusammen?

16

Es geht uns gut zusammen, nicht?

Was ich befürchtet habe, tritt ein: Wir steigen die Treppe hinauf, während ein anderes Paar gerade herunterkommt. Sie gehen getrennt. Sie, zwei Stufen vor ihm, hat es eilig wegzukommen. Ihr Blick weicht dem meinen aus. Er folgt mit leichtem Schritt. Sie sind nicht mehr jung, aber auch nicht alt, etwa Ende dreißig oder Anfang vierzig. Sie haben das Leben schon erfahren, so wie wir. »Ich weiß, was du getan hast«, möchte ich zu ihr sagen, worauf sie mir antworten würde: »Genau das, was du jetzt tun wirst.«

Ein Stundenhotel, versteckt hinter einer Baumreihe. Ein rückwärtiger Parkplatz. Juval schaltet die neue Honda in den ersten Gang, setzt zurück und parkt in einer entfernten Ecke. Seine Augen sondieren schnell das Terrain.

»Die Luft ist rein«, verkündet er zufrieden.

»Warst du schon mal hier?«

»Nein. Wie gesagt, Bollberger hat gemeint, dass es hier sauber ist und keine Probleme gibt.«

»Was täten wir ohne Bollberger.«

»Hätten wir getan«, meint er lachend.

Am Eingang, wie in jedem Hotel, eine Empfangstheke. Eine dunkelhaarige Frau sitzt dahinter, die bei unserem Eintreten den Kopf von ihren Rechnungsbüchern hebt. »Ein Zimmer«, sagt Juval und zieht zwei schon parat gehaltene Scheine heraus. Sie reicht ihm ein Kärtchen: »Name und Adresse, bitte.«

»Dr. Karni«, kritzelt er hin, »Palmenstr. 3, Haifa«, fügt eine krakelige Unterschrift hinzu, und schon händigt sie ihm den Schlüssel aus – ohne den Ausweis zu verlangen oder etwas in Zweifel zu ziehen. Dann gibt sie ihm noch eine Quittung und sagt: »Zweiter Stock, Zimmer 37, im Gang rechts.« Ihre Stimme ist tonlos, monoton, ihr Blick kehrt bereits wieder zu den Abrechnungen zurück.

»Es fällt dir leicht, Namen und Adresse zu ändern, aber nicht den Titel«, bemerke ich und stelle erleichtert fest: Sie hat nicht in meine Richtung geschaut, keine Taxierung, keine Missbilligung.

»Ich habe schwer dafür geschuftet.«

Ich beschleunige meinen Schritt, passe mich seinem Gang an, und kann es mir nicht verkneifen zu bemerken: »Es sieht so aus, als ob du schon mal hier gewesen wärst –«

Und genau da, am Treppenabsatz zwischen erstem und zweitem Stock, befindet sich jetzt das Paar. Ihr Gesicht eine Maske des Gleichmuts. Er mit leichtem Schritt. Ich kenne sie nicht, sie kennen mich nicht. Als die Frau stolpert und sie nach dem Holzgeländer greift, um nicht hinzufallen, sich aber sofort wieder aufrichtet und weitergeht, bin ich davon überzeugt, dass auch in ihr die Scham brennt, als riefen wir einander stumm zu: Was für ein Schwachsinn, hierher zu kommen!

Wir haben einen Grund herzukommen. Wir haben beschlossen, ein Experiment unter neutralen Bedingungen durchzuführen. Nachdem wir es in meiner und in seiner Wohnung und in der von Freunden getrieben haben, nachdem sich die Nervosität und Spannung gelegt haben – da begannen die vertrauten Dinge aufzubegehren.

»Wir werden uns nicht mehr hier treffen«, sagte ich eines Morgens in meiner Wohnung zu ihm. Statt leichter zu werden, wurde alles schwieriger.

Wir haben bestimmte Signale. Juval ruft an und legt nach zwei Klingelzeichen auf. Wenn die Luft rein ist, das heißt, Joram nicht da ist, rufe ich ihn zurück. Aber Juval ruft nicht mehr so häufig an. Ich auch nicht. Früher kam er oft für ein paar Minuten in die Cafeteria des Krankenhauses oder fand eine halbe Stunde, um mich in einem Café in der Umgebung für einen kleinen Plausch zu treffen, für einen tiefen Blick, ein Lächeln und eine elektrisierende Berührung am Knie. Doch bereits seit über einem Jahr sind wir nur noch grausam funktional.

»Ich habe ungefähr eine Stunde Zeit«, teilt er mir mit, als ich auf sein Klingelzeichen antworte. »Können wir uns treffen?«

Nicht immer können wir. Manchmal bringen die Vormittage eine unerklärliche Traurigkeit mit sich, und dann sage ich mir: »Ich wollte ja, aber ich konnte nicht.« Hauptsache, ich wollte.

Wie an jenem Abend, als wir noch voller Enthusiasmus versuchten, im anderen und seinem Körper die Sehnsucht zu stillen, die die anderen Körper nicht hatten stillen können.

»Komm«, sagte er am Telefon, »Tamar ist mit den Kindern nach Sedot-Jam gefahren, wir haben die ganze Nacht, wenn du willst. Kannst du eine Ausrede erfinden?«

»Ich werd's versuchen«, erwiderte ich aufgeregt. »Ich weiß nicht, wie und wann, aber ich werde mir was ausdenken.«

»Ich warte, auch wenn es spät wird.«

Wieder stieg sexuelles Verlangen in mir auf. Man wartet auf dich. In fremden Häusern, in Betten, die nicht die deinen sind, denkt man an dich. Ein Elixier, das das Blut in Wallung bringt. Ich stelle mir schon die Dunkelheit vor, die mich wie eine Decke umhüllt, wenn ich in meinem eigenen Auto zu ihm fahre, in der Nebenstraße parke und mich vor spät heimkehrenden Nachbarn oder der neugierigen Buchprüferin in Acht nehme, an die Tür klopfe, die sich ohne einen Laut öffnet, und wie ich langsam auf ihn zugehe, die Freude registriere, die seine eisblauen Augen aufleuchten lässt, das befreiende Gefühl spüre, wenn er seine Arme ausbreitet und dann um mich schlingt. Und auch wenn der Liebesakt, das Vögeln, der Beischlaf oder wie immer man es bezeichnen will, nicht weltbewegend sein wird, so genügt allein schon die Begierde, um das Fleisch miteinander verschmelzen zu lassen.

Doch ich fuhr nicht.

Natürlich nicht.

Hatte ich Angst vor dem, was ich immer erstrebt habe? Dass ich endlich die Antwort auf die verzehrende Sehnsucht finden würde, dass ich jene von mir gewünschte Übereinstimmung mit einer gleich gearteten Seele erreichen würde? Dass das uns Trennende wie Geschlecht, Lebenserfahrung und Weltanschauung in der Nacht verschwände und wir einander mit dem Körper das sagen könnten, was die Seele am nächsten Morgen empfände?

Oder ahnte ich, wie es ablaufen würde? Ich würde ihm begehrlich über die Stirn streichen, und er würde sich in mich, in meine Weichheit hineingraben, stellvertretend für all die Lieben, die er hatte und noch haben würde. Wir würden miteinander schlafen und reden und nicht merken, dass der Morgen dämmert –

Und später würde sich jeder seinem Heim, seiner Arbeit und seinem Leben zuwenden. Oder wüssten wir, dass wir die Regeln durchbrochen hätten und eine neue Welt bereits aus den Ruinen wuchs?

Doch die Illusion einer möglichen Veränderung ist besser als eine wahr gewordene Enttäuschung.

Ich fuhr nicht zu ihm. Aber ich verließ am Abend das Haus, um eine Kollegin zu besuchen. Unterwegs und auch während ich bei ihr war, stellte ich mir vor, wie er auf mich wartete: seine ungeduldigen Blicke auf die Uhr, seine Unentschlossenheit, schlafen zu gehen oder zu warten, oder vielleicht bei mir zu Hause anzuklingeln. Kurz nach Mitternacht verabschiedete ich mich von meiner Bekannten und fuhr nach Hause. Ich fand Joram mit Kopfhörern im Wohnzimmer vor und fragte ihn ganz beiläufig: »Irgendein Anruf?« Fiel dann ins Bett, völlig erschöpft von den Selbstgesprächen und mit dem Gefühl, dass ich meine Strafe verbüßt hatte. Die Welt und das Schicksal würden mich nicht mehr herausfordern. Schließlich wollte ich ja fahren und hatte es nicht getan – und wer sich selbst bestraft, dem ist auch Gott bereit zu helfen.

Wenn Juval und ich in unser beider Wohnungen miteinander schlafen, schreien die Gegenstände. Das Kissen, von dem Joram vor kurzem erst den Kopf gehoben hat. Die Kaffeetasse in der Barecke. Die Seiten der *Ha'arez* auf der Theke. Der Genuss und die Selbstbestätigung, die jeder Verrat hervorruft, verlieren ihren Reiz. Ich fühle mich unwohl dabei.

»Mir ist nicht wohl dabei«, sage ich zu Juval. »Ich will es nicht mehr zu Hause machen. Hast du dich wohl gefühlt bei dir zu Hause?«

»Tamar ist immer zu Hause«, antwortet er, an der Frage vorbei und doch nicht.

Zimmer 37 ist eines unter vielen in dem langen Flur. Nur die kleinen Metallziffern auf der weißen Tür weisen darauf hin, dass es unseres ist. Drinnen: Fenster, Bett, Kommode, Toilette und scharfer Geruch nach Desinfektionsmittel.

»Es ist tatsächlich sauber«, sage ich erleichtert.

»Das war die Bedingung.« Juval wendet sich mir lächelnd zu. Seit einem Monat lässt er sich einen Bart wachsen, was ihm das Aussehen eines Chansonniers verleiht und mich reizt, daran zu ziehen. Ein paar graue Haare kräuseln sich vereinzelt in seinem Bart und an seinen Schläfen, verleihen ihm eine Aura der Reife.

»Soll ich es ausreißen?« Ich zupfe an einem grauen Haar. Er ist entsetzt, als hätte ich es ernsthaft beabsichtigt. Dann fange ich an, irgendetwas zu erzählen, rede immer schneller, um von den nackten Wänden und dem großen Bett abzulenken.

Grausam funktional.

Juval zieht sich aus. Die Kleider fallen nicht mehr hastig zu Boden, sondern wir legen sie ordentlich über die Kommode, Seite an Seite, lassen nur noch die Unterwäsche an. Juvals Rücken ist mit den Jahren breiter geworden. Zwei weiche Reifen um die Hüften des mageren kleinen Jungen von einst. Die bunten Boxershorts – je förmlicher und vornehmer seine Kleidung ist, desto farbenfroher werden anscheinend seine Unterhosen – bedecken den flachen Hintern, und er streckt schon lange nicht mehr die Hand aus, um sie aus der Spalte zu ziehen. Ich trete ans Fenster, das auf den Parkplatz hinausgeht.

»Es sind eine ganze Menge Leute in diesem Hotel«, sage ich zu ihm.

»Was hast du denn gedacht, dass wir eine Ausnahme sind?«

»Sie tun genau das, was wir jetzt machen werden.«

»Es wird Zeit, dass wir auch damit anfangen und nicht nur reden.«

Ich krieche zu ihm ins Bett, schwanke zwischen der Rolle des Opferlamms und der einer Wildkatze.

Langsam, das heißt geübt oder aus Gewohnheit, streift er die Träger des teuren Büstenhalters ab und öffnet ihn. Ich ziehe hastig den Seidenslip aus. Auch mein Bauch ist nicht gerade hinreißend. Ich mustere ihn kritisch: rundlich, ein wenig unförmig. Während wir einander streicheln, beginnen wir den üblichen Tanz, der uns nichts Neues mehr offenbart. Auch hier nicht.

Vicky schläft. Es ist dunkel, nur das Licht der Autoscheinwerfer huscht über die Decke. An das hohe Kissen gelehnt ist der Kopf wie abgetrennt. Ich bin zweigeteilt. Der Kopf bestimmt meine Träume, die Brust die Erinnerungen, doch von den Hüften an abwärts lebt ein fast abgestorbenes Körperteil sein eigenes Leben, an dem ich nicht teilhabe.

Wie hat es begonnen? Es entwickelte sich unbemerkt in den Eierstöcken, die ihrer Aufgabe nicht mehr gerecht wurden und statt Eier Zellen über Zellen produzierten.

Fruchtbarkeit kann offenbar vielgestaltig sein, spottet Dana über dem Bett.

Ich bin müde. Die verkürzten Einnahmezeiten der Medikamente halten zwar die Schmerzen, aber nicht die Schwäche fern. Am Morgen wird eine Delegation des ambulanten Pflegedienstes eintreffen. Was werden sie mir noch geben können, Vitamine? Auch der Genuss an den sexuellen Erinnerungen wird schal. Ein Akt, noch ein Akt und noch einer. Ist das dein Leben gewesen, Dana? Waren das deine Männer? Lauter kleinkarierte Details pseudoerotischer Erinnerungen in all ihrer Erbärmlichkeit?

Wo bist du, Dana? Du bist hier, Dana. Ich bin Dana. Ich klammere mich an Einzelheiten, das lässt mich zumindest nicht den Verstand verlieren. Meine Nüchternheit. Mein

Gedächtnis. Einzelheiten, die mich ausmachen. Glaube ich wenigstens. Wie endlose Rechenexempel, eins plus zwei plus drei, die die Schaltstellen des Gehirns funktionsfähig erhalten, die ein Verstopfen der Kanäle verhindern. Jeder Akt der Erinnerung ist eine lebenserhaltende Übung, und auch wenn er den Puls nicht mehr beschleunigt, so vertreibt er wenigstens den Schmerz. Eine Übung zum Einfrieren der Zeit. In dem »Museum des Gliedes«, das ich einrichten werde – eine Übung zum Zeitvertreib –, werden alle Wände mit Peniszeichnungen bedeckt sein, wie in der hübschen Illustrationsreihe zur Evolution: vom gebückten Affen über den Neandertaler zum *Homo sapiens* mit Gasmaske. Den Anfang soll der Penis eines schlafenden Säuglings machen, ein süßer kleiner Däumling, der dicker und größer wird, sich verhärtet, bis hin zu den Monsterschwänzen der Pornodarsteller. In natürlichen Farben, rosa, gelblich und blauviolett, gerade und krumm, mit der fischmäuligen Öffnung an der Kuppe oder in Hautlappen eingebettet, durchzogen von Sehnen, blau geädert, einer neben dem anderen in Reih und Glied aufgerichtet. Wie wird wohl der Letzte beschaffen sein? Wie lang, wie dick, beschnitten oder nicht?

Eine Reihe trotzig aufgerichteter Penisse, die ihre Verletzlichkeit mit harten Stößen kaschieren.

»Es geht uns gut zusammen, nicht?«, fragt Dr. Juval Karmi, während wir zur Mittagszeit im Oslo-Keller sitzen und eine Chinesin, Vietnamesin oder Thailänderin, unser Essen serviert. Juval ist hungrig. Ein unverhofftes Treffen in der Mittagspause, der Piepser hängt an seinem Hosenbund. Ich stochere in einem Käsekuchen herum.

»Es geht uns gut zusammen«, wiederholt er, »stimmt's? Aber ich würde nicht wollen, dass unser Vergnügen Tamar oder Joram verletzt. Es darf nicht auf ihre Kosten gehen.

Überleg mal, was Joram fühlen würde, wenn er von uns erführe.«

»Und Tamar«, erwidere ich.

»Genau. Und sie wäre wahrscheinlich noch mehr getroffen, denn das ist nicht das erste Mal, dass ich ihr das antue.« Er kaut an seinem Fleisch in indischer Soße, Linsen in Jogurt, belädt die Gabel mit giftgrünen Erbsen und kleinen blassen Kartoffeln und schiebt sie schnell in den Mund.

»Tamar und Joram werden nie etwas von uns erfahren«, sage ich, »weil wir es ihnen nicht erzählen, zumindest ich nicht. Oder hast du plötzlich Lust auf eine Beichte?«

»Bist du verrückt?«, antwortet er hastig mit vollem Mund.

»Was tust du dann so scheinheilig? Du denkst doch gar nicht an sie. Und ich auch nicht. Auch nicht an Joram. Als wir angefangen haben, uns zu treffen, haben wir da vielleicht an sie gedacht? Nicht dass ich mich erinnern könnte. Wir haben uns getroffen, weil wir es wollten. Punkt. Und wenn wir jetzt nicht mehr wollen, machen wir eben Schluss.«

»Hör auf, was ist denn in dich gefahren?« Er nimmt eine Papierserviette und wischt sich die Lippen ab. »Wer will denn Schluss machen. Joram wird nichts erfahren und Tamar auch nicht, und niemand wird verletzt werden.«

»Was genau sollen sie eigentlich nicht erfahren?«, hake ich nach.

Er schaut mich erstaunt an. »Was soll das heißen, dass wir uns treffen natürlich.«

»Was soll dann der ganze Sermon, dass es uns gut geht und ihnen auch oder nicht? Und außerdem, wenn es uns mit ihnen gut ginge, wären wir jetzt vielleicht nicht hier.«

»Bei mir ist das nur Nachholbedarf«, erwidert er schnell. »Ich liebe Tamar. Dich habe ich in der Sechsten geliebt.«

Und er wirft die schmutzige, zusammengeknüllte Papierserviette auf den Teller.

»Auch ich liebe Joram. Ich habe dir das gleich am Anfang gesagt.«

»Was machen wir dann hier?«, fragt er.

Ich fange zu lachen an. »Ist der Groschen endlich gefallen?« Und als er mich kläglich anschaut, füge ich hinzu: »Hast du Nachholbedarf gesagt? Okay, wenn's dir gut tut.«

»Genau das habe ich gemeint.« Juval atmet erleichtert auf. »Wir hätten die Grenzen abstecken sollen. Das ist eigentlich alles, was ich wollte.«

»Territorien markieren? Dafür holt man ihn am besten raus und pinkelt irgendwohin.«

Er schaut mich verständnislos an, runzelt die Stirn.

»Du weißt schon, wie ein Hund«, erkläre ich, und für einen Moment bereue ich meine Worte. Was macht mich so wütend? Sein überheblicher Ton, das scheinheilige Gehabe, oder – ganz im Gegenteil – die Wahrheit? Liebste Dana, du triffst dich und schläfst mit jemandem, den du gekannt hast, als er ein pubertierender Junge war, und weißt nichts, aber auch rein gar nichts, über den Mann, der dir jetzt gegenübersitzt. Ich blicke in seine eisblauen Augen und fahre fort: »Hunde markieren mit dem Geruch ihrer Ausscheidungen ihr Herrschaftsgebiet.«

»Das brauchst du mir nicht erklären«, faucht er, »ich habe unter anderem Biologie studiert, falls du das vergessen haben solltest. Ich bin Arzt.«

»Warum schaust du mich dann an wie ein Zombie?«

»Aus anderen Gründen«, entgegnet er, ohne näher darauf einzugehen, sagt dann: »Okay, lass uns aufhören mit dem Philosophieren. Wichtig ist, dass keiner von uns beiden dieses Verhältnis mit falschen Hoffnungen befrachtet.«

»Hoffnungen?« Ich bin erschüttert. »Worauf?«

»Was weiß ich.«

»Denkst du vielleicht, ich könnte auf die Idee kommen, dass das Leben, wenn ich mit dir verheiratet wäre, erfüllter wäre?«

»Mein Gott, Dana, Schluss damit.«

»Du hast angefangen –«

»Nein, ich habe nur gesagt, dass ich weder Joram noch Tamar verletzen möchte.«

»Aber wir verletzen sie doch schon, kapierst du das nicht? Wenn du sie nicht verletzen willst, dann ruf mich nicht an und triff dich nicht mit mir.«

»Dana –«

»Mir reicht's, hör auf mit dem Mist. Wir haben ein heimliches Verhältnis. Wir sind zwei Verräter. Kapiert? Wir müssen uns nichts vormachen.«

»Ist ja gut, Dana. Ich kann mich nicht erinnern, dich je so erlebt zu haben.«

»Von wann, bitte, stammt deine Erinnerung, von vor –« Ich beginne wutentbrannt nachzurechnen, als der Piepser sich meldet und Juval vor mir rettet und mich vor ihm und vor mir selbst.

Dr. Karmi betrachtet erfreut die digitale Anzeige und beeilt sich aufzustehen.

»Ist schon gut, lauf los, ich zahle«, komme ich seinem fragenden Blick zuvor.

»Danke, Danusch, ich ruf dich bald an.«

Er sammelt schnell seine Brille, die zusammengefalteten Seiten der *Jediot Acharonot* und die Marlboro Lights ein, die er seit kurzem raucht.

»Bye –«

»Bye –«

»Zahlen«, signalisiere ich mit der Hand der chinesisch-vietnamesischen Bedienung aus Thailand, »und eine Rechnung.« Sie soll denken, ich sei eine erfolgreiche Geschäftsfrau, die das Essen von ihrem riesigen Spesenkonto absetzt, und nicht nur einfach eine dumme Tussi, die flüchtende Liebhaber füttert.

Als ob sie auch nur einen Gedanken an mich verschwenden würde, nachdem ich gegangen bin.

Zwischen den blauen Bettbezügen, auf dem blauen Leintuch, jedes Mal eine andere Schattierung, aber immer noch Blau, beginnt das Ende. Noch ein Jahr bleibt uns zum Abstottern. Unsere Körper sind von der Nachttischlampe beleuchtet, er zwischen meinen Beinen, konzentriert auf sein Glied – rein und raus –, und ich betrachte die helle Unterseite der Fußsohle – harte Haut an der Fersenkante –, sehe meine rechte Brust, die zwischen unseren beiden Körpern hervorquillt, weiß, provozierend, und spüre, wie altbekannte Öde von mir Besitz ergreift.

Worüber reden wir in den Pausen?

Über seine Tochter, die in die Mittelstufe gekommen ist, schön zum Verrücktwerden, wie er sich begeistert ausdrückt. Über den kleinen Sohn, ein großmäuliger Rowdy. Mir scheint, dass sie damals auch das dritte Kind planten. Manchmal über den Abteilungsleiter, der die Leistungen seiner Untergebenen zu seinem persönlichen Vorteil nutzt. Juval beschwert sich nicht mehr, wenn der Leiter und sein Stellvertreter wegen privater Geschäfte verschwinden. Die Beförderung wartet auch auf ihn. Ohne den mindesten Zweifel erklärt er, dass der Privatpatient den normalen Kassenpatienten gar nicht tangiere. Jeder Einzelne erhalte die maximale Behandlung. Er schaut mich mit gerunzelter Stirn missbilligend, sogar wütend an. »Niemand vernachlässigt hier irgendjemand. Das verstehst du nicht. Wer nicht Teil des Systems ist, begreift nicht, worum es geht. Und außerdem«, er fixiert mich scharf, »hast du schon mal etwas von Wert gekriegt, ohne dafür zu zahlen?«

Auch mit Juval streite ich nicht mehr. Wozu denn?

Hin und wieder melden wir uns, alle zwei, drei Monate. Manchmal geht die Initiative von ihm aus, manchmal von mir. Bald werde ich prüfen, ob das Verhältnis stimmt. Wer könnte das besser als ich. Den Stolz bewahren, nennt Oma Schlaumeier das. Einen Strich ziehen und nicht darunter gehen. Doch dieser Strich wird ohnehin immer tiefer angesetzt.

17

Eine klebrig warme Flüssigkeit zwischen meinen Schenkeln

Das Krankenhaus liegt zwischen dem Schalom-Supermarkt und dem Karmel-Markt, nur einen Sprung von der städtischen Bibliothek entfernt. Das Leben hat seine eigene Art, sich über einen lustig zu machen. Als ich das letzte Mal in dieser Gegend war, schwankte ich zwischen schwarzer Seidenunterwäsche und gebrochen weißer Spitze und wusste nichts von seiner Existenz. Nun sitze ich im zweiten Stock. Gerade ist ein noch von der Narkose benommenes Mädchen mit verbundener Nase aus dem Operationsraum gefahren worden. Eine ältere Frau stürzte auf sie zu und begleitete sie bis zum Ende des Korridors, wo sie in irgendeinem Zimmer verschwanden.

Man braucht Mut für eine Nasenoperation und viel Eigenliebe, denke ich. Sich einem Arzt, einem fremden Menschen anzuvertrauen und darauf zu hoffen, dass er weiß, was deiner Ansicht nach schön ist. Nur Uri und ich sitzen jetzt auf der Bank. Ich drehe das goldene Herz meines Rings nach innen, und der schlichte dünne Goldreif signalisiert der Umgebung nun Legalität und Moral.

»Ich geh mal raus, Luft schnappen, der Gestank ist ja nicht auszuhalten«, sagt Uri, und schon ist er weg. Auch ich nehme plötzlich den durchdringenden Lysol- und Chlorgeruch wahr, der sich mit dem des künstlichen Jasmindufts im Raumspray vermischt hat. Ich bin weder hungrig noch durstig. Spüre nur quälende Trockenheit im Mund, die die

Zunge weiß färbt, und die morgendliche Übelkeit, an die ich mich nach über zwei Wochen noch immer nicht gewöhnt habe. Es ist dämmrig im Vorraum zu den Operationssälen, und außer einem langweiligen Druck an der Wand gibt es nichts, was das Auge fesseln könnte. Ich konzentriere mich, verdränge jeden Gedanken an das, was sich in meinem Innern entwickelt. Es wird schon alles gut gehen, beruhige ich mich mit den Worten Dorits, deren Begleitung ich abgelehnt habe, weil ich ihren mitleidigen Blick nicht ertragen hätte.

»Spinnst du, jetzt soll ich ein Kind kriegen? Kommt nicht in Frage.«

»Du wirst es bereuen. Ich meine das nicht in religiöser Hinsicht, denn für mich ist Abtreibung nicht Mord oder so was, aber am Ende renkt sich doch alles wieder ein.«

»Das ist es nicht. Ich sehe Uri und mich nicht als Eltern. Er will es auch nicht.«

»Ihr seid schon fast ein Jahr zusammen.«

»Ja und, das macht es nicht besser. Höchstens schlimmer. Sollen wir vielleicht nur wegen dem Kind heiraten?«

»Ja.«

»Nein.«

»Und du hast keine Angst?«

Angst? Das ist gar kein Ausdruck, ich sterbe vor Angst. Aber das ändert nichts an den Umständen. Alle wichtigen Gründe sind angeführt worden: Wir sind nicht reif für ein Kind, haben keine Wohnung, sind mit dem Studium nicht fertig. Und alle anderen Gründe, meine eigenen sowie die gemeinsamen von mir und Uri. Und trotzdem ist immer noch ein weiterer Grund übrig geblieben, den ich nicht formulieren kann, der mir aber trotzdem keine Ruhe lässt.

Wie viel Luft kann ein Mensch eigentlich schnappen zwischen Autos und alten Häusern? Uri kommt nicht zurück, und ich sitze lethargisch auf der Holzbank. Eine Schwester nähert sich, ihr Gesicht zeigt keinerlei Regung, weder Teilnahme noch Vorwurf oder Mitleid. »Frau Kohn?«, fragt sie, und stünde sie nicht neben mir, hätte ich mich kaum an den Namen erinnert oder darauf reagiert. »Ich habe Ihnen eine Tablette gebracht. Zum Schlucken, jetzt«, befiehlt sie und lässt eine weiße Kugel in meine Hand gleiten. »Und hier sind Nachthemd und Kittel. Legen Sie alles ab, Slip, BH, Uhr, Ringe, alles. Wir gehen gleich hinein.« Diese irritierende Wir-Sprache. Du gehst schließlich nicht rein, nur ich, ich ganz allein. Stumm gehe ich zur Toilette, ziehe alles aus, die weiche weiße Haut überzieht sich mit Gänsehaut, trotz der Hitze. Es wird alles gut gehen, Dana, kein Problem, Dana, alles geht vorbei, Dana. Etwas Nebulöses, Formloses, Hässliches, Fischiges wächst in deinem Innern. Das bist nicht du, Dana.

»Haben Sie keine Tasche dabei?«, fragt die Schwester in vorwurfsvollem Ton, als ich mit den zusammengelegten Kleidern über dem Arm heraustrete.

Uri ist immer noch nicht zurückgekommen. Vielleicht ist er weggerannt? In den Märchen verlieren die Männer in solchen Situationen den Mut. Es ist nicht von mir, bist du sicher, dass es von mir ist? Oder sie verschwinden, weigern sich, Verantwortung zu übernehmen, Unterhalt zu zahlen. Aber es gibt auch solche, deren Augen leuchten, die sich schon winzige Füßchen ausmalen, die auf ihren Schultern auf dem Weg zum Fußballplatz strampeln, oder ein Händchen mit süßen kleinen Fingerchen, umschlossen von ihrer großen Hand. Du schenkst mir ein Kind? Ich werde ein Kind haben? Sie danken dir mit stolzgeschwellter Brust. Echte Schmierseife.

»Ich will kein Kind. Nicht jetzt«, sagte Uri erschüttert, »das war nicht geplant.«

»Das Letzte, was ich jetzt brauchen kann, ist ein Kind«, bestätigte ich.

Und trotzdem ist er davongelaufen. Um Luft zu schnappen.

»Ich will ein Kind von dir«, sagte ich zu Jehoiada, als ich ungefähr zwanzig war.

Einen Tag nach dem Konzert.

Wir beide nackt in der Wohnung in der Prophetenstraße. Ich räkle mich träge auf dem Bett. Er küsst mich, leckt meinen Nabel, fährt mit rauer Zunge über die Nahtstellen zwischen Busen und Brustkorb, wo meine Haut schneeweiß ist.

»Meine Schönste«, flüstert er, »keine ist wie du, Honig und Nektar, mein Honigmet«, er schluckt seinen Speichel hinunter und leckt weiter. Eine Hand drängt sich zwischen meine Beine. »Bleib bei mir, nicht davonfliegen, meine Schwalbe, Dana, Duvusch, Duvschanit, mein Honigkuchen.« Ein Schauer durchrieselt mich, ich spüre jeden Punkt, den seine Zungenspitze berührt, jede Stelle, in die er seine Nase gräbt oder auf die er seinen Finger legt. Und von diesen Stellen gehen Signale aus, oszillierend zwischen Lust und Genuss.

»Ich will ein Kind von dir«, wiederhole ich. »Eine Frucht der Liebe, hieß das nicht so bei den alten Römern?«

Mit wachsender Erregung lasse ich eine Hand über seine Körperseite gleiten, streichle die helle, leicht schlaffe Haut an der Innenseite seines Arms.

»Ein Kind?« Jehoiada hält für einen Augenblick inne. »Das kommt schon noch«, sagt er und neigt sich über meine Brust. »Du bist noch so jung, jetzt bin ich dein Kind«, und er umfasst eine Warze mit dem Mund und saugt daran, bis es schmerzt.

Und plötzlich werde ich mir der Banalität des Satzes bewusst, den ich gerade gesagt habe. Vermeintlich tief empfundene Worte verwandeln sich in eine leere Phrase. Wieso denn ein Kind? Es gibt kein Kind ohne Mutter, und ich eine Mutter? Ich? Ich strecke mich ihm entgegen, presse seinen Körper an mich. Meine Hände wandern zu seinen Hüften hinunter, und ich weiß, was ich sein will: eine Femme fatale. Eine Männerfresserin. Mit einer kreisrunden Krinoline durch hohe Hallen trippeln, die von unzähligen Kristalllüstern erleuchtet werden. Mit einem Fächer wedeln und einem alten Herrn zu verstehen geben, dass er sich mir nähern soll.

Nein, eine Femme fatale trägt Schwarz. Hält eine lange Zigarettenspitze, steckt in Männerhosen. Ein flacher Absatz ruht auf der Brust des Mannes, der mir zu Füßen liegt, auf ein Wort aus meinem Munde harrend.

»Besorg mir nie wieder Karten«, beschwere ich mich, »ich habe mich grässlich gefühlt.«

»Ja«, sagt er, »es war ein Fehler.«

Aber gestern hast du dich ziemlich großartig gefühlt, so selbstgefällig, wie du ausgesehen hast, denke ich und schweige.

Ein Sonderkonzert von Daniel Barenboim, verkünden die Plakate überall, und Jehoiada reichte mir mit einer Verbeugung eine Karte für den Kulturpalast.

»Frag nicht, wie mir das gelungen ist«, sagte er, »es war äußerst schwierig. Zieh etwas Hübsches an und komm.«

»Wirst du da sein?«

»Wir werden da sein«, korrigierte er mich, und ich begriff sofort.

»Unsere Plätze sind in den ersten Reihen, du sitzt ein bisschen weiter oben, aber es ist ein guter Platz.«

Mehr brauchte er nicht zu sagen.

Ich versuchte, mich hübsch anzuziehen. Ich erzählte sogar meinen Eltern von dem Konzert, wählte Ohrringe aus und Schuhe mit hohen Absätzen, trug behutsam etwas rosa Lippenstift auf.

Mama betrachtete mich erfreut, kicherte: »Allein? Soll jemand dich begleiten?«

»Dorit wartet auf mich. Wir treffen uns am Eingang.« Was würde ich ohne sie machen beziehungsweise ohne ihren Namen.

»Itzik mag keine Konzerte«, erklärte ich.

»Nimm meinen Mantel«, schlug Mama vor und hängte einen grünen Wollmantel mit Pelzkragen um meine Schultern. »Für den Kulturpalast muss man sich so anziehen, wie es sich gehört.«

»Jetzt bestellen wir dir ein Taxi«, sagte Papa, und ein unbehagliches Gefühl beschlich mich. Die Träume, wie sie sich mein Leben vorstellten. Oder spielten auch sie mir nur etwas vor?

Im Kulturpalast kleideten sich damals fast alle so, wie es sich gehörte. Frauen in Abendkleidern, Männer in Anzügen, eine aussterbende Gattung. Ich entdeckte sie rasch in einer der vorderen Reihen, nahe dem Durchgang. Jehoiada hielt eine Partitur in der Hand, Helenas hochtoupiertes Haar wurde von einer goldenen Spange gehalten. Neben mir saßen ältere Paare, ein Abonnementabend, feste Plätze. Ich rutschte unbehaglich hin und her. Sie wussten zweifellos, von wem ich die Karte hatte und weshalb. Die Musik, ein gewaltiges Crescendo, sagte mir gar nichts. Das viele Gehuste war überzeugender. Ich erinnere mich nicht, was gespielt wurde und wie. Die Kritiken, die ich am nächsten Tag las, für den Fall, dass Jehoiada mich um meine Meinung fragen würde, trieften vor Lob. Ich saß steif und starr auf meinem Stuhl, auf meiner Stirn ein flammendes Schandmal.

In der Pause, als alles in das Foyer hinausging, um sich zu erfrischen, blieb ich sitzen. Jehoiada, mit seiner Frau am Arm, ging gemessenen Schritts, lächelte hin und wieder Leuten zu, die sich kurz an ihn wandten, und nicht ein einziges Mal schweifte sein Blick in meine Richtung.

Als endlich der Schluss kam, stürzte ich hinaus, ohne auf die anderen Besucher zu achten, drängelte mich zwischen ihnen hindurch, wütend auf mich selbst, dass ich nicht den Mut gehabt hatte, schon vorher zu gehen. In Mamas Mantel gehüllt stöckelte ich auf meinen Pfennigabsätzen in halsbrecherischem Tempo über den Marmorboden, floh zum dunklen Parkplatz und von dort zur Rothschildallee. Die Absätze klapperten laut auf dem Straßenpflaster, bis sie in die Erde unter der Baumallee einsanken und mich bremsten. Sogar die Freude über ein süßes Geheimnis war mir genommen worden. Wenn er mir ein verstohlenes Lächeln gegönnt oder einen heimlichen Blick zugeworfen hätte, hätte ich mich damit begnügt, mit dem Gefühl der Genugtuung: »Ich weiß etwas, das ihr nicht wisst.« Sie ganz offiziell an seiner Seite, ich aber unsichtbar in seinem Herzen. Aber dieser alte Perversling hat es genossen: eine an seinem Arm, die andere irgendwo im Saal; und er redet mit Bekannten, schaut in die Partitur, applaudiert.

Und nach all der Demütigung sage ich am nächsten Tag, während seine warmen Hände sanft über meinen Körper gleiten und ich seine törichten Liebesworte wie Nektar schlürfe, auch noch zu ihm: »Ich will ein Kind von dir.«

Uri taucht endlich wieder auf. »Ich hab was gegessen«, verkündet er. »Toast.« In der Hand hält er eine Coladose. Ich atme tief durch. Der Anblick des halb zerlaufenen Käses, der zwischen den zwei gerösteten Scheiben klebt, löst gleichzeitig Hunger und Übelkeit in mir aus.

»Red bitte nicht vom Essen. Ich bräuchte eine Tüte oder so etwas, um die Kleider hineinzutun.«

»Hast du nichts mitgebracht?« Auch er fragt. Alle fragen. Antworten könnte ich besser gebrauchen.

»Gehören Sie zusammen?«, will die Schwester wissen, als sie Uri sieht. »Ich habe Ihnen etwas für die Kleider mitgebracht«, wendet sie sich an mich und reicht mir eine Plastiktüte. Ihre Hand mit den roten Fingernägeln, von denen der Lack abplatzt, fährt durch das blonde Haar.

Uri lächelt. Seine braunen Augen strahlen wie damals, zu Beginn unserer Bekanntschaft. In Gegenwart Fremder, vor allem Frauen, ist er am charmantesten.

»Vielen Dank. Müssen wir noch lange warten?«, fragt der perfekte Ehemann.

»Der Arzt ist schon da«, lächelt sie. Ich bin nackt unter dem Hemd und dem Kittel und fühle mich auch so. Ausgesetzt.

»Kommen Sie, wir werden Ihnen das Zimmer zeigen«, wendet sie sich wieder in ihrer Wir-Sprache an mich. Uri ist schon an ihrer Seite, und ich schlurfe hinterher bis zum Ende des Korridors. Ein Zimmer, darin drei weiß gestrichene und mit Gittern versehene Eisenbetten, neben jedem ein Schränkchen und eine Metallschale.

»Was – das ist aber ein Privatzimmer«, stellt Uri fest.

»Keine Sorge«, sie lächelt und fährt sich wieder durch das Haar, »heute früh hatten wir eine Stornierung.«

»Hier gönnt man sich wohl keine Verschnaufpause«, sage ich, »es läuft alles wie am Fließband.« Auf meinem Weg zum Fenster sehe ich erfreut, wie sich ihr Mund feindselig zusammenpresst. Kein Baum, kein Gras. Graue Pflastersteine führen zu einem Mülltonnenhäuschen, und in den Fenstern des anschließenden Bürogebäudes brennt Neonlicht.

»Genia?«, ist eine Stimme vom Gang her zu hören, und eine Frau im weißen Kittel steht in der Zimmertür. »Hier seid ihr. Sind Sie fertig?« Sie wendet sich an mich. »Der Arzt wartet.« Und ich marschiere hinter ihr her. Schlachtvieh? Opferlamm? Eine Frau.

Woran erinnere ich mich wirklich? An die Deckenbeleuchtung mit den vielen Augen. Die Stuhlliege. Das Tablett, auf dem die Messer, Skalpelle und Zangen angeordnet sind. An die Spritzen, Wattebäusche, Flaschen mit Desinfektionsmittel und Alkohol, Sauerstoffbehälter. Dr. Grabovitzki lächelt mich an. Das Privileg einer Privatpatientin. Ich fasse nach seiner Hand, ein verzweifeltes Bedürfnis nach einer Berührung oder einem Wort.

»Es wird alles gut gehen.« Er überlässt mir seine Hand für einen Augenblick. »Du wirst gleich schlafen. Alles wird gut.« Ein junger Mann steht am Kopfende, eine Operationsmaske vor dem Gesicht. Seine Augen lächeln.

»Man hat mir gesagt, du seist Studentin? Dann kannst du also zählen. Jetzt wirst du eine Spritze bekommen«, und er schlingt einen Gummi um meinen Oberarm. Ein dunkelhäutiges Mädchen nimmt sich meiner Beine an, und so, entblößt und aufgerissen, beginne ich zu zählen. Ich schlafe nicht ein, ich bin noch wach, ich schreie zwischen acht und neun. Eine seltsame Hitze breitet sich in meinem Körper aus –

Würde ich behaupten, mich an mehr zu erinnern, müsste ich lügen.

»Die Gideon-Gruppe«, diktiert mir Jehoiada, »bestand alles in allem aus circa dreißig Mann.«

Ich sitze auf dem Sofa, die Schreibmaschine steht vor mir auf der grünen Filzunterlage, und er geht auf und ab, dicht beschriebene Blätter in den Händen.

»Alexander war, wie gesagt, ihr Anführer, doch obwohl sie an die Macht der eigenen Arbeit glaubten und die Siedler unterstützten, wurden sie von den russischen Pionieren verspottet, Doppelpunkt, Anführungszeichen, die Enkel des Barons säubern Kanäle, Fragezeichen, Anführungszeichen, schrieb Jakov Zerubabel in der, Anführungszeichen, Achdut, Anführungszeichen, der Zeitung der Po'alei Zion, Punkt. Ist ein Image einmal festgelegt worden, kann man es nicht mehr ändern, Punkt. Der Arbeiterführer vermutete, dass die Kameraden aus Zichron von sozialen Idealen weit entfernt waren, auch –«

»Moment, so-zi-a-len«, buchstabiere ich.

»Punkt. Auch das entspannte Verhältnis der Gruppe zu den Arabern angesichts ihres Verhaltens den Juden, den Pionieren der zweiten Einwanderungsbewegung gegenüber, erregte Zorn. Doch man darf nicht vergessen«, fährt Jehoiada fort, »dass ein arabischer Arbeiter am Tag vier Groschen erhielt, während ein jüdischer zehn bis zwölf bekam. Als man den Boden von Steinen freiräumte, beteiligten sich an dem Unternehmen um die eintausendzweihundert arabische Arbeiter und nur circa, mit c, ich hoffe doch, du hast es vorher nicht mit z geschrieben, hundertfünfzig oder zweihundert jüdische Arbeiter. Wenn man mit Bewunderung von der zweiten Alija spricht«, Jehoiadas Stimme schwillt an –

»Langsam«, bitte ich, »ich komme nicht mit –«

»Komma, muss daran erinnert werden, dass von den viertausend Pionieren, die zwischen 1904 und 1906 ins Land kamen, die meisten zurückkehrten, wie sie gekommen waren. Die Zeitung, Anführungszeichen, Der junge Arbeiter, Anführungszeichen, schätzt die Zahl der jüdischen Arbeiter im Jahr 1909 auf dreihundert. Nach Listen –«

Ich blicke ihn erstaunt an: »Ist das belegt?«

»Was belegt?«, fragt er ungeduldig.

»Die Kluft –«

»Welche Kluft, beim Lohn?«

»Nein, daran bin ich gewöhnt, der Unterschied in den Zahlen der Pioniere. Du weißt schon, zwischen dem, was ich immer gedacht habe, und dem, was tatsächlich war. Die Tenne, der Wächter, die russischen Lieder, die Kibbuze, die Moschavot, die Wüste zum Blühen bringen – alles zusammen bloß dreihundert?«

»Hör doch auf«, Jehoiada wird ärgerlich, seine Wangen röten sich, und die Lesebrille rutscht ihm herunter, als er mir einen strengen Blick zuwirft. »Du bringst Zeiten und Begriffe durcheinander. Ich spreche schließlich vom Jahr 1913, als Alexander die Gideon-Gruppe gründete. Sie hielten vierzehn Monate lang durch, stießen auf Widerstand und wurden mit Hohn und Verachtung überschüttet, und um zu verstehen, was sich dort genau abspielte, möchte ich beide Seiten beleuchten.«

»Ja schon«, ich nehme einen neuen Anlauf, »es fällt mir schwer, es zu erklären, aber du verstehst, was ich meine –«

»Nicht jetzt«, unterbricht er mich, »lass uns die Seite zu Ende bringen. Die Kluft zwischen Realität und Mythos hat nichts mit Wahrheit oder Lüge zu tun. In vielen Fällen bedürfen wir des Mythos, um in einer harten Wirklichkeit zu überleben, und auch wenn sich danach herausstellt, dass der Mythos jeder realen Grundlage entbehrt – solange er seine Funktion erfüllt, unterscheidet er sich in meinen Augen nicht sehr von der Realität.«

»Und du bist Historiker?«, frage ich.

»Ja«, er betrachtet mich mit Interesse, als habe er neue Seiten an mir entdeckt. »Wir werden bei anderer Gelegenheit darüber sprechen. Und jetzt wieder an die Arbeit.«

Und ich schreibe weiter. Tippe geduldig, diesmal ohne

auf den Inhalt zu hören. Ich habe eine weitere Lektion gelernt. Die Wahrheit, auch wenn man sie enthüllt, ist nicht eindeutig, manchmal nicht einmal wahr.

»Es ist wie mit Augenblicken in der Liebe«, sagt Jehoiada später, »wenn du älter bist, wirst du es verstehen. Wo ist der Zusammenhang mit der Realität? Und was ist Wirklichkeit? Was du in mir siehst? Was ich in dir sehe? Auch der Genuss an sich ist kein großes Vergnügen. Weißt du, dass die intensivsten sinnlichen Lustmomente, der sexuelle Höhepunkt, den man Orgasmus nennt, eigentlich Schmerzempfindungen sind? Dieser kurze Augenblick, diese Sekunden leidenschaftlicher, genussvoller Erregung – sie sind kaum von Schmerz zu unterscheiden.«

Ich weiß noch nicht, was ein Orgasmus ist. Jehoiada fragt jedes Mal: »Ist es schön? Ist es schön für dich?«

Und ich antworte: »Ja. Sehr.«

Dana lügt nicht, Dana weiß es einfach nicht besser. Es muss noch eine ganze Reihe von Jahren vergehen, bis der richtige Mann kommt, der genügend Ausdauer und seinen eigenen Ehrgeiz in diesem Punkt besitzt. Vorläufig ist es auch so schön für sie. Die Wärme, die sich von Körper auf Körper überträgt, die vibrierende Haut. Ungestillte Gier bringt neue Empfindungen hervor. Was ist schlecht daran?

Nichts ist schlecht. Im Gegenteil. Gretchen erschauert unter Jehoiadas Berührung, weiß gar nicht, dass etwas fehlt, entdeckt in ihrem Körper Kanäle der Lust, die in konzentrischen Kreisen anschwellen. Weiß Jehoiada es wirklich nicht? Aus der Erfahrung seiner über sechzig Jahre Leben, mit seinen französischen Frauen und den Büchern, die er gelesen hat, kann er sich eigentlich nicht im Unklaren darüber sein, dass die junge Frau, die er sich heranzieht, in der er unerschöpfliche Quellen neuer Empfindungen erweckt, nicht zum Orgasmus kommt. Dennoch begnügt er sich mit der Frage und ihrer Antwort darauf, ohne sich weiter darum zu kümmern. Aber warum sollte er auch? War ich denn wirklich so wichtig für ihn? Ein Mädchen, jünger als seine Kinder, naiv und unbedarft?

Armes kleines Dummerchen.

Natürlich wusste er es. Sonst hätte er mir nicht die Gefühlsskala erklärt, auf der der Orgasmus irgendwo zwischen Lust und Schmerz anzusiedeln war.

»Wenn du älter bist, wirst du es verstehen«, konstatierte er väterlich.

Und du bist älter geworden und wolltest immer noch nicht begreifen.

Ich erwache in dem Bett neben der Tür, benommen. Mir ist schlecht. Ich greife nach der Metallschale, würge, bitte um Wasser. Doch es ist niemand da. Ein Stein liegt auf meinem Unterleib, drückt ihn auf die Matratze. Ich konzentriere mich auf die Empfindungen, die von dort ausgehen, und sage mir: Leer. Er ist leer. Weg. Schluss, aus. Nur bekannte Schmerzen, Krämpfe wie bei einer irregulären Periode zeugen davon, dass etwas gewesen ist. Ich versuche, mich zu freuen: Das war's, ich bin befreit. Meine Lippen sind trocken. Ein gelbgrüner Strahl schießt mit einem Mal aus meinem Mund in die Schale, hinterlässt einen galligen Geschmack. Ich drehe behutsam meinen Kopf zur Seite, habe Angst, mich zu rühren. Ich blute da unten. Im Bett neben mir entdecke ich eine dösende Frau, die undeutliche Laute von sich gibt.

»Sehr schön, ich sehe, wir sind aufgewacht«, dringt die Wir-Sprache der blond gefärbten Schwester – ich registriere die dunklen Ansätze an den Haarwurzeln – mit dem absplitternden Nagellack in mein Bewusstsein.

Sie stellt ein Glas Wasser auf das Schränkchen und legt ein Kügelchen dazu. »Das ist eine Schmerztablette. Und dein Freund lässt ausrichten, dass er dich am Abend abholt.«

Gleich darauf wendet sie sich dem Nachbarbett zu, nimmt das Eisengitter ab und rüttelt die Frau: »Aufwachen, Frau Bronstein, aufwachen –«

Die Frau verstummt abrupt und öffnet die Augen. Genia reicht ihr die Pille und das Glas Wasser, und Frau Bronstein setzt sich schnell auf, blickt erschreckt um sich, tastet unters Kopfkissen, zieht ein gepunktetes Kopftuch hervor, das sie um ihr Haar bindet, schluckt die Pille und sinkt sofort wieder mit einem Seufzer zurück.

Dein Freund, hat sie gesagt. Was ist mit Herrn und Frau Kohn passiert? Hat er es ihr erzählt? Ich fühle mich gedemütigt.

Frau Bronstein dreht sich zum Fenster, wendet mir den Rücken zu. Ich habe immer noch Angst, mich zu bewegen. Unendliche Traurigkeit erfüllt mich. Wut auf Uri. Ein aggressiver Zorn, der mir fremd ist. Was ist eigentlich los, konnte er sich nicht freinehmen und bei mir bleiben? Nein, ganz offensichtlich nicht, gebe ich mir selbst die Antwort. Selbstmitleid und Einsamkeit überkommen mich. So dürfte das Leben nicht sein. Wie ich es bloß immer schaffe, es entgleisen zu lassen. Zuerst Jehoiada, jetzt Uri. Du blöde Kuh, sage ich mir, als ich heftig zu weinen beginne, es gibt nur ein einziges Wort für dich: Idiotin.

Ich warte auf Uri. Angezogen. Auf dem Schränkchen steht das Abendessentablett. Die Reste von Käsebrot, Gemüse und hartem Ei. Die Olivenkerne fein säuberlich abgelutscht auf dem Tellerrand. Eine Plastiktasse mit dem Rest eines Gebräus, halb Kaffee, halb Tee. Es ist zwischen fünf und sechs, die Lichter in den Büros gegenüber brennen immer noch. Frau Bronstein ist vor ungefähr einer halben Stunde gegangen. Ein kleiner Mann saß neben ihr, holte aus einer dickbauchigen Tasche Thermoskanne und Plastikbecher, und ein bestialischer Gestank nach totem Huhn erfüllte den Raum. Hin und wieder warf ich verstohlen einen Blick auf sie: Sie flüsterten miteinander, vermieden es, in meine Richtung zu schauen, aßen zusammen. An der Tür wandte mir Frau Bronstein dann ihr Krötengesicht zu: »Gute Besserung.«

Das war doch keine Krankheit, wollte ich ihr nachrufen, doch sie und ihr Mann waren bereits im Gang verschwunden. Wie kommt es, dass sie schon herumläuft und ich noch ein Häufchen Elend bin? Ich strecke vorsichtig die Beine aus, hänge sie über das Bett. Als ich schließlich stehe und mich straffe, spüre ich eine klebrig warme Flüssigkeit zwischen meinen Schenkeln in die Binden gleiten.

Als sie meine Krankheit entdeckten und meine Gebärmutter herausgenommen wurde, hatte ich einen Trost: nie mehr Menstruation. Schluss mit der Periode, mit der Seuche, mit Tante Rosa. Keine geschwollenen Brüste, kein Bauchweh, keine verräterischen Flecken mehr im Rock. Braune Flecken, denn bis man sie entdeckt, sind sie bereits eingetrocknet. Ich beneide die glücklichen Geschöpfe, die eine kurze, komplikationslose Periode haben. Beim ersten Tropfen musste ich mich immer eine Weile hinlegen, um den Widerwillen und die leichte Übelkeit zu überwinden. Ich habe gelernt, tief durchzuatmen, wieder aufzustehen und zu überleben. Schließlich ist es nur die Periode, was machst du so eine Affäre daraus. Vier, fünf oder sechs Tage Blutung, und auch wenn sie übermäßig stark ist, du verblutest nicht, am Ende versiegt sie und ist vergessen. Bis zum nächsten Mal. Auch im Nachhinein weiß ich nicht, habe nie danach gefragt, wie eine normale Periode eigentlich zu sein hat. Leichtes Tröpfeln? Ein einziger starker Strahl? Drei Tage? Sieben? Und wenn ich gefragt hätte, hätte ich frühzeitig etwas unternommen, das mich vielleicht gerettet hätte? Würde ich jetzt nicht hier liegen, reglos vor Schwäche, die Tage zählend?

Unsinn. Ich habe keinen Bedarf an weiteren Schuldgefühlen. Auch mit ihnen kann ich mich jetzt nicht mehr trösten. Am hübschesten fände ich es, den alten Grabovitzki zu beschuldigen. Seine zitternden Hände. Seine Scherzchen.

Die Schuld auf jemanden oder etwas zu schieben ist einfach. Denn wer kann schon die schlichte Wahrheit verkraften, dass das, was geschieht, auch ohne Grund und Sinn geschieht. Bloß so.

Uri steuert vorsichtig den Wagen seiner Eltern, aber jedes unerwartete Schlagloch und jede Kurve schüttelt meinen Bauch durch und lässt die warme Flüssigkeit zwischen meinen Beinen hervorquellen.

»Das war's, geschafft«, sage ich zu Dorit und umarme sie.

»Du bist doch hoffentlich nicht krank?«, fragt Uri. »Du siehst so käseweiß aus.«

»Das geht schon vorbei«, ich spiele die Tapfere und würde am liebsten losheulen.

»Ich muss zur Zeitung zurück«, sagt er ungeduldig, »wir haben zu wenig Leute.«

»Dann geh.«

Dorit schweigt, und als er sich mit einem Bye verabschiedet und verschwindet, betrachtet sie mich mit ihrem wissenden Blick, kopfschüttelnd und verständnisvoll zugleich, und sagt: »Ich hab ihn schon lange nicht mehr gesehen, wie steht es eigentlich zwischen euch?«

»Wie du eben gesehen hast.«

»So?«

»Genau so.«

»Du bist sicher hungrig«, stellt sie fest, »hast du Lust auf was Leckeres?«

Plötzlich beneide ich Itzik. Auch ich möchte eine solche verständnisvolle Frau haben, die einen umsorgt, die weiß, wann man schweigt. Warum sind nur Männer mit Frauen verheiratet?

18

Der Stecknadelkopf

Die Beziehung zwischen mir und Uri geht den Bach hinunter, doch wir beachten es nicht. Ich liege im Bett in Dorits Wohnung, mit leerer Gebärmutter und vollem Magen, und ich weine, bis ich nicht mehr aus den Augen schauen kann.

»Das sind die Hormone«, lächle ich unter Tränen.

»Es wird alles gut«, tröstet sie mich. Hinter der Tür ist Babylachen zu hören, Itziks besänftigende Stimme. »Du wirst heiraten und so viele Kinder haben, wie du willst.«

»Das ist es nicht«, schluchze ich, »ich will gar keine Kinder, ich weiß auch nicht, warum ich heule.«

Ich beneide Dorit nicht, wie sie da neben mir sitzt, mit schwarzen Ringen unter den Augen. Ihr Blick leuchtet nur auf, wenn sie ihre Kinder erwähnt. Aber sie muss sie gar nicht eigens erwähnen, man merkt sie ihr sowieso an: an den Adern, die auf ihrem Handrücken hervortreten, an den Falten um die Augen und den Mund, an dem mütterlichen Befehlston, den sie seit einiger Zeit am Leib hat. Die Wohnung ist voll von Kinderkram. Ein Zottelbär und eine Puppe auf dem Sofa im Wohnzimmer, Klötzchen und bunte Plastiktiere auf dem Teppich, aus der Küche säuerlich ranziger Geruch nach Milch, Omelette und Waschpulver.

»Ich bin glücklich«, sagt Dorit, müde und zufrieden, und schaut mich unverwandt an. »In zwei, drei Jahren sind sie groß, und dann besuch ich wieder das Lehrerseminar.«

»Es geht doch nichts über eine Lehrerin, die Mutter von kleinen Kindern ist«, sagen wir wie aus einem Mund.

Meine Oma Schlaumeier unterstützt sie zu hundert Prozent. Solang du jung bist, mach Kinder, das ist gesund, das ist natürlich, wozu denkst du überhaupt so viel über alles und jedes nach, lass die Natur zu ihrem Recht kommen.

Aber meine Natur ist ja gerade zu ihrem Recht gekommen; bei mir hat sie eben ein anderes Gesicht. Ungeschminkt, keine Heuchelei, grundehrlich –

Dana! Pass auf! Du und ehrlich?

Unsere Gespräche werden zu Tretminen.

»Wie geht es dir«, fragt Uri, ziemlich missmutig.

»Sehr gut«, antworte ich trotzig.

Bei jedem Wort schwingt etwas Unausgesprochenes mit. Eine Woche nach der Abtreibung sind die Binden immer noch voller Blut. Kaum Schmerzen. Uri sorgt sich nicht, ich auch nicht. Das muss wohl so sein. Jeden Tag fahre ich wie gewöhnlich zur Arbeit. Kehre wie gewöhnlich zurück, esse wie gewöhnlich.

»Du bist blass, fühlst du dich nicht gut?«, fragt Mama.

»Nein, das kommt von der Periode«, antworte ich, und die Welt ist wieder in Ordnung, auch wenn Mama seufzt.

Ein Schweigen neuer Art macht sich zwischen uns breit. Uri leiht sich das Auto von seinem Vater oder den Jeep von seinem Freund nicht mehr. Wir fahren wieder auf dem Motorroller von der Universität zurück, meine Brüste an seinen Rücken gepresst, ohne das kleinste bisschen Erotik. Er erzählt von Prüfungen, ich von Vorlesungen. Vorsichtige, unverbindliche Konversation. Einen Monat nach der Abtreibung schlägt Uri vor, dass ich am Vormittag zu ihm komme. »Da ist keiner da, und das Zimmer gehört ganz uns«, sagt er. Das Wort »uns« klingt irgendwie falsch und fremd.

»Ich muss für eine Prüfung lernen«, sage ich vorsichtig. Wird er mir das ausreden wollen, wird er drängen?

»Okay, dann nütze ich den Vormittag auch zum Lernen.«

»Ich muss mich auf eine Prüfung vorbereiten«, verkündet er mit unbeteiligter Stimme, »wir können uns am Freitag nicht treffen.«

»Ich muss eine Arbeit abgeben, wir können uns auch am Schabbat nicht sehen«, sage ich, versuche herauszufinden, wie weit der Faden gespannt werden kann, bevor er reißt. Am Ende riss er nicht, er löste sich nur langsam und allmählich auf.

»Was ist los«, fragt Mama, »trefft ihr euch denn nicht?«

»Wir haben Prüfungen.«

»Prüfungen haben euch vorher doch auch nicht aufgehalten.«

»Das ist es wohl nicht«, antworte ich, »wir verstehen uns einfach nicht mehr.«

Sie setzt sich zu mir an den Küchentisch, schenkt Kaffee ein.

»Verstehen? Was soll das heißen?«

Die Erklärung fällt mir schwer. Ich bin nervös. Kann es sein, dass sich ein echtes Mutter-Tochter-Gespräch entwickelt?

»Wir streiten uns die ganze Zeit.«

»Du bist zu verwöhnt«, sagt sie entschieden, »ich hab dich verzogen. Du weißt nicht, dass eine Frau schweigen muss, wenigstens bis zur Hochzeit.«

»Und warum muss der Mann nicht schweigen?«

Mama betrachtet mich nachsichtig, spricht mit verhaltener Stimme, kaut Worte wieder, die sie sich im Lauf ihres Lebens in der Not immer wieder vorgesagt hat. »Männer können nicht schweigen, bei ihnen ist alles draußen.« Sie lacht verlegen. »Die Frau ist das Haus, das Fundament des Heims. Der Mann ist die Fassade.«

»Menschen sind kein Haus.«

»Oi, Dana, versteh doch!« Fast fängt sie an zu weinen. »Du ruinierst dir die Zukunft. Uri ist der ideale Ehemann. Was fehlt ihm? Gesund, hübsch, studiert Jura, und sein Vater –«

»Mama!«

»Nein, jetzt hör mir wenigstens ein einziges Mal zu. Es wird Zeit. Was haben all die getan, die früher über einen Ehevermittler verheiratet worden sind? Haben die nicht gelebt? Sie waren meist sogar erfolgreicher als Liebesheiraten. Schau mich an, ich habe aus Liebe geheiratet, und was ist dabei herausgekommen –«

»Mama.«

»Sei klug, zerstör dir nicht das Leben, du bist kein kleines Mädchen mehr. Dorit hat schon zwei Kinder.«

»Mama!«

»Ich sage nicht, dass du schon eine alte Jungfer bist, aber du solltest an die Zukunft denken.«

»Ich denke daran, und wie ich daran denke!«

Als ob nichts geschehe, wenn man nicht darüber spricht. Eine ganze Woche lang treffen wir uns nicht, und als wir uns wieder sehen, verliert keiner ein unnötiges Wort. Doch gerade die ungesagten Worte wären bitter nötig.

Es gibt Morgen, an denen möchte ich mich am liebsten zwischen Jehoiadas schmalen Händen zusammenrollen, ihre sanfte Festigkeit spüren, den Geruch von Seife und Tabak riechen. Doch ich beherrsche mich. Was soll ich ihm sagen? »Ich war schwanger, ich habe eine Abtreibung vorgenommen, ich blute immer noch«?

»Oje«, würde er gespielt erschreckt sagen, »ich bringe

ihn um!« Danach würde er lächeln. »Du Dummerchen, ich hab dir doch gesagt, dass du zur Frauenärztin gehen sollst.«

»Aber aus anderen Gründen«, würde ich ihm rechthaberisch entgegenhalten und spüren, wie ein kleines Missverständnis Symbolcharakter hat. Sogar hier, bei ihm, kein Verständnis zwischen Mann und Frau.

Ich kann nicht zu Jehoiada fahren, auch wenn ich wollte. Uri könnte anrufen, und was soll ich sagen, wenn er fragt: Wo warst du? Ich bin keine Femme fatale. Ich bin die brave Dana aus gutem Haus, das nicht sonderlich erfahrene Mädchen, das nur einen Mann kennt und ihn ganz bestimmt nicht betrügt.

Uri arbeitet jeden Abend, lernt in der Früh oder schläft. Ich schreibe Seminararbeiten, jeden Tag eine Zeile. Gehe um den Block, arbeite für meinen Lebensunterhalt. Was ist das für ein Leben? Den kleinen Lohn gebe ich den Eltern, und die sonstige Zeit verbringe ich mit Ratespielchen: Kommt er, oder kommt er nicht, ruft er an oder nicht. Eines Nachts, kurz vor dem Einschlafen, wird mir plötzlich klar, dass sich nichts geändert hat, absolut nichts: Auch jetzt warte ich, warte wie damals. Eine fundamentale Unsicherheit, Abhängigkeit, permanenter Zweifel. Zwei völlig unterschiedliche Männer, gänzlich andere Bedingungen, nur ich bin dieselbe geblieben. Wieder einmal »nur ich«.

Fünf Jahre nach meiner Heirat wollte Jehoiada mich wieder sehen. Joram ging ans Telefon.

»Da will dich jemand sprechen.« Er reichte mir den Hörer, ohne zu fragen, nicht weiter beunruhigt.

»Ja?«

»Guten Abend, Dana.«

Er muss nicht seinen Namen nennen. Die leise, wohltönende Stimme ist unverkennbar.

»Oh«, presse ich hervor, »was für eine Überraschung.«

»Wie geht es dir?« Er fährt mit seiner Konversation fort, zwei zufällige Passanten auf der Straße des Lebens.

»Gut, alles in Ordnung.« Ich versuche, gleichmütig und leicht verwundert zu klingen, um ihm zu verstehen zu geben, dass ich mit meinem Ehemann, meinem wohl geordneten Leben und mir selbst zufrieden bin.

»Kann man mich hören?« Und sofort fällt mir wieder das Hemd an der Türklinke über dem Schlüsselloch ein. Was glaubt er denn, dass Joram auch so ein Paranoiker ist wie er und heimlich mithört?

»Wir haben lange Zeit nichts voneinander gehört, wie geht es dir?«, erwidere ich vorsichtig.

»Ausgezeichnet«, antwortet er zu meiner Enttäuschung. »Und was machst du so?«

»Das Übliche. Studieren, arbeiten, du weißt schon.«

»Nein, ich habe keine Ahnung. Du bist in Jerusalem und ich in Pension.«

»Ich weiß. Schon seit zwei Semestern.«

»Du hast es mitverfolgt?« Ich höre den leisen Triumph in seiner Stimme, und obwohl ich gar nichts mitverfolgt habe, schaffe ich es nicht zu widersprechen.

»Hättest du Zeit, dich mit mir auf eine Tasse Kaffee zu treffen?«, fährt er fort. Als ich immer noch schweige, angestrengt bemüht, die widersprüchlichen Gefühle in mir zu begreifen, senkt er mit einem Mal die Stimme: »Brauchst du nicht irgendein Buch, das du in der Bibliothek nicht bekommst?«

»Momentan nicht«, antworte ich verwirrt, vollkommen aufrichtig auf die vordergründige Bedeutung der Frage eingehend.

»Solltest du eines brauchen, ich stehe zu deinen Diensten«, erwidert er auf die vermeintliche Botschaft, »immer noch unter der gleichen Telefonnummer. Und ich meine es so. Alles Gute und Schalom.«

Am anderen Ende der Leitung wird aufgelegt, und mein »Schalom« hängt in der Luft. Ich versuche, mich zu beruhigen, die Herzschläge, die im Raum dröhnen, zum Schweigen zu bringen. Ich renne in die Küche, setze den Wasserkessel auf. Was hat mich dermaßen aus der Fassung gebracht? Seine Stimme? Die Erinnerungen, die bereits versiegelt und abgehakt waren? Oder vielleicht nur die Überraschung? Würde jede Stimme aus der Vergangenheit bei dir einen beschleunigten Pulsschlag und ein nervöses Zittern zur Folge haben, Dana?

»Machst du Kaffee?«, fragt Joram. Als er den Kühlschrank öffnet, um die Milch herauszuholen, will er endlich wissen: »Wer war das?«

»Professor Jehoiada, du weißt schon.«

»Und was wollte er?«

»Hat gefragt, ob ich irgendwelche Hilfe bräuchte.«

Joram schaut mich verblüfft an: »Dein Mentor? Der, den wir zur Hochzeit eingeladen haben und der nicht gekommen ist?«

»Ja, der, von dem wir als Geschenk die große Daunendecke bekommen haben.«

»Aha, ich hab mir damals schon gedacht, dass das irgendwie komisch ist. Hat er was mit dir?«, fragt er dann ganz unumwunden. Ich möchte am liebsten schreien, ich hab was mit ihm, doch ich antworte nur: »Schon möglich, aber ich hab ihm gesagt, dass ich nichts brauche.«

Wir bereiten den Kaffee zusammen zu, nehmen ihn auf den Balkon mit, betrachten das kleine Rasenviereck vor dem Haus, die Autos auf der Straße.

Es herrscht Schweigen zwischen uns. Nicht bedrohlich, aber lastend.

Als wir hineingehen, hat Joram seinen gewissen Blick. Was weckt in ihm die Lust? Der schöne Abend oder ein heimlicher Konkurrent? Ein verheiratetes Paar bedarf keiner Worte. Ein plötzlicher schräger Blick aus dem Augenwinkel, der Anflug eines Lächelns, etwas im Verziehen der Lippen, und man weiß Bescheid. Die Augen reagieren, sprechen einvernehmlich. Er legt das Handtuch bereit, sie geht ins Bad, macht sich fertig.

Im Bett dränge ich mich voller Leidenschaft an ihn, möchte in ihn hineinkriechen. Was hat dieser Anruf bewirkt? Längst vergangene Empfindungen steigen in mir auf. An Jorams Körper lösche ich meinen Durst, meine Sehnsucht.

Ob mir irgendein Buch fehlt, das ich brauche, denke ich am nächsten Tag. Joram ist in der Arbeit, und ich fahre nach Jerusalem zur Universität am Har-Hazofim, um mich meiner Doktorarbeit zu widmen. Fehlt etwas? Nicht dass ich wüsste.

Dana, die wahre Verstellungskünstlerin. Sucht nach einem Buchtitel, um ein Bedürfnis zu kaschieren. Doch hat Jehoiada nicht im Grunde genau das Gleiche getan? Einen Vorwand erfunden, um dich anzurufen? »Brauchst du nicht irgendein Buch, das es in der Bibliothek nicht gibt?«, hat er mit seiner klangvollen Stimme gefragt. So weit ist alles klar. Du bist verheiratet, er will dir keine Probleme machen. Aber du, willst du Probleme?

Nein, die Verwirrung hat sich schon gelegt.

Doch das hast du dir nicht vorgestellt, dass es dich derart aufregen würde, was?

Ich habe mich doch nicht aufgeregt, ich war bloß überrascht. Und wie du dich aufgeregt hast. Bist sofort losgerannt, um mit Joram zu schlafen, um die Sehnsucht im Sex zu ersticken. Und hast du's geschafft? Nein, hast du nicht.

Arme Dana Banana. Wovor hast du denn Angst, ist doch nur ein Schatten aus der Vergangenheit. Und überhaupt, was würde passieren, wenn ihr euch träfet? Eine Jungfrau bist du ja nun nicht mehr. Gar nichts würde passieren. Schon seit langem ist nichts mehr passiert. Schon als du mit Uri zusammen warst, hattest du aufgehört, mit ihm zu schlafen. Wovor fürchtest du dich also? Vor einer Umarmung? Und wenn Uri dich plötzlich anriefe, wärst du dann auch so aufgeregt? Nein. Uri war gar nichts. Einfach ein Gockel. Ideal als Ernährer, ein komplettes Nichts in puncto Lust und Leidenschaft. Ein gewöhnlicher Rammler. Reinstecken, zustoßen, rausziehen. Jehoiada ist etwas anderes. Doch. Ich begreife ganz genau, wovor ich mich fürchte. Jehoiada, das ist nicht Sex, das ist viel schlimmer als Sex. Entsetzlicher. Größer. Riesiger. Denn was ist Sex an und für sich? Feuchte, stark durchblutete Gewebe, die sich aneinander reiben. Aber Jehoiada, das ist Erwartung, Abgrund, ein reißender Strom noch nie erlebter Empfindungen, der mich fortreißt. Mich umbringt.

Was übertreibst du denn so schamlos, Dana Banana, noch niemand ist an Gefühlsüberschwang gestorben.

Doch. Man stirbt. Jeden Augenblick von neuem. Im Innern. Ohne dass es jemand bemerkt. Stirbt an ihrem Dasein und stirbt an ihrer Abwesenheit. Ich kann dem nicht standhalten, nicht noch einmal. Ausgerechnet jetzt, wo ich Ruhe gefunden habe. Das Zittern der Erwartung, Dana, der Geruch nach seiner Seife und Tabak. Du willst doch.

Nein.

Worte, Dana, nichts als Worte. Aber an Worten ist tatsächlich noch keiner gestorben.

Ich sitze in der Bibliothek, um drei Quellenangaben zu prüfen. Aus den Briefen des Brigadiers Walter Gribon, Unterstützer und Freund Aaron Aaronsohns, steigt die Vergangenheit auf wie ein Phönix aus der Asche. Nichts ist, wie es scheint. Ist das die Erklärung dafür, dass ich so hartnäckig an diesem Thema festhalte?

Wer waren sie? Eine Gruppe von Idealisten oder Verräter? Menschen mit einer nüchternen Sicht ihrer Umgebung oder Ausbeuter der arabischen Arbeiter?

Und was hat mich dazu veranlasst, wieder zu ihnen zurückzukehren?

Die dünne, faszinierend unsichere, schwankende Nahtstelle der historischen Bewertung zwischen Mythos und Verteufelung? Hätte das jüdische Volk ohne Aaronsohn niemals die Balfour-Deklaration erhalten, wie ein Forscher meinte – oder war alles Schall und Rauch, wie andere nachzuweisen suchten? Reizt mich die Zerstörung des Mythos?

Nichts ist, wie es scheint.

Ich sitze in der Bibliothek, persönlich beleidigt wegen des Verrats an Belkind, wütend auf die Nachbarn in Zichron-Jakov, verstehe die Verräter und die Verratenen. Denke an den Anruf von Jehoiada und suche immer noch nach einem Grund, mich erneut mit der NILI zu beschäftigen. Was habe ich für ein Recht, andere Leute – Lebende oder Tote – zu beurteilen und ihnen meine subjektiven Interpretationen überzustülpen?

Und wenn du nach solchen Gefühlen wie Schuld, Hingabe und Treulosigkeit, Eifersucht und verborgener Erotik suchst, was würde dann vom Heldentum bleiben?

»Untersuche Fakten«, höre ich Jehoiada zürnen, »nur die Tatsachen. Archive. Briefe. Zettelchen. Statistik.«

Du redest von Tatsachen, Jehoiada? Es gibt keine Tatsachen.

Vielleicht, kommt mir mit einem Mal der erschreckende Gedanke, der mich den Ordner mit den Briefen zuklappen und beiseite schieben lässt, vielleicht kehrst du ja gar nicht zur NILI zurück, sondern bloß zu Jehoiada.

Zwei Tage später hebe ich den Hörer ab, in der Hoffnung, er würde sich nicht in seinem Büro befinden.

»Ich habe darauf gewartet, dass du zu mir zurückkehrst«, ich höre das Lächeln in seiner Stimme.

»Ich hatte nicht vor, dich anzurufen.«

»Immer noch ein bockiges Füllen.«

»Ein dressiertes Pferd«, korrigiere ich ihn verärgert.

»Nu, aber wirklich, ich wollte schließlich nur wissen, wie es dir geht.«

»Alles in Ordnung. Wir gewöhnen uns aneinander, arbeiten, studieren, wie alle eben.«

»Schön«, sagt er, »es freut mich, das zu hören.« Ob er gemerkt hat, dass ich nicht auch »lieben uns« sagen konnte?

»Ich möchte, dass es dir gut geht, du klingst nicht gerade glücklich.«

»Warum, ich bin wie immer«, und ich strenge mich an, Fröhlichkeit in meine Stimme zu legen. »Wieso interessiert dich das eigentlich mit einem Mal, ist etwas passiert?«

»Denkst du denn, es müsste etwas passieren, damit ich mich an dich erinnere?« Ich höre eine mir neue Art von Ungeduld aus seiner Antwort heraus. Und fast im gleichen Atemzug fährt er fort: »Kannst du Zeit erübrigen, mich wieder zu sehen?«

Mitleid steigt plötzlich in mir auf. Er ist ein alter Mann. Seine Zeit ist um.

»Ich würde wirklich gern«, höre ich mich sagen, »aber wir haben momentan so viel um die Ohren. Wir –«

»Dana«, bringt er mich in scharfem Tonfall zum Schweigen, »ich habe mich gefreut, deine Stimme zu hören. Ich wünsche dir alles Gute.« Und der Hörer wird aufgelegt.

Ich renne ruhelos in der Wohnung herum, bringe den Abfall hinunter, decke den Tisch.

Ich habe Angst, das Telefon anzurühren. Jehoiada wird kein zweites Mal anrufen. Ich will nicht betrügen. Doch, ich will schon.

Wieso eigentlich betrügen? Sich an einem neutralen Ort zu treffen, eine Tasse Kaffee zu trinken, ist das Betrug?

Jehoiada hat mich auf die Männer vorbereitet. Joram Jahre später auf mich selbst.

Er bleibt beharrlich. Seine Hand auf meiner. »Mach weiter, nicht aufhören.« Ich dehne mich, ziehe mich zusammen, spalte mich. Ein Teil von mir ist auf das Kribbeln in den Fußsohlen und den Reibungskontakt an der Klitoris konzentriert, der zweite Teil beobachtet Joram: sein konzentriertes Gesicht, die Selbstsicherheit, mit der er spricht, seine Hand auf meiner. Ein Teil von mir sagt, hör auf, du wirst nicht zulassen, dass er dir diktiert, was du zu tun hast, du bist der Maßstab aller Dinge, nicht er. Nimm doch die Hand weg, nichts einfacher als das. Ein anderer Teil ist aufgeregt wie ein Kind. Vielleicht bricht der Damm, vielleicht gelingt es dir. Ein weiterer Teil begehrt auf: Sofort aufhören, pfui, was wird er nachher von dir denken? Nur eine Frau, die sich passiv verhält, ist eine moralische Frau. Du bist verheiratet, du bist doch keine Nutte.

»Hör nicht auf«, sagt Joram und bewegt meine Hand mit seiner.

Er verzweifelt nicht, und wenn er nicht verzweifelt, warum sollte ich es dann. Seit vier Jahren sind wir verheiratet, und ich weiß immer noch nicht, was es bedeutet »zu kommen«.

»Du hast Angst loszulassen«, sagt er. »So, als würdest du dich bestrafen.«

»Ichdochnicht.« Meine Kehle ist wie zugeschnürt. Und dieses merkwürdige kribbelnde Kitzeln in den Fußsohlen, nur in dem weichen Stück am Ballen unterhalb der Zehen.

»Mach die Augen zu, konzentrier dich.«

Mit geschlossenen Augen verwandelt sich mein Körper in ein Riesengebirge, über das winzige Stecknadelköpfe klettern.

»Es sticht, genug –«

»Das macht nichts, du sollst dich konzentrieren!«

So viele Male dicht davor, fast, beinahe – und den Rückzug angetreten. Aber was braucht es schon dazu? Beharrlichkeit, vielleicht Wagemut, ein bisschen Selbstliebe.

Es ist nicht das erste Mal, dass Joram hartnäckig bleibt, doch es ist das erste Mal, dass ich mitmache. Kein Wein, kein Haschisch, auch keine exzessive Vorbereitung. Eine ganz normale Nacht, in der ich genug von mir habe und wir es wieder einmal probieren.

Ich konzentriere mich, wie beim Yoga, versuche, die Bilder, die sich gewaltsam hinter den geschlossenen Lidern in den Vordergrund drängen, abzuschütteln: das Minus auf der Bank, Mamas tadelnde Stimme am Telefon, sogar die ärgerliche Geste eines Arbeitskollegen. Ich strenge mich an, konzentriere mich voll und ganz auf die Stelle des Reizes. Ein warmer Strom zieht sich vom Kitzler zur Vagina hinunter, lässt sie pulsieren, kontrahieren –

»Ja, so, mach weiter«, sagt er.

»Du spürst es?«

»Ja, schschsch, nicht reden, konzentrieren.«

Es wird warm und eng dort, zieht sich zusammen und löst sich. Eine Hitzewoge erfasst das Becken und flutet zur Vagina hinunter.

»Mach weiter«, sagt Joram, hält meine Hand eisern fest. »Weitermachen!«

»Ich kann nicht«, keuche ich halb lachend, halb weinend. Das Kribbeln und Kitzeln beginnt, von der Fußsohle die Wade bis zum Knie hinaufzuklettern.

»Nein, genug«, pruste ich.

»Du hörst jetzt nicht auf«, befiehlt er mir.

Noch während er es sagt und seine eine Hand Druck auf meinen reibenden Finger ausübt, seine andere die Innenseite der Schenkel hoch fährt, leicht meine Schamlippen spreizt, wird mir heiß und kalt, ein ganz eigenartiges Gefühl.

Natürlich habe ich das schon gemacht, doch immer anders, zart, sanft ansteigend, um im letzten Moment in eine Art glatte, enttäuschende Ruhe zu münden. Nicht wie jetzt: entschlossen, beharrlich, eine Ansammlung von Kontraktionen, Zuckungen, Pulshämmern, Muskelflattern. Der Nacken verkrampft sich, der Hals, das Gesicht –

»Genug!« Ich schreie fast. »Ich kriege keine Luft mehr!«

Doch dann spüre ich kein Stechen und keine Atemnot mehr, bin nur noch dort konzentriert, auf einen Stecknadelkopf fokussiert, und unvermittelt, wie bei Hochwasser, wenn der Pegel steigt und steigt, bricht mit einem Schlag der Damm, und die Fluten ergießen sich entfesselt in einer Reihe schneller, starker Zuckungen. Keuchend und japsend, lächelnd, mit nassen Augen besichtige ich innerlich die Überschwemmung und öffne dann die Augen. Einen solchen Lustgewinn und diese Gelöstheit danach habe ich noch nie empfunden.

Doch ich verstehe immer noch nicht, was Jehoiada damals gemeint hat. Ich bin nicht im Stande, mir einzugestehen, dass ich im Grunde Schmerz erlebt habe.

Jehoiada hat mich auf die Männer eingestimmt, Joram auf mich selbst. Das werde ich ihm nie vergessen. Auch wenn unser Leben in die Kluft zwischen Wunsch und Realität fiel und er wegging, weiß ich, dass ich den Schlüssel zur Pforte der Lust ihm verdanke. Wenn ich will, werde ich ihn benutzen, wenn nicht, lasse ich sie vesperrt.

Dana, du Dummerchen. Wenn du sie zusperrst, wen willst du damit bestrafen?

Wem macht es denn etwas aus, ob du den Schlüssel benutzt oder nicht? Verstehen sie vielleicht, dass du, solange du keinen Orgasmus erreichst, noch auf der Hut bist, dich nur bedingt bei ihnen befindest? Die Distanz wahrst, prüfst, ob sie es wert sind, dass du deine Selbstkontrolle aufgibst? Sie sollen nur nicht denken, sie seien wichtig, gar nicht erst auf die Idee kommen, sie hätten irgendeinen Einfluss auf dich oder einen Platz in deinem Herzen. Glaubst du, es kommt ihnen darauf an, ob du den Schlüssel benutzt, wenn sie mitten im Geschlechtsakt sind? Es genügt ihnen zu wissen, dass sie in dir drin sind. Das ist die Hauptsache. Und was du mit dir selbst und deinem Innern anfängst, das ist dein Problem.

Ich bin Joram dankbar. Am Morgen fahre ich lächelnd zur Arbeit. Unterhalte mich freundlich mit Leuten. Joram ist liebevoll. Am Morgen steht ein Stück Kuchen auf dem Küchentisch, daneben eine Tasse Kaffee. Auch ich bin sanft. Ich lege ihm einen Liebesbrief aufs Kissen. Von mir an dich, ich und du, und noch mehr solcher Worte, an die man glaubt, während man sie schreibt, und über die man, wenn man sie später wieder liest, milde oder peinlich berührt lächelt.

Der Körper ist ein Geschenk Gottes, man muss ihn verwöhnen, sagte Jehoiada, doch er meinte nur seinen eigenen.

»Es ist gut für die Gesundheit«, erklärt Joram, »weißt du, sexuelle Aktivität fördert die Durchblutung, senkt den

Blutdruck, verbrennt Kalorien, spornt die Drüsenfunktionen an, verlängert das Leben.« Und wir brechen in heiteres Gelächter aus. Wozu nach Gründen suchen, wenn das Ganze so einfach ist.

»Jetzt, nachdem ich zum Orgasmus komme«, sage ich, »gelingt es mir vielleicht auch, schwanger zu werden.«

19
Erga, mein Sehnen

Kann man ein Kind, das sechs Tage gelebt hat, als mein Kind bezeichnen?

Ich halte es nicht in den Armen, ich stille es nicht, ich schaue es nur an, wie es hinter den Glaswänden des Brutkastens liegt, nur eine Windel am Leib, einen Schlauch im Mund und einen in der Nase, gelblich, füllig, nicht wie die roten, mageren Körper in den anderen sechs Inkubatoren.

»Sie ist wenigstens groß«, sage ich zu der Schwester, die mich in der Intensivstation für Säuglinge begleitet. Komplizierte Maschinen stecken Polypenarme nach ihnen aus, pfeifen, brummen, ticken, befördern Sauerstoff, Wärme. Dutzende Plastikschläuche an winzige Körper geheftet, mit hohlen Nadeln in sie eindringend.

»Über ihren Zustand wird der Arzt mit Ihnen sprechen, aber zuerst will ich Ihnen erklären, wie diese Apparate funktionieren. Es ist ein bisschen erschreckend, nicht wahr?« Sie lächelt.

»Nein, gar nicht«, sage ich.

»Wir bemühen uns, Bedingungen zu schaffen, wie sie das Kind in der Gebärmutter hatte. Natürlich ohne Wasser«, erklärt sie und forscht in meinem Gesicht, ob die Prise Humor bei mir angekommen ist. »Die Apparate kontrollieren die Körpertemperatur, lassen eine entsprechende Menge Sauerstoff einströmen, falls die Lungen nicht voll funktionsfähig sind. Sie überwachen den Blutdruck, den Puls, den Atem und zeigen jede Veränderung an.«

Sie liegt auf dem Rücken, die Hände seitlich am Kopf gespreizt, fünf Finger an jeder Hand. Ich zähle nach, damit ich mich nicht irre. Alles am richtigen Platz, heil und ganz. Auch am Fuß, je fünf lange Zehen mit vollkommenen Nägeln. In der winzigen Ferse steckt die Nadel eines Schlauchs. Ob das wehtut?

»Momentan erhält sie«, liest die Schwester aus dem Krankenblatt vor, das auf dem Regal daneben liegt, »über die Infusionen Nährflüssigkeit und Medikamente. Das in der Ferse ist keine Infusion, sondern zum Blutabnehmen, damit wir nicht jedes Mal neu stechen müssen. Nein«, beantwortet sie meinen fragenden Blick, »es tut ihnen nicht weh. In diesem Alter spüren sie nichts. Das Nervensystem ist noch nicht voll entwickelt.«

»Sie ist groß«, wiederhole ich, wie für mich, »kräftiger als die anderen. Ein Zeichen, dass alles in Ordnung kommt.«

»Sehr gut«, sagt die Schwester, übersieht meine nassen Augen. »Sie denken positiv, so gehört es sich.«

Im verwaschenen Krankenhauskittel, noch aufgebläht, die fettigen Haare zu einem Schwänzchen zusammengebunden, habe ich vor, eine Bilderbuchmutter zu werden. Dieser winzige Körper gehört mir. Er ist ich. Ich darf ihn zwar noch nicht lieben, aber ich bekämpfe meine Befürchtungen, indem ich immer wieder die Elternbriefe lese, die mit Reißnägeln an die Pinnwand am Eingang der Frühgeburtenstation geheftet sind. Jeder Brief ist eine dankerfüllte Überlebensgeschichte.

Wenn es ihnen gelungen ist, weshalb sollte es bei mir nicht klappen?

»Diesmal bist du offizieller Vater«, sage ich lachend zu Joram, der verlegen neben mir sitzt.

»Warum funktioniert es bei uns nicht«, mein Lachen geht übergangslos in Schluchzen über.

»Es hat doch funktioniert.« Er kann Tränen nicht ertragen. Seine Augen schauen durch mich hindurch: »Du bist schwanger geworden, oder nicht?«

»Ja, aber du siehst, was dabei herausgekommen ist.«

»Ein richtiges Kind. Heute können sie Sechs-Monate-Babys retten, und sie ist sieben Monate.«

»Sie-at-met-nicht«, schluchze ich.

»Ich gehe eine rauchen«, sagt er, »okay?«

Drei Frauen liegen in dem Zimmer. Alle haben Babys, zwei nach einem Kaiserschnitt. Auch Gilas Sohn liegt auf der Intensivstation, und sie geht morgens, mittags und abends hinauf, um Milch aus ihrer Brust absaugen zu lassen. »Sie haben ihm schon die Sonde rausgenommen«, erzählt sie aufgeregt, »morgen werde ich entlassen. Sie füttern ihn mit so kleinen Glasfläschchen«, sie deutet die Größe zwischen Daumen und Zeigefinger an, »so was Süßes, sie haben ihn mir heute zum Füttern gegeben.«

»Er hat schon den Reflax zum Saugen«, wendet sie sich ausgerechnet an mich, »als er geboren wurde, hatte er das nicht!«

»Das heißt Reflex.« Ich muss sie einfach verbessern. »Kann er auch schon greifen?«

Gila lächelt: »Sicher, sogar fest.«

»Das ist instinktiv«, ich kann es mir nicht verkneifen, sie zu belehren, »der Greifreflex, ein Muskel aus der Zeit, als wir noch Affen waren und in den Bäumen herumkletterten. Sie greifen zu, um nicht zu fallen.«

»Nein, also wirklich«, lacht sie, ihr Blick huscht schnell durchs Zimmer.

»Sie haben Gili-Herzchen also schon die Sonde rausgenommen?«, schaltet sich Tami ein, eine Frau Ende dreißig, die nach einer Infertilitätsbehandlung Zwillinge geboren hat.

»Haar-ge-nau«, jubiliert Gila glücklich, »heute.«

»Viel Glück«, wünscht Tami.

»Mit Gottes Hilfe.«

»Und der Ärzte«, füge ich boshaft hinzu.

»Ich komme zu Besuch«, verspricht Gila. »Zwei Mal am Tag bin ich hier«, und wieder hilft sie mit Fingersprache nach, streckt zwei nach oben, »um ihm Milch zu bringen.«

»Mutterreflex«, sage ich zu ihr.

»Wer wird sich um die Großen kümmern?«, fragt Tami.

»Wer kümmert sich jetzt? Meine Mutter. Auch Jossi. Der Große ist in der Schule, die Kleine im Kindergarten. Sie kommen schon zurecht, halb so schlimm.« Sie denkt kurz nach und sagt dann: »Oder ich bleibe zu Hause und Jossi bringt die Milch in der Thermoskanne, direkt aus dem Kühlschrank. Wie wär das?« Sie lacht.

Was gäbe ich darum, wie sie zu sein, denke ich. Die perfekte Frau. Dana, die Milchkuh.

Als Joram zu Besuch kommt, kündigt ihn der Geruch nach Rauch an. Er bringt mir eine Tafel Schokolade mit.

»Ich habe mit dem Arzt gesprochen«, sagt er flüsternd, und mein Herz setzt einen Moment aus. »Ich glaube, du solltest es wissen. Sie atmet immer noch nicht von selbst und reagiert nicht auf die Medikamente.«

Ein Stein drückt auf meinen Brustkorb. Ich wage mich nicht zu bewegen.

»Mädchen haben mehr Durchhaltevermögen als Jungen«, fährt er mit einem schiefen Lächeln fort. »Es besteht also immer noch eine Chance, dass alles in Ordnung kommt.«

»Sie ist kräftiger als die anderen«, sage ich behutsam, »das hat auch was zu bedeuten.«

»Nein, du hast nicht verstanden. Sie ist so groß, weil sie aufgedunsen ist. Weil sie bei der Geburt so gelitten hat. Das ist Wassersucht, kein Fleisch.«

»Dann sind also die ganzen mageren roten Körper dort gesünder als sie?«, stoße ich schluchzend hervor.

»Denk nicht an die anderen«, versucht er mich auf seine indirekte Art zu trösten. »Noch ein paar Tage, und auch sie wird dünn und rot sein. Sie ist heute schon kleiner als gestern.«

Und ich klammere mich an den neuen Strohhalm.

»Schätzchen«, Gila setzt sich auf meine Bettkante, nachdem Joram gegangen ist. Die Matratze senkt sich ächzend unter ihr, »nicht weinen. Schau, Herzchen, man kann immer neue Kinder machen, du hast eins gemacht, dann machst du eben noch eins, klopf drei Mal auf Holz, und alles wird gut.«

Und das waren die Worte, die ich wie ein Mantra wiederholte, ein Jahr, zwei und drei Jahre danach, bis ich im vierten Jahr damit aufhörte.

Man muss keine Mutter sein. Es gibt Frauen, die haben eine Ideologie aus dem Nicht-Mutter-Sein entwickelt. Eine Frau ist ein Mensch. Keine Funktion. Tausende Worte. Dutzende Bücher. Eine Frau ist ein Mensch ist ein Mensch ist ein Mensch. Schwangerschaft ist ein Teil des Gesamten, nicht zwingend notwendig. Es gibt Blonde und es gibt Dicke, es gibt Dünne, Große und Kleine, Hinkende, Triebhafte, Unfruchtbare, na und? Im Meer schwimmen viele Fische, doch das Meer ist nicht voll. Wenn alle geboren würden, wäre es überfüllt.

Ich passe auf, mich nicht in sie zu verlieben. Bemühe mich, mir keinen Namen auszudenken. Wozu soll ich ständig auf die Intensivstation gehen? Um den gequälten Körper zu sehen, der um sein Leben kämpft? Wie das Beatmungsgerät die kleine Brust hebt und senkt?

»Wir beatmen sie bereits nicht mehr zu hundert Prozent.« Mit diesen Worten empfängt mich eine bejahrte Schwester am dritten Tag, und ihre Freundlichkeit rührt mich ungewollt zu Tränen. Transparentes starres Plastik ist um den kleinen Mund befestigt, mit einem Schlauch aus einer Vertiefung in der Wand verbunden.

»Es ist nichts, nicht erschrecken«, erklärt die Schwester schnell, »wir geben den Sauerstoff nur zur Sicherheit, aber sie atmet schon von allein.«

Wer ist erschrocken? Ich doch nicht. Ein Wunder ist geschehen. Alles verziehen, alles vergessen.

In zwei Stunden soll ich entlassen werden und nach Hause gehen. Noa bleibt in der Frühgeburtenabteilung. Noa. Oder Nofit. Vielleicht Ruth. Wir haben uns noch nicht entschieden. Angekleidet steige ich noch immer ein wenig mühsam mit Joram zur Station hinauf. Am Eingang waschen wir uns gründlich die Hände, ziehen die sterilen Kittel an und gehen hinein, um kurz hallo zu sagen, mit dem Finger über die gelbliche Haut zu streichen, die sich langsam rötet. Kontakt herzustellen. Ein Arzt und eine Schwester beugen sich über den Inkubator, verbergen ihn. Was machen sie dort? Ausgerechnet bei ihr, warum denn gerade bei ihr? Was bedeutet das?

»Kein Zutritt«, sagt eine auf uns zueilende junge Schwester.

»Es ist unser Kind«, erwidere ich. »Ist was passiert?«

»Nein, nichts«, antwortet sie, »Routinebehandlung. Gehen Sie einstweilen ins Wartezimmer. Oder kommen Sie in einer halben Stunde wieder.«

»Jetzt ist doch keine Behandlungszeit«, sage ich zu Joram.

»Komm, wir gehen hinunter.« Er geht nicht darauf ein. »Sie hat gesagt Routine, also ist es Routine, wir können sowieso nichts machen.«

»Ich warte hier.«

»Gehen wir hinunter und trinken einen Kaffee.«

»Mir ist nicht danach. Ich warte hier.«

»Meinst du, ich mache mir keine Sorgen? Aber was nützt es, hier herumzusitzen. Wir stören nur, und helfen können wir auch nicht.«

»Geh du, trink für mich einen mit.«

Er wendet mir zornig den Rücken zu und verschwindet. Mir war klar, dass er gehen würde, wie könnte er auch anders. Fliehen, mich im Stich lassen. Sicher ist es schwer für ihn. Aber für mich doch auch und noch viel mehr. Ich versuche, mich auf einen neuen Elternbrief an der Pinnwand zu konzentrieren, doch mein Blick schweift ständig ab zu dem Raum mit den Babys. Der Arzt und die Schwester halten sich noch immer dort auf. Sie reicht ihm etwas. Was? Er nimmt es entgegen – was ist es? – bückt sich, richtet sich auf –

»Gehen Sie bitte ins Wartezimmer«, sagt die junge Schwester, die plötzlich neben mir steht. »Ich hatte Sie gebeten, die Station zu verlassen.«

»Ich bin ja schon weg!«, erwidere ich verärgert und mache mich auf den Weg ins Wartezimmer.

Ich setze mich auf einen weißen Plastikstuhl, starre auf die Landschaftsbilder an der Wand – Jerusalem, Massada –, auf den Wasserspender ohne Gläser, nehme eine zerfledderte alte Zeitung zur Hand und lese darin, ohne auch nur ein Wort zu verstehen.

Erga verließ das Krankenhaus nicht. Es war vorauszusehen. Ich erwartete nichts anderes. Wozu sollte sie auch überleben? Wozu heranwachsen, eine Frau werden und Schuldgefühle entwickeln? War es nicht besser, nur als eine Sehnsucht zu existieren? Unermesslich, größer als das Leben selbst?

Meine Sehnsucht, mein Sehnen, meine Erga.

Den Namen Erga gab ich ihr einige Monate nach ihrem Tod.

»Jetzt hätte ein lebendiges kleines Wesen hier herumrennen können«, sage ich zu Joram eines Abends, wippe vor und zurück, vor und zurück in dem rot-schwarzen Schaukelstuhl.

Er antwortet nicht. Den Blick auf das Buch geheftet. Noch ein, zwei Jahre, und er würde auch seine Ohren mit Kopfhörern abdichten, um sich gegen mich abzuschotten.

»Auf dem Teppich, auf einem sauberen Leintuch, so wie bei Dorit, wäre sie herumgekrochen –«

»Warum quälst du dich«, fragt er schließlich müde.

»Ich sehe sie wirklich vor mir, die rosa Fingernägel, der runde Po –«

»Hör jetzt auf, was willst du eigentlich damit –«

»Der Ellbogen, weißt du, diese mollige Falte, die –«

»Sag mal, genießt du dieses dumme Geschwätz so, dass du jeden Tag was Neues erfindest? Gestern über die Ärzte, vorgestern über das Baby von Dorit, heute –«

»Ich muss, ich denke die ganze Zeit an sie, ich –«

»Ja und? Glaubst du, nur du denkst an sie, und ich vielleicht nicht? Was erreichst du mit solchem Gerede? Nichts. Du genießt es einfach nur, in der Wunde herumzustochern. Ich aber nicht.« Und er legt das Buch weg, geht ins Arbeitszimmer, vielleicht aus dem Haus, in eines der belebten Cafés, zu einem seiner Freunde, auf einen seiner langen Spaziergänge, die kein Ziel haben und von denen er verschwitzt und entspannt zurückkehrt. Wie grausam er ist, sage ich mir immer wieder. Ohne Stimme, ohne Schrei, gefühllos, egoistisch und schlecht. Ich muss mich von ihm scheiden lassen, rede ich mir ein. Tränen des Schmerzes rinnen warm über die Wangen, und ein Schluchzen entringt sich meiner Kehle. Ich weine, weine wirklich, um Erga, um meine Ehe, um mich – hauptsächlich um mich.

Erga. Mein Sehnen. Die späten Freitagnachmittage. Die Tage werden grauer, die Schatten länger, und die Seele schmerzt. Unendliche Sehnsucht erfüllt mich, legt sich wie eine Decke über mich, verführerisch in ihrer Weichheit. Die Luft ist getränkt mit Sehnsucht. Süßes Ersticken in Sehnsucht. Ich ertrinke in Schmerz. Hoffnung auf eine Veränderung, die nie eintritt.

Die stillen frühen Abendstunden vor Schabbatbeginn, in denen die Sünden zurückkehren, die nie verziehen, nie vergeben werden, riesenhaft vergrößert. Die Sünde des Fleisches, die Sünde des Stolzes, die Sünde des Ehebruchs und die Sünde des Betrugs. Die schlimmste von allen ist die Sünde der Erwartung, sich nicht bescheiden wollen, nicht begnügen können. Gott im Himmel, warum hast du mich nur so klein und so voller Sehnsucht erschaffen?

Und wozu?

Wenn ich es wüsste, könnte ich mich vielleicht trösten. Aber ich weiß es nicht, also gibt es keinen Trost für mich. Ein leichter Wind trägt Salzgeruch vom Meer her. Irgendwo in der Nachbarschaft wird ein Kuchen gebacken. Womit habe ich diese schreckliche Strafe verdient, mit einem Gefühl des permanenten Mangels zu leben, zu wissen, dass das Leben unvollkommen ist – und dennoch, immer noch zu warten und zu hoffen.

Tiefe unstillbare Sehnsucht. Unerträgliche Sehnsucht. Unheilbare Sehnsucht. Ohne Hoffnung – und vergeblich.

Daher Erga. Mein Sehnen.

20

Ich habe auf dich gewartet, Eichhörnchen

Bald kommt der Morgen. Ich habe den Sonnenaufgang immer geliebt. Einmal stand ich zu einer sehr frühen Stunde auf, um ihn über dem Katharinenkloster im Sinai mitzuerleben. Hingerissen von der Schönheit und müde vom Aufstieg, lugte ich neidisch zu Dorit hinüber, die sich an Itzik schmiegte, legte einen Sicherheitsabstand zu seinem Freund ein, der sich an mich heranmachen wollte, und sehnte mich nach einem alten Perversling mit Falten.

In Tel Aviv kann man nur Sonnenuntergänge sehen. Wunderschöne. Joram schleppte ich eines Abends an den Strand. Wir entfernten uns von Hunden und Menschen, setzten uns auf einen Stein und starrten auf den flirrenden, dotterfarbenen Kreis, der ganz langsam im unendlichen Blau des Meeres versank.

Wir schmiegten uns nicht aneinander, saßen nur da und beobachteten, wie die Sonne langsam am Horizont verschwand. Wir versuchten nicht, das Schauspiel in Worte zu fassen, banale Kommentare abzugeben, nahmen es nur in all seinen Nuancen wahr. Frühe Abendstunden, die Panik auslösen im Bett, spenden Trost und Frieden am Meer. Das ist die Art der Welt, in Schönheit unterzugehen. Eine farbenprächtige Inszenierung, die langsam verblasst, sich in der Dunkelheit auflöst.

»Vicky! Come here, Vicky!«

Auch wenn sie gerade von ihrem Zuhause und ihren Kindern träumen sollte, hat sie aufzustehen und sich um mich zu kümmern. Das ist ihr Leben. Bevor die Schlangen in meinem Leib erwachen und ihr schmerzhaftes Gift in mein Bewusstsein verspritzen, bevor der Urin in die Windel rinnt –

»Vicky!«

Joram bereitet für uns beide ein chinesisches Essen zu. Ich mache mich schön für ihn. Lächelnd und mit einem goldenen Kimono bekleidet, den er mir von einer Reise mitgebracht hat, setze ich mich an den Tisch. Das Haar, damals noch lang, fällt offen auf meine Schultern.

»Iss«, sagt er, fügt Sojasoße an das Gemüse, »man muss sich stärken.«

»Ich habe keinen Appetit.«

Er gießt Saft in ein hohes Glas. Füllt Reis auf den Teller. Kaut entschlossen.

»Bist du wirklich hungrig?«, frage ich.

»Hmm.«

»Es schmeckt sehr gut«, lobe ich ihn, nachdem ich ein paar Höflichkeitsbissen hinuntergewürgt habe. »Wie hast du das zubereitet?«

»O Gott, hör auf damit und lass mich in Ruhe essen.«

»Es geht uns gut zusammen, stimmt's?«, sage ich nach dem Essen.

»Wenn wir uns gut fühlen, dann ist es gut. Man braucht nicht so viel darüber reden.«

»Um es nicht zu verschreien?«

»Nein, wegen dem Gerede. Du denkst und redest und machst damit alles kaputt.«

»Wie meinst du das?«

»Dass du nur an dich denkst.«

»An mich?«, sage ich verletzt, gekränkt und schließlich empört und beleidigt. »Wovon redest du?«

»Lass es gut sein.« Er macht zu. Wie immer.

»Aber ich versuche doch immer, mit dir zu reden.«

»Zu reden. Das ist es, was du kannst. Über dich selbst.«

»Weil du nie was von mir mitkriegst.«

»Tatsächlich?« Er blickt mich spöttisch an, und ich überlege, woher das so plötzlich über mich kommt. Erst zwei Wochen zuvor haben wir unsere Tochter verloren, und schon –

»Wenn man dich braucht, bist du nie da«, füge ich hinzu.

»Wer hat dich dann zu den ganzen Untersuchungen gefahren? Habe ich nicht bei all diesen überflüssigen Behandlungen mitgemacht und –«

»Ja«, falle ich ihm ins Wort, »als Fahrer, als Samenspender, aber sogar jetzt –«

»Genau davon rede ich, du siehst alles nur von deiner Warte aus. Ich existiere nicht.«

»Du Idiot«, brülle ich hilflos, »vielleicht hörst du mir mal zu!«

»Wenn ich dich eine Idiotin nennen würde, ich möchte nicht wissen, was du –«

»O Gott, ich werde noch wahnsinnig!«

»Es gibt keinen Gott«, sagt er und steht auf. »Und falls doch, dann hilft er dem, der sich selbst hilft.«

»Wir nützen den Moment«, sagte Dr. Frischmann vom Beilinson-Krankenhaus. »Es ist Ihnen einmal gelungen, schwanger zu werden, es wird auch ein zweites Mal klappen.«

Und wir versuchten es wieder, hofften, hielten nach positiven Anzeichen Ausschau. Und wieder endete es mit einem Vielleicht. Beinahe und Nochmal. Noch einmal. – Ich will mich nicht daran erinnern. Eine Frau muss keine Kinder haben. Auch wenn sie den atavistischen Drang danach hat. Eine Frau ist ein Mensch, kein Tier. Und wenn man nur ein Leben besitzt, darf man es nicht mit »vielleicht«, »beinahe« und »noch einmal« verschwenden.

Joram ist traurig. Nicht meinetwegen. Warum auch? Er ist mit seinen eigenen Belangen beschäftigt, mit Banken und Anlagen. Auch ich finde Beschäftigungen neben der Arbeit: studiere Kunst, lerne Billi kennen, schreibe mich für Shiatsukurse ein. Frage mich einmal im Monat, ob es nicht Zeit ist, mich wieder an die Doktorarbeit zu setzen.

Neun Jahre Ehe, gute wie schlechte. Was gibt es noch zwischen uns? Stille. Geheimnisse kaum mehr. Ich habe ihm vom *Verführer* erzählt, sogar von der Abtreibung. Joram sitzt im Ledersessel, liest die Sportseiten. Wenn er auf Reisen ist, räkle ich mich darin. Braunes, rissiges Leder mit Fußteil und Kopfstütze. Ist er zu Hause, sitze ich im Schaukelstuhl. Feuerrot, schwarzes Polster. Ich schaukle vor und zurück, wie ein zufriedenes Baby, vergrabe mich in einem Schundroman, lerne, das Schweigen zu schätzen.

Bisweilen tauschen Joram und ich Erlebnisse aus. Erzählen einander, wer was gesagt hat, zu wem und überhaupt. Joram ist ein großartiger Zuhörer. Und wenn er das Bedürfnis hat zu reden, lausche ich ihm. Was gibt es noch zwischen uns? Aufmerksamkeit. Gereift, verständnis- und rücksichtsvoll. Manchmal herrscht nur Zorn zwischen uns. Wir kehren völlig erschöpft von einer Behandlung zurück, einer weiteren Enttäuschung. »Du bist aufgestanden«, wirft er mir vor, »du bist verantwortungslos.« – »Du warst nicht daheim«, kontere ich. Ein Mann sieht eine Frau und sucht ein Kind. Eine Frau sieht einen Mann und möchte Liebe. Ein verheiratetes Paar.

Manchmal gibt es nur noch Ungeduld zwischen uns. Der Mann in seinem Sessel, die Frau in ihrem. Sie stehen auf, gehen in die Küche, auf die Toilette, ziehen den Vorhang auf und zu, spülen Geschirr. Ein Geschirrspüler muss her, sagen sie. Dann gibt es keinen Streit wegen dem Abspülen. Die Kühlschranktür wird zugeschlagen. Geöffnet. Türen, Schränke. Teller, Löffel, Radio, Fernsehen.

Was hat ein verheiratetes Paar zusammen im Leben, wenn nicht Routine.

Drei Jahre nach dem Tod meiner Tochter starb mein Vater. Und sein Tod brachte mir Juval.

Wir umarmen uns nackt. Meine Hand streicht über seinen Rücken. Seine Hände gleiten von meinem Rücken abwärts, umfassen die Pobacken. Juval küsst gern. Durch den Zigarettenrauch hindurch schmecke ich den Pfefferminzkaugummi oder die Maulbeeren der Kindheit. Ich mag Zungenküsse nicht mehr. Ich habe Angst vor Bazillen, Viren. Keine Fremden küssen, hätte ich Erga eingebläut, wäre sie am Leben geblieben. Juvals Glied, rundlich über seinen Hoden, nicht nur krumm, wenn es erigiert ist, sondern auch kurz. Wie lange treffen wir uns schon, zwei Jahre? Bei dem Tempo kann es sein, dass wir uns in zwanzig Jahren auch noch treffen. Schattenehe. Es gibt Paare, die ins Ausland reisen, es gibt welche, die auf »Wehrübung« verschwinden. Aber wir lieben unsere Ehepartner. Wir würden sie nicht auf diese Weise betrügen. Und außerdem wäre es schade ums Geld.

Juval streichelt mit geschlossenen Augen meine Brust. Ihm wächst langsam ein Doppelkinn. Einmal in vier bis fünf Wochen sehen wir uns, und bei jeder Begegnung entdecke ich neue Dinge an ihm. Ich richte mich auf. Seine Hände rutschen von meinen Brüsten. Ich beuge mich über ihn, lecke seine Brustwarzen, fahre mit den Fingern seinen Bauch entlang, spiele mit den pelzartigen schwarzen Haaren, die sich in einer Linie von der Brust bis zu den Lenden ziehen. Auf dem Rücken liegend, wartend, beginnt sein rotes Glied sich aufzurichten und die bekannte Krümmung einzunehmen. Juval überlässt sich meiner Berührung. Ich knie mich zwischen seine Beine und umfasse seinen Penis mit den Lippen. Die Zunge, rau und elastisch, umspielt ihn kreisend, was ihn erregt. Er wird härter, glatter, zuckt auf und ab in meinem Mund, so weit, wie ich es ihm gestatte, bis zur Gaumenmitte, nicht weiter. Um Raum zum Atmen zu lassen. Juval stöhnt, bewegt konzentriert sein Becken, die Augen immer noch geschlossen.

»Komm, dreh dich um«, sagt er, »ich möchte auch.«

»Jeder zu seiner Zeit«, entgegne ich. Ich fahre fort in meinem Tun, verenge meine Lippen, fasse seinen Penis mit einer Hand an der Wurzel, schließe die Finger darum, übe Druck aus, lasse locker. Ab und zu löse ich den Griff und gleite weiter hinauf, die Finger feucht von meinem Speichel und seinen Absonderungen. Mit der zweiten Hand presse ich sein Becken aufs Bett.

Juval ist erregt. Seine Bewegungen werden heftiger, stoßartiger. Er öffnet seine Augen, blickt mich konzentriert an, signalisiert –

»Jetzt bist du an der Reihe.« Ich höre mit einem Schlag auf, genieße die Enttäuschung auf seinem Gesicht, wische meinen Mund, der voller Speichel und Schamhaare ist, am Handtuch ab.

Ob Juval mich gern da unten leckt? Und Joram? Ich mag es nicht, warum sollten sie es also mögen?

»Schmier doch mal Schokolade drauf«, schlug Joram vor, »dann macht es dir mehr Spaß.« Aber ein Penis ist kein Eis am Stiel. In Schokolade beiße ich gern, aber ich lutsche sie nicht.

Juval wühlt mit seiner Zunge zwischen meinen Beinen,

und ich konzentriere mich auf seine Aktivitäten dort unten. Sachlich interessiert. Kein Glied der Welt kann ein solches Gefühl erzeugen wie die Zungenspitze. Wendig, fest und rau, bewegt sie sich, löst Zuckungen aus, entzündet Funken, die sich im Körper ausbreiten und einen lichterlohen Brand entfachen.

Sein Kopf zwischen meinen Beinen, packe ich fest meine Schenkel und hebe das Becken seinem Gesicht entgegen. Auf allen vieren kniend, ist er in mir vergraben, seine Stirnlocken verschwinden in meinem Schamhaar. Ich spüre, wie sich die Muskeln anspannen und mir heiß wird bis zum Punkt ohne Wiederkehr, und plötzlich macht mich das so wütend, dass es den Krampf schlagartig abklingen, das Blut abfließen lässt und ich meine Beine von seinen Schultern nehme und aufs Bett lege.

Sein Kopf taucht auf, überrascht. Er betrachtet mich einen Moment. Und interpretiert eine Absicht hinein, die nicht bestand. Er legt sich auf mich und dringt ganz leicht in mich ein. Lässt sich dort häuslich nieder, gräbt und stößt, und ich kralle meine Finger in seinen flachen Hintern, begleite mit distanziertem Interesse seine Bewegungen.

»Soll ich auf dich warten, oder bist du gekommen?«, flüstert er.

»Wart nicht.«

Er dreht mich mit einem Ruck um, kommt unter mir zum Liegen, rollt mich sofort wieder auf den Rücken und beginnt mit einer langen Reihe von stärker werdenden Stößen, die ich vor lauter Feuchtigkeit kaum spüre, außer wenn er mit seinen Beckenknochen auf die meinen trifft, mich auf die Matratze nagelt und mit hochreißt. Die Decke ist auf den Boden gerutscht. Unsere Köpfe liegen quer zur Bettkante, seine Beine hängen in der Luft, zucken. Dann steigt plötzlich ein kehliger Grunzlaut aus den Tiefen seiner

Kehle. Er verkrampft sich, zappelt und wird ruhig, liegt reglos und schlaff, wie gefällt, auf mir. Nach wenigen Sekunden, die mir wie eine Ewigkeit vorkommen, rollt er sich langsam von mir herunter. Sein Glied rutscht aus mir heraus, glitschig und krumm. Ich stehe hastig auf, spüre die Nässe an den Innenseiten der Schenkel und renne ins Bad.

»Das wär's«, sage ich vor dem Spiegel zu mir, wie in einem drittklassigen Film. Wie lange willst du die Geschichte noch mit dir rumschleppen. Es macht nicht einmal mehr Spaß. Was hast du eigentlich davon? Was hat er davon?

»Ich fühle mich nicht wohl hier«, sage ich, als ich ins Zimmer zurückkehre, ihn halb angezogen neben der Kommode stehen sehe. »Das Zimmer ist zu unpersönlich.«

»Das nächste Mal im Hilton?«, sagt er lächelnd.

»Schade ums Geld«, antworte ich und freue mich heimlich darüber, wie er mich anschaut. Er weiß nicht, ob er wütend protestieren oder lächelnd zustimmen soll. Am Ende zieht er es vor zu schweigen.

Joram fängt an, von offener Beziehung zu sprechen, und ich verstehe ihn. Wir sind seit fast vierzehn Jahren verheiratet, im Guten wie im Schlechten.

»Ich würde dich gern mit jemand anderem schlafen sehen«, sagt er eines Nachts, »und jemand anderen mit dir.«

Nach einer kurzen Schockminute fasse ich mich wieder. Warum nicht? Wir sind nicht nur disfunktionale Zeugungsapparate, sondern auch für den Genuss geschaffen.

»Hast du jemanden im Auge?«, frage ich vorsichtig, vielleicht ist ihm gerüchteweise etwas von Juval zu Ohren gekommen.

»Nein, das ist dein Part bei dem Geschäft.«

»Geschäft?«

»Gilt umgekehrt genauso. Du kannst mich mit einer anderen beobachten. Würdest du das wollen?«

»Ja!«, antworte ich begeistert. Und dann: »Hast du eine?«

»Die wird sich finden, kein Problem.«

»Wo?«

»Es gibt genug interessierte Frauen, man braucht nur mit dem Finger zu schnippen –«

»Nein, wo wir es machen.«

»Zu Hause, das ist der Witz dabei!«

»Fremde ins Haus lassen?«

»Komisch«, er überlegt einen Moment. »Du hast nicht gesagt, einen Fremden in den Körper lassen, sondern zu uns ins Haus lassen. Das stört dich.«

»Ich will keinen Fremden«, protestiere ich.

»Aber das ist ja der Clou. Nicht jemand, mit dem man eine Beziehung eingehen könnte, sondern einfach irgendeiner, der dich anmacht.«

»Mich macht aber keiner an.«

»Warum rechtfertigst du dich?«

»Ich rechtfertige mich nicht, ich sage nur, wie's ist.«

»Dann muss man es so schnell wie möglich ändern. Damit du aufwachst.«

Wir liegen still nebeneinander, ein verheiratetes Paar. Kennen den Körper des anderen, aber nicht seine Seele. Ich male mir aus, wie Joram durch ein Guckloch im Kleiderschrank heimlich Juval und mich beobachtet. Und Verlangen beginnt sich in mir zu regen, ein Ziehen in der Brust und in der Vagina –

»Hast du Lust?« Ich lege meine Hand auf seine Brust.

»Siehst du, schon der Gedanke daran erregt dich. Stell dir vor, wie es erst sein wird, wenn du es wirklich tust.«

Eine unbekannte Frauenstimme mit angelsächsischem Akzent fragt, ob ich Dana sei.

»Ja?«

»Bitte«, sagt sie, »ich habe eine *message* für Dana. Hier spricht Joan, die *nurse* von Professor Jehoiada. Er hat mich gebeten, einige Leute für ihn anzurufen –«

»Wie geht es ihm?«, frage ich.

»Ah… steady.«

»Und was für eine Nachricht?«

»Er bittet Sie zu kommen, um ein wichtiges Buch abzuholen.«

»Kann ich ihn sprechen?« Mein Herz verkrampft sich.

»Tut mir sehr Leid.«

»Kann er nicht sprechen?« Ich verstehe nicht.

»Oh, no no«, sie lacht und wird gleich wieder ernst. »Er spricht viel. Aber seine Frau will, dass er Ruhe hat. Kein Telefon. Dass er sich ausruht. Ist es möglich, dass Sie morgen um zehn kommen?«, schließt sie.

»Ja«, sage ich, »sicher«, ohne zu überlegen.

Joram fragt, ob ich schon jemanden gefunden habe, und ich verneine. »Und du?«

»Es ist ja nicht brandeilig.« Er lächelt. »Wenn wir wirklich wollen, dann finden wir schon jemanden.« Ein warmes Gefühl steigt in mir auf. Dankbarkeit.

»Fang du damit an«, schlage ich vor.

»Zusammen wäre besser, damit kein Ungleichgewicht entsteht.«

»Aber nein, wir haben es doch beschlossen, oder? Du machst den Anfang.«

Die Zeitungen sind voller einschlägiger Anzeigen, doch wir sind kein übersättigtes, gelangweiltes Paar, das Sex als Ausweg sieht, sondern ein kultiviertes Paar, Ende dreißig, also verhältnismäßig jung, gut aussehend, das sein Leben durch ein kleines Abenteuer bereichern will. Als ich aufs Klo gehe, nehme ich die entsprechenden Annoncenseiten mit. Lese sie mit wachsendem Interesse.

»Hast du gesehen, wie viele solcher Anzeigen es gibt?«, frage ich nachher Joram, der seinen Morgenkaffee trinkt.

»Bist du wahnsinnig?« Er stellt die Tasse ab. »Auf gar keinen Fall. Nur mit solchen, die nicht ganz fremd sind. Ich will nicht in Schwierigkeiten geraten.« Und er fährt fort: »Aber nicht aus der Arbeit, nicht aus dem Freundeskreis, nichts, was Folgen haben könnte.«

»Was bleibt denn dann noch?«

»Wir finden schon was. Kein Problem.«

»Es gibt keine Garantien im Leben«, höre ich mich sagen, »du kannst nie wissen, wie sich die Dinge entwickeln.«

»Stimmt«, sagt er, nimmt den letzten Schluck Kaffee, »aber man kann die Absichten erkennen und kontrollieren, und wenn wir aufpassen«, er blickt mich an, »und aufrichtig miteinander sind, dann gibt es auch keine Verwicklungen.«

»Ehrlichkeit«, bestätige ich, »ist das Wichtigste!«

»Genau.«

Der gute Joram. Ein praktischer, konservativer Mensch. Mein Mann. Der Fels meines Lebens. Mein guter Samariter.

Berta lernte ich im Tel-Aviv-Museum kennen, bei einem Kurs zur Schätzung von Kunstgegenständen. Wir nennen sie Berta, aber sie heißt Billi, wobei auch das eigentlich nur ein Spitzname ist. Ihr richtiger Name lautet Batistusta. Battina? Das ist es, Bettina. Rosa Haut wie eine Engländerin, obwohl sie gebürtige Argentinierin ist, grüne Augen wie Smaragde. Ich nenne sie Berta wegen ihrer eckigen, männlichen Bewegungen. Wie kann ein weiblicher Körper, rund an den richtigen Stellen, schlank an den entsprechend anderen, derart männliche Bewegungen hervorbringen?

Joram gefällt ihr. Das hat man sofort gesehen. Ich habe sie zu uns zum Kaffee eingeladen. Wir treffen uns weiter, auch nachdem der Kurs zu Ende ist. Oft. Billi hat viele Freundinnen, Junggesellinnen wie sie, ich bin nur in der Reservemannschaft.

»Ich komme zu euch, um zu sehen, dass es auch zusammen geht«, sagt sie lächelnd. »Um zu erfahren, was ich versäume.«

»Gewinne«, korrigiere ich sie.

»O nein, jedes Schlechte hat auch sein Gutes.«

»Und umgekehrt«, entgegne ich.

Ihr kehliges Lachen steckt die ganze Umgebung an.

»Berta«, sage ich zu ihr, »wie lernt man, so zu lachen?«

»Wenn man drei Jahre alt ist«, sie wird ernst, »und man dir den Bruder wegnimmt und die Mama sagt, lachen, Bettina, lachen, dann kommt er zurück.«

Joram gefällt ihr. Sie lächelt verführerisch, und ihre Augen leuchten auf, wenn er mich vom Café abholt, in dem wir zusammen sitzen.

»Er ist beeindruckend«, sagt sie, und ich bin stolz, als habe sie mir ein Kompliment gemacht.

»Sie ist gefährlich«, erklärt Joram nach kurzem Überlegen, als ich ihren Namen ins Spiel bringe. »Sie ist Rechtsanwältin. Ich möchte keine Anzeige wegen Vorspiegelung falscher Tatsachen.«

»Du wirst nichts vorspiegeln, und sie wird nicht klagen. Findest du sie nicht attraktiv?«

»Zu weiß«, erwidert er sofort. »Und außerdem will ich selber eine finden.«

Dieses orangefarbene Kleid macht mich noch wahnsinnig. Hat sie denn nichts anderes zum Anziehen? Vicky Victoria. Steht neben mir mit Kaffee und Kuchen, was den bekannten Brechreiz bei mir auslöst.

»Ich will das nicht. Habe ich darum gebeten?«

»Schokolade fresh«, und sie zeigt mir das Gebäck in der Papierkrause.

»It's dry, I want feucht. Ist das so schwer zu kapieren?«

»Creme?«

»Ins Wohnzimmer«, ich hebe die Hand, unterbreche das Gespräch. Die Übelkeit droht mich zu überwältigen.

»Gu-ut, ins Wo-ohn-zi-imme-er«, sagt sie gedehnt und öffnet den Kleiderschrank.

»Tunika.« Ich deute auf den schwarzen durchsichtigen Stoff. Sie bringt das Tablett in die Küche zurück und kommt wieder, zieht den Bügel heraus und streift die Ärmel des Blusenhemds über meine erhobenen Hände. Jeder vermeidbare Handgriff spart mir Kraft.

Die Sonne scheint ins Wohnzimmer, lässt die kleinen Bronzefiguren aufleuchten, färbt den Teppich rot. Ich sitze in dem geliebten Ledersessel und spüre, wie es ist zu entgleiten. Dana schwebt. Dana fliegt.

Joram denkt, ich sei zu Dorit gegangen, doch ich bin nach Jerusalem gefahren. Aber auch dort befinde ich mich in der Rotschildallee in Tel Aviv. Massige Häuser, schattige Eingänge. Das ganze zweite Stockwerk gehört ihm. Joan öffnet die Tür. Ist sie blond? Brünett? Dunkel?

»Dana?« Ihr Blick ist interessiert, und sie bedeutet mir einzutreten. Ein Teppichboden, runde und viereckige Intarsientischchen in allen Ecken verstreut. Sieht so dein Zuhause aus, Jehoiada?

»Bitte«, sie führt mich zu einem separaten Flügel, wie

eine Praxis oder ein Geschäftszimmer. An den Warteraum grenzt ein weiteres Zimmer: Jehoiadas Krankenzimmer.

Es fällt mir schwer hinzusehen. Ein alter Mann liegt in einem großen Bett. Seine Augen strahlen: »Dana, ich freue mich so, dass du gekommen bist.«

Ich freue mich auch, müsste ich antworten, aber ich kann nicht. »Wie geht es dir?«, frage ich stattdessen.

»Das siehst du ja«, er betrachtet mich eingehend. »Es wird schon werden. So sagen die Israelis doch, nicht wahr?«

Doch mich macht der gezwungene Humor traurig.

Er hebt leicht seine Hand, bedeutet mir, mich zu setzen. Die Schwester geht hinaus, wie im Voraus abgesprochen, und kehrt sofort mit einem Tablett zurück: Porzellankanne, Teebeutel, Kaffeebüchse, verschiedenes Kleingebäck. »Man hat dich erwartet«, lächelt er, zwinkert mir zu. Joan geht wieder hinaus und schließt vernehmlich die Tür hinter sich.

»Ist niemand zu Hause?«, frage ich.

»Helenas wöchentliches Bridgetreffen«, antwortet er. »Danke, dass du gekommen bist«, fügt er dann hinzu. »Ich habe auf dich gewartet, Eichhörnchen.«

Das Wort klingt pathetisch, traurig.

»Es tut mir Leid, dass ich deinen Anruf damals nicht verstanden habe«, entschuldige ich mich.

»Ja«, er lächelt, »eine spontane Laune.«

»Ist das jetzt auch eine Laune?«

»Wo denkst du hin.« Er wird ernst. »Du warst der Quell meiner Freude. Ich wollte dich festhalten. Jetzt möchte ich Abschied nehmen.«

Die Altersflecken auf seinem Handrücken sind verblasst, die spärlichen Haare ordentlich gekämmt. Ich nähere mich ihm. Beginne, die Kleider abzustreifen. Ganz langsam. Ermögliche ihm, die nackte Rundung der Hüften, die sich mit dem Ausziehen der Bluse enthüllt, eingehend zu betrachten. Die Brüste quellen befreit aus dem Büstenhalter, rund, schwer, einladend. Ich stehe aufrecht vor ihm. Er ist völlig gebannt. Ein zartes Rot breitet sich auf seinen bleichen Wangen aus. »Sie sind gewachsen«, flüstert er mit seiner schönen Stimme. »Bitte, Dana, lass sie mich berühren.« Ich trete langsam ans Bett, beuge mich über ihn. Mit einem Seufzer streckt er die Hand aus, flüstert: »Spüren, anfassen, leben.« Doch da richte ich mich abrupt auf. Der Ausdruck in seinem Gesicht spiegelt schmerzliche Überraschung wider.

Schweigen im Raum. Ich ziehe mich weiter aus. Rock, Strümpfe und Slip. Zwischen mir und Jehoiada gibt es keine Scham. Ich drehe die schwarze Spitze zwischen meinen Händen, bis sie nur noch ein winziger Streifen Stoff ist. Hoch erhobenen Hauptes stehe ich vor ihm, der Morgen hüllt meine Weiblichkeit in sanftes Licht, betont die Rundungen, taucht die Mulden in Schatten. Ganz langsam drehe ich mich um, sodass er jede Veränderung der Haut wahrnehmen kann, die sich mit den Jahren eingestellt hat.

»Dana«, ein erstickter Seufzer.

Ich spreize leicht meine Beine und drehe mich wieder um, betrachte ihn konzentriert.

Seine Augen mustern mich eingehend von oben bis unten, wie einst bei unseren ersten Begegnungen. Verschlingen mich. Leicht und schwebend nähere ich mich ihm. Sein Körper regt sich ein bisschen unter der Bettdecke, er versucht hochzukommen, sich aufzusetzen, strebt mir entgegen.

Oi, Dana, bist du zu ihm unter die Decke gekrochen oder nicht?

21

Liebe in schweren Zeiten

Freitagabend. Schabbatbeginn. Wie passend. Berta wird gleich kommen, und wir drei wissen, was wir dann tun werden.

»Ich habe sie zufällig im englischen Bookshop getroffen«, hat mir Joram vor einer Woche berichtet. »Wir sind auf einen Kaffee gegangen. Sie ist wirklich nett.«

»Das freut mich.«

»Ich habe darüber nachgedacht, was du vorgeschlagen hast.«

Ich schweige, warte, wie er es formulieren wird.

»Vielleicht sollten wir es tun.«

Bravo. Sachlich elegant. Lässt Raum zu einem Rückzug.

»Warum vielleicht?«

»Vielleicht hast du's dir anders überlegt.«

»Wieso denn? Sie scheint mir genau der richtige Typ zu sein.«

»Typ? Sie ist ein Mensch. Kein Typ.«

»Klar«, erwidere ich und verdrehe ein wenig die Augen, »du weißt schon, was ich meine.«

»Nein, weiß ich nicht. Der richtige Typ, weil sie ungebunden ist? Mir wäre es lieber, sie hätte einen Ehemann, der dir gefallen würde.«

»Ich finde, sie ist der richtige Typ, weil ich nicht glaube, dass du dich in sie verlieben könntest.«

»Absolut richtig. Dann vereinbaren wir also den Freitag?«

»Wer sagt es ihr?«

»Ich werd's tun.«

»Okay«, stimme ich zu.

Joram möchte es gern bei uns zu Hause machen. Auch Billi findet das gut. Anfang der Woche rufe ich sie an.

»Billi-Bettina?«, sage ich mit sanfter Stimme.

»Hi Dana«, sie scheint sich zu freuen. »Wie schön, dass du anrufst.«

»Ja. Wir müssen miteinander sprechen.«

»Willst du schnell bei mir vorbeikommen?«

»Gern, aber das ist nicht so ganz, ich –«

»Okay, es geht auch per Telefon«, unterbricht sie mich, »ich freue mich wirklich, dass du anrufst.«

»Also dann, kommst du am Freitag?«

Sie lacht. »Wenn ich Joram richtig verstanden habe, möchtest du auch –«

»Stimmt.«

»Ich hab zu ihm gesagt, dass es besser wäre, wenn wir zu dritt darüber reden würden.«

»Nein, wirklich, das ist nicht nötig.«

»Ich höre in deiner Stimme –«

»Nein, es ist in Ordnung. Ich habe dich vorgeschlagen.«

»Du? Wirklich? Wunderbar. Das ist ein Kompliment.«

»Genug, hör auf«, ich fühle mich geschmeichelt.

»Ahh... soll ich was mitbringen?«

Vielleicht Kondome, hätte ich am liebsten gesagt, doch ich antworte: »Nein, wirklich nichts. Du bist unser Gast.«

Billi trifft um halb elf mit einem Käsekuchen und einer Flasche Chardonnay ein. »Schau dir das an«, flüstere ich Joram in der Küche zu, »sie bringt sowohl sich als auch den Nachtisch mit.«

»Sie ist großzügig«, er strahlt mich an. Schon lange habe ich ihn nicht mehr so gut gelaunt gesehen.

»Wie hast du's geschafft, dass er nicht zusammengefallen ist«, frage ich und stelle die mit ihrem und meinem gekauften Kuchen beladenen Teller ab.

»Ich habe ihn im Wasserbad gemacht«, sie lächelt. »Sieh mir in die Augen, Dana, hast du wirklich nichts dagegen?«

»Nein, ehrlich nicht, großes Pfadfinderehrenwort.« Ich recke zwei Finger in die Luft.

»Wunderbar, worauf warten wir dann noch? Essen wir nachher.«

»Genau die Richtige«, flüstere ich Joram im Bad zu. Er nickt nur und verschwindet hastig im Schlafzimmer.

Ich beschließe, ihnen ein bisschen Zeit zu lassen, ziehe schwarze, transparente Unterwäsche an. Kämme sorgfältig mein Haar. Ich nehme die silbernen Ohrringe ab, tupfe mir parfümierte Creme auf Ellbogen, Nacken und in die Kniekehlen, sprühe ein wenig Eau de Cologne unter die Brüste. Für wen oder was machst du dich schön?

Ich will sie auch nicht zu lange warten lassen.

Joram und Billi liegen nebeneinander, unterhalten sich leise, merkwürdig gelöst. Unangemessen. Ich bin nervös.

»Also, wie soll das jetzt vor sich gehen?« Ich lege mich neben Billi, auf meine Bettseite.

»Hi, Dana«, sie zwinkert mir zu.

»Wir haben auf dich gewartet«, sagt Joram und sieht mich an.

Ich schaue Billi an. Es ist warm im Raum. Wir brauchen keine Decke. Ihr rosig weißer Körper ist kompakt, mit kleinen, hoch angesetzten Brüsten. Blassrosa, längliche Brustwarzen. Ich wende meinen Blick ab. Sie ärgern mich. Schmale Hüften. Ein schönes, ausladendes Becken, wie auf Frauengemälden, hebt das schwarze, dicht gekräuselte Schamdreieck hervor.

Sie legt eine Hand auf meine Hüfte. Ihre Wärme dringt

durch den dünnen Stoff und irritiert mich. »Zieh das aus«, sagt sie, »so wie ich.«

»Macht nur weiter«, erwidere ich, »ich bin ja jetzt da.«

Er steht ihm nicht, registriere ich mit heimlicher Freude, als Joram Billi umarmt, ihre Augen, ihren Hals küsst, sie ihre Hand von mir wegnimmt, seine Schultern umfasst und ihr Becken seinen Lenden nähert. Ihr runder Hintern ist jetzt mir zugewandt.

Ich beginne ihren Rücken zu streicheln, gleite hinunter zum Gesäß. Ihr Körper erschauert, und sie schmiegt sich an Joram, presst die Brüste an seine breite, glatte Brust.

Joram steht er nicht, stelle ich wieder voller Genugtuung fest, als sie auf seine andere Seite wechselt und er nun zwischen uns beiden liegt. Mit geübter Hand beginne ich, seine Lenden zu streicheln, feuchte die Kuppe seines schlaffen Gliedes mit Speichel an, massiere es, während sie seine Hoden knetet. Langsam und zuckend richtet es sich auf.

Sie reizt ihn nicht, denke ich erneut.

»Jetzt streichelt ihr beiden euch.« Er setzt sich auf, zieht sich in die Ecke des Bettes zurück. Sein Penis ragt jetzt steil zwischen seinen Beinen hervor.

Billi umfasst unvermittelt meine Brüste, und ich erschauere unter der fremden Berührung. Das ist nicht das erste Mal für sie, denke ich, dieses einnehmende Lächeln auf ihren Lippen, ihr konzentrierter Blick, direkt und doch unergründlich. Sie drückt meine Brüste und streichelt sie mit kreisenden Bewegungen, löst neue, unbekannte Empfindungen aus.

»Danusch«, flüstert sie mir ins Ohr, »wir liefern ihm eine Vorstellung, du willst doch, oder?«

Ob ich will oder nicht, spielt keine Rolle. Billis Hände sind hart und sanft zugleich, spielen mit meinem Körper. Joram steht auf und setzt sich in einen Sessel. Wo kommt der mit einem Mal her? Wann hat er ihn hereingestellt? Seinen Penis streichelnd, beobachtet er uns fasziniert. Billis Hände wandern auf und ab, berühren mich zwischen den Beinen, drücken sanft auf die Klitoris, gleiten nach oben. »Du bist so schön«, flüstert sie mir ins Ohr, und ihre Hand fährt meinen Rücken entlang, massiert flüchtig eine Schulter, bewegt sich mit trommelnden Fingerkuppen die Wirbelsäule hinab, zieht seitwärts Linien zwischen den Rippen, weckt vergessen geglaubte Erregungsschauer in mir, die sich in der Brust sammeln, den Hals einschnüren und die Vagina feucht werden lassen.

»Deine Möse«, flüstert sie, »gehört jetzt mir.«

Dann spreizt sie mit sanfter Gewalt meine Beine, beugt sich hinunter, umfasst mit beiden Händen die Schenkel, deren zarte Innenhaut am Ansatz zu den Schamlippen zu kribbeln beginnt. Sie fährt mit ihrer Zunge um den Kitzler. Was macht sie da? Ich winde mich. Woher kann sie das so gut? Plötzlich ist meine Seele zwischen meinen Beinen. Ihre Finger werden zu Tausendfüßlern, befinden sich überall, ziehen prickelnde Bahnen von den Schamlippen zur Öffnung, vom Becken zum Gesäß, fahren kreuz und quer über meinen Körper, während ihre Zunge Kreise zieht. Ich löse mich auf, verliere die Orientierung. Meine Sinne sind getrübt, meine Nerven bis zum Zerreißen gespannt. Mein Becken beginnt völlig unkontrolliert, sich auf und ab zu bewegen; meine Beine versuchen, ihren Rücken zu umschließen, doch sie zwingt sie sofort nieder, und plötzlich ist Joram an meiner Seite. Sie löst sich von mir, und er dringt unvermittelt in mich ein. Mit welchem Recht? Habe ich ihn etwa darum gebeten? Und was macht sie dort hinter seinem Rücken? Ihre Hände streicheln seine Brustwarzen, kneifen sie, gleiten seinen Leib abwärts und landen bei mir, drängen sich mit hinein, schließen sich um sein Glied, halten es in mir fest. Und schon sind sie wieder weg, und er gleitet weiter hinein und hinaus. Sein Gesicht verzerrt sich, als ihre Hand irgendwohin verschwindet, wo sein Gesäß ist. Er keucht, schreit, reckt den Kopf zur Decke. Ihr Gesicht hinter ihm lächelt mir zu, und da löst er sich schlagartig von mir, wendet sich ihr zu. Sie legt sich halb seitlich auf den Rücken, spreizt die Beine. Ihr rechter Fuß schiebt sich zwischen meine Schenkel. Wieder bin ich völlig verwirrt und erregt wie noch nie zuvor in meinem Leben. Nicht mit Joram, nicht mit Uri oder Juval, erst recht nicht mit Jehoiada. Wer braucht überhaupt einen Mann? Joram hebt und senkt sich in ihr, vergräbt sein Gesicht zwischen ihren Brüsten. Sie wendet mir ihren Kopf zu, streckt eine Hand aus, versucht, mich zu erreichen.

»Konzentrier dich auf ihn«, sage ich zu ihr, »das ist schon in Ordnung.« Joram hält einen Augenblick inne, starrt mich irritiert an. »Moment mal, ich will, dass du kommst.«

»Nein, macht nur weiter«, beharre ich verärgert, »ich will allein kommen.« Sie winden sich noch einen Augenblick, ein oder zwei Stöße, bis er sein nasses Glied, prall und steif, aus ihr herauszieht und sich wieder mir zuwendet.

»Ich will euch zuschauen«, wehre ich ihn ab.

»Zuerst du«, sagt er.

Billi beugt sich erneut über mich, bearbeitet meine Brüste. Joram kniet sich zwischen meine Beine, hebt mein Becken an und legt mir ein Kissen unter den Po. Ihre Hände tasten sich zu meinem Kitzler vor, massieren ihn, wie es nur eine Frau kann. Sein Glied drückt mich nach oben, in Einklang mit ihren Bewegungen, und ich schreie, winde mich, will Widerstand leisten.

Warum willst du dich wehren, Dana? Geschlecht ist Sex, Sex ist Geschlecht.

Und die Übelkeit ist vorbei. Ende der Kotzphase.

Ich fuhr nicht zu Jehoiada.

»Natürlich«, sagte ich zu Joan am Telefon, »morgen um zehn bin ich da«, und dachte keinen Augenblick daran, mein Versprechen nicht zu halten. Ein kranker alter Mann bittet um ein Treffen. Er will eine junge Frau sehen. Seine teure verflossene Geliebte. Ich komme, Jehoiada, ich komme im Laufschritt herbeigeeilt. Du brauchst nicht mal zu pfeifen.

Sofort nachdem ich den Hörer aufgelegt hatte, stellte ich mir vor, wie ich bei ihm ankomme. Die Tür, die sich sofort öffnet, das kühle Halbdunkel in den Räumen. Nein, die Tür öffnet sich nicht sofort. Joan wird aufmachen oder jemand anderes, und er wird im Bett liegen oder in einem Sessel sitzen. Wird er für mich aufstehen? Aufstehen können? Das Schweigen, das auf meine Frage nach seinem Befinden folgte, verhieß nichts Gutes. Er ist bestimmt bettlägrig. Vielleicht schläft er, betäubt von Tabletten? Nein. Wenn er so weit gegangen ist, eine fremde Person darum zu bitten, mich anzurufen, dann ist anzunehmen, dass er wach ist. Und woher weißt du eigentlich, dass er nur dich angerufen hat? Vielleicht hat er alle seine Verflossenen aus längst vergangenen Tagen zu sich rufen lassen? Also wirklich, Dana, hier meldet sich schon wieder Banana zu Wort. Auch vor ein paar Jahren hat er dich gebeten zu kommen. Soll er doch bitten. Was hab ich mit ihm noch zu tun. Was hat er mir gegeben? Nichts, höchstens eine Lehre. Stimmt nicht, die Sensibilität, das Verständnis für die Geschichte hinter der Geschichte, das Bewusstsein für das Unbewusste. Und das leidenschaftliche, sehnsüchtige Verlangen, auf das es keine Antwort gibt. Die Distanz und den Berührungspunkt von Schmerz und Lust.

Eine Lehre. Die hat er dir mitgegeben. Und genommen.

Ich fuhr nicht zu Jehoiada.

Ich fahre, sagte ich mir am Abend.

Ich werde fahren, beschloss ich in der Nacht.

Was für eine Frage, um neun mache ich mich auf den Weg, sagte ich mir am Morgen.

»Ich habe vor, bei Dorit vorbeizuschauen«, verkündete ich Joram eine Minute, bevor er das Haus verließ.

»Amüsiert euch«, sagte er lächelnd und schloss die Tür hinter sich.

Was soll dieser Zwang, ständig Rechenschaft abzulegen? Nicht wirklich etwas zu sagen, sondern Bericht zu erstatten. Ich bin allein zu Haus, wandere ruhelos umher, gehe auf den Balkon, betrachte die Kinder mit ihren Schultaschen und kehre in die Küche zurück. Wische eine kleine Pfütze an der Ecke der schwarzen Granittheke weg, gehe wieder ins Bett. Uff!

Statt in die Rothschildallee fuhr ich nach Jerusalem. Es führt kein Weg zurück.

Ich wandere zwischen den Bücherregalen herum, suche ein Eck zum Verweilen, gehe hinaus, trinke einen halben Plastikbecher voll Kaffee, kehre zurück. Wenn er zu Hause anrufen sollte, ist keiner da. Er wird warten und warten, bis er begreift. Hast du ihr meine Adresse gegeben?, wird er Joan hoffnungsvoll fragen, wobei er genau weiß, dass ich seine Adresse auswendig im Gedächtnis behalten habe.

Vielleicht hat sie sich in der Zeit geirrt, wird er bekümmert zu Joan sagen. Liegt im Bett, wartet und kommt zu der Überzeugung, dass er mir nicht wichtig ist, nie wichtig war. Dass dies der Lauf der Welt ist. Die Jugend vergisst. Kennt keinen Dank. Wieder weißt du angeblich, was er denkt, schiebst ihm Gedanken unter, die dir in den Kram passen. Sein Charakter ist anders. Auch sein Stil und seine Gedanken sind anders. Und trotzdem ist mir klar, dass er auf mich wartet, immerfort auf die Uhr an der Wand oder an seinem Arm schaut. Einsam, in seine Gedanken vertieft, erinnert er sich an seine Hände, die meinen jungfräulichen Körper berührten, ihn erweckten und –

Ich renne entnervt aus der Bibliothek, suche eine Telefonzelle.

»Mein Gott«, sagt Dorit, als ich geendet habe, »du hast wirklich ein Talent, die Dinge zu verkomplizieren.«

»Was soll ich tun?«, flehe ich sie an.

»Du hättest sagen können, du versuchst zu kommen. Nichts versprechen.«

»Aber ich wollte doch kommen. Als ich mit ihr gesprochen habe, wollte ich. Ich will immer noch.«

»Was machst du dann in Jerusalem statt in Tel Aviv?«

»Das ist genau die Frage.«

»Kapierst du nicht, dass du sie schon beantwortet hast? Wenn du da bist, ist das ein Zeichen, dass du nicht dort sein willst.«

»Aber ich würde alles dafür geben, bei ihm zu sein«, flüstere ich.

»Dann fahr doch, dumme Gans«, erwidert sie wütend, »nimm dir ein Taxi und fahr hin!«

Jetzt wenden sie sich einander zu.

Billis Körper schwitzt. Seiner drängt sich an ihren und löst sich. Die Feuchtigkeit erzeugt saugende, schmatzende Geräusche. Ich lache. Sie hören es nicht. Oder vielleicht doch? Dann erhebt er sich, legt sich auf den Rücken, und sie besteigt ihn, spreizt die Beine und setzt sich auf ihn. Seine Beine spannen sich an. Sie hebt und senkt ihr Becken, während seine Hände ihre Brüste umklammern. Sie ist gut, denke ich, sie ist fantastisch. Hat wirklich Erfahrung. Joram keucht heftig. Wie viele Jahre ist es her, dass ich ihn so erlebt habe? Viele. Was empfinde ich? Gier? Mattheit? Eifersucht? Ich bin nicht vorhanden. Seine dunkle Hand auf ihrer hellen erzeugt ein Negativ auf meiner Netzhaut. Was fühlt er? Ist es sehr viel anders als bei mir? Billi-Bettina-Berta, aggressiv lustvoll, drückt sein Becken nach unten. Ihre Beine sind sehnig, die Hüften straff und frei von weichen Ringen. Ich wäre nicht im Stande, mich so hinzusetzen und mit gespreizten Knien solche Bewegungen auszuführen wie sie.

Sie langweilen mich. Wenn es mir egal wäre, sie zu verletzen, würde ich aufstehen, mir einen Krimi holen, mich neben sie legen und lesen.

Arme Dana. Zumindest das Studium der Kunst, sich selbst zu belügen, hast du mit Auszeichnung absolviert.

In etwa zwei Stunden werden sie kommen, die ganze Truppe. Werden sie die Einnahmeintervalle der Tabletten verkürzen oder verändern? MSR anstatt MAR oder etwas in der Art?

»Guten Morgen!«, werde ich Michals Stimme schon von der Eingangstür her hören. »Guten Morgen«, wird Vicky ihr mit ihrer hellen, fremdartigen Stimme antworten. Auch ich werde brav grüßen. Werde sogar lächeln. »Du schaust wunderbar aus«, wird Tuvi-Zippile mit ganz besonders herzlichem Lächeln sagen. »Danke«, werde ich ihr ehrlich antworten. Und Dr. Hackstein wird sich neben mich auf das Sofa setzen, mir ihre kühle Hand reichen: »Ich habe gehört, dass Sie gestern Schmerzen hatten. Wann war das genau?« Ihre Augen auf das Journal gerichtet –

Dieses Heft, das Journal der Medikamente. Jede Einzelheit in der Routine meines Lebens wird von Vicky genau dokumentiert und von mir kontrolliert, damit sie keinen Fehler macht.

»Delegation der guten Engel«, nennt sie der *Fels*, doch ich bin nicht seiner Meinung.

Wir sitzen auf den hohen Barhockern. Auch mit Juval bin ich hier gesessen, genau so, nach dem ersten Mal. Joram macht Kaffee für uns drei. Ich schlage vor, ins Wohnzimmer zu gehen. Billi und ich tragen alles hinüber: Kuchen, Zucker, ein Kännchen Milch. Ich lasse mich mit einem befreiten Seufzer auf das Sofa fallen. Billi schaut mich strahlend an.

»Es war gut«, erwidere ich ihr Lächeln. »So habe ich mich noch nie gefühlt.«

»Gut für den Anfang.« Sie lächelt nun Joram zu, der mit dem Kaffee aus der Küche kommt.

»Was habt ihr gesagt?«

»Dana meint, dass es gut war«, zitiert sie mich. Er betrachtet mich neugierig.

»Stimmt, mal was anderes, etwas Besonderes«, erkläre ich diplomatisch, um ihn nicht zu verletzen oder zu lügen.

»Für mich war es auch in Ordnung«, sagt er vorsichtig. Als ob ich sein verzerrtes Gesicht nicht gesehen, sein Keuchen nicht gehört hätte.

»Hast du so was schon mal gemacht?«, frage ich sie in beiläufigem Tonfall.

»Mir ist nichts Menschliches fremd.« Sie bricht in ihr ansteckendes Gelächter aus, in das ich nur einstimmen kann, der Möglichkeit beraubt, ein zweites Mal zu fragen, eine klare Antwort zu erhalten.

Joram und ich begleiten Billi zur Tür.

»Warte, ich bring dich zum Auto«, sagt er, wobei er mich

ansieht. »Es ist drei Uhr nachts. Nicht so angenehm, allein zum Parkplatz zu gehen.«

»Stimmt«, bestätige ich ein wenig zu hastig, »auf Wiedersehen, Billi, bye.«

Draußen ist es stockdunkel. Ich lasse mich in einen der weichen Sessel im Wohnzimmer fallen, schließe die Augen und lausche den Geräuschen der Nacht.

Joram kommt zurück und schließt die Eingangstür ab.

»Kommst du schlafen?«, frage ich ihn verführerisch. Mit einem Mal hat mich die Lust wieder gepackt.

»Ich will Wagner hören, ich bin nicht müde.« Er rückt die Sessel zurecht und räumt das Geschirr ab.

»Habt ihr euch noch unterhalten?«, frage ich so nebenbei.

»Über nichts Besonderes«, antwortet er.

Er setzt die Kopfhörer auf. Ich gehe mich duschen, dann ins Bett. Ich bin unruhig. Einem spontanen Entschluss folgend, wechsle ich die Bettwäsche, werfe Laken und Kissenbezüge in die Wäsche, bin zu faul, auch den Deckenbezug auszutauschen, stopfe die Ecken des frischen Leintuchs unter die Matratze, streiche über die Kissen. Der wunderbare Geruch frischer Wäsche. Erschöpft und zufrieden lege ich mich auf den Rücken und warte auf den Schlaf, der sich jedoch nicht einstellt. Ich drehe und wälze mich herum, kämpfe mit mir und beschließe am Ende zu onanieren – besser als ein Glas warmer Milch oder Schäfchen zählen.

Die Sonne scheint, aber mir ist kalt. Was fließt eigentlich noch in meinen Adern, Fischblut? Vicky legt die schottische Decke über meine Füße, die Joram und ich vor Jahren in Irland gekauft haben, blau-rot-grün kariert, mit langen, weichen Fransen.

»Very nice«, sie lächelt mir zu.

Und ich ihr.

Dann bringt sie mir geschälte, halbierte Trauben und einen pürierten Apfel. Sie schiebt mir einen Löffel Apfelmus in den Mund, wartet, bis ich geschluckt habe. Wenn ich könnte, würde ich selbst essen, aber meine Arme haften bleischwer am Sessel. Ein Löffelchen Apfelmus, danach eine halbe Traube. Noch ein Löffelchen, für Vicky, und wieder eine halbe Traube, für Dana. Dieses Ritual macht mich noch wahnsinnig.

»Stop it«, schimpfe ich. »Genug!«

Ich habe keine Kraft zum Erklären. Wozu? Ich bin ohnehin nicht hungrig. Wenn die Frauentruppe von der ambulanten Pflege eintrifft, was soll ich ihr sagen? Gebt mir Appetitanreger?

Wie ein schwerer Sack sitze ich da, schaue, sehe alles, höre alles, verstehe mehr denn je. Tag für Tag. Und jeder scheint mir besser als der vorige.

Berta-Billi kommt jeden Freitagabend, und wenn sie gegangen ist, scherzen wir manchmal, unterhalten uns.

»Sie bewegt sich wie ein Mann«, sage ich.

Er nickt.

»Inzwischen findest du sie anziehend. Am Anfang stand er dir nicht. Jetzt passiert das nicht mehr.«

»Wann bringst du denn endlich jemanden mit, damit man auch über ihn reden kann?«

»Bald«, verspreche ich, wohl wissend, dass es dazu nicht kommen wird.

Manchmal spiele ich noch mit dem Gedanken, mein Geheimnis zu lüften, ein Guckloch in den Kleiderschrank zu bohren und Joram davor zu setzen, damit er Juval und mich beobachten kann, wie wir uns herumwälzen, lecken und ficken. Aber dann müsste ich erklären, wie und wann ich ihn kennen gelernt habe, und das würde sicher Misstrauen erregen. Juval würde sich möglicherweise weigern oder Tamar beteiligen wollen. Aber dazu hätte ich weder die Kraft noch die Lust.

Manchmal treffe ich mich mit Juval am Vormittag, und am Abend warte ich auf Billi-Berta und Joram.

Billi, das Zaubergewürz.

»Sie ist gefährlich«, sage ich einmal zu Joram, nachdem sie gegangen ist.

»Was ist los?«

»Nichts, es könnte nur was passieren. Sie ist ziemlich anhänglich.«

»Ein Zeichen, dass es ihr gefällt.«

»Das ist ja das Gefährliche daran.«

»Seit wann? Sag bloß nicht, dass es dir nicht gefällt.«

»Deshalb muss es ja aufhören. Wenn du es nicht kannst, werde ich mit ihr reden.«

»Statt aufzuhören, sollten wir noch einen Vierten dazunehmen.«

»Und danach haben wir Probleme, nur noch zu zweit zu sein.«

»Es ist sowieso schon schwierig«, erwidert er. »Was glaubst du, warum er mir beim ersten Mal nicht gestanden ist? Wegen dir.«

»Ich dachte, wegen ihr.«

»Gut, dass du das gedacht hast. Das war eine unangenehme Situation.«

»Ich fand es angenehm.«

»Warum willst du dann aufhören?«

Wie viele solcher Gespräche haben wir im Lauf der Jahre geführt, darauf bedacht, Grenzen abzustecken, keine Verwundeten auf dem Schlachtfeld zurückzulassen, sondern nur Tote?

»Vicky, wo bist du, Vicky? Come here!«

Erst drei Monate hier, und schon verschwindet sie ständig. Das Mädchen fängt an, nachlässig zu werden.

»O here you are. Turn on the TV. Please. No, no, no, another channel.«

»O-kay now?« Vicky schaltet weiter und lächelt. Ein Mädchen mit blauen Haaren und einem Minilederrock stöckelt hüftschwenkend durch wabernde Nebelwolken, spielt mit einem Mikrofon in ihren Händen, presst es an ihre Lippen, füllt mit ihrer tiefen Stimme den Raum. Singen kann sie nicht, aber sie weiß sich zu verkaufen.

»Danke, Vicky, leave it, it's okay, I like it. Weißt du«, füge ich in einer plötzlichen Eingebung hinzu, »I like you, too.«

Ihre leicht geschrägten Lider heben sich für einen Moment, zeigen braune, überrascht blickende Augen.

»I like you, too, Da-na.«

Eine Welle von Zuneigung. Ein süßes Gefühl durchrieselt mich, pulsiert unter der Haut. Wie schön das Leben doch ist.

Gallenbittere Dürre herrscht in meinem Mund, die das Mineralwasser nur für eine Minute beseitigt. Der verfluchte Pilz. Haben wir heute früh die tägliche Behandlung gemacht? Nein. Sie hat es vergessen. Wie üblich. Das Spülen mit Soda und Zitrone, das Einreiben mit der Tinktur.

»Vicky!!!«

Sie ist wieder verschwunden. Vielleicht ist sie zum Einkaufen. Eine Runde drehen in dem riesigen Supermarkt, Atem schöpfen, die Sorgen vergessen. Welche Sorgen? Was gäbe ich nicht darum, jetzt dort herumzulaufen.

»Vicky!!!«

Ist sie tatsächlich weggegangen?

Ich liege schief in dem Ledersessel. Panik überfällt mich. Starke, brennende Schmerzen konzentrieren sich im Steißbein und in den Beckenknochen, die auf dem Stuhl aufliegen. Das hat mir gerade noch gefehlt! Wenn ich anfange, Wundstellen vom Liegen zu kriegen, dann beginne ich auch zu stinken.

»Vicky!!!«

»Da-na?«

»Wo warst du, du Miststück?«

»O-kay, Da-na?« Ihre Stimme ist sanft.

Sie glättet ihren Rock. Das verebbende Plätschern der Toilettenspülung dringt an mein Ohr. Braves Mädchen, Vicky, gutes Kind.

»Es tut weh«, sage ich, deute auf den Mund, strecke die Zunge heraus und lege einen Finger auf den unteren Rücken. »Hier auch. Weh.«

Sie blickt mich hilflos an: »Want to drink?«

»No. Salbe.« Ich mache mit der Hand Knetbewegungen.

»Again?«

»Again?« Und erst als sie mich hochhebt und sanft auf das Sofa legt, mir die Tunika hochrollt und die weiße Creme an den schmerzenden Stellen einzumassieren beginnt, fällt es mir wieder ein: Doch, tatsächlich, wir haben das heute Vormittag schon gemacht, vor dem Essen. Ich bin überrascht: Wenn ich mich nicht einmal an das entsinne, was heute geschehen ist, wie kann ich mich dann auf meine anderen Erinnerungen verlassen?

Billi-Bettina-Berta steigt aus dem Fluss des Vergessens auf und taucht wieder ein. Juval paddelt neben mir. Und Joram und Uri. Und Jehoiada. Recken den Kopf aus dem Wasser und sinken wie ein Stein auf den Grund. So viele Jahre sind seitdem vergangen. Braune, blonde, silbergraue Köpfe. Alle treiben im Strom davon, tauchen zwischen den sich kräuselnden Wellen auf und gehen unter. Jeder Kopf eine Welt. Kennst du einen, kennst du alle.

Doch du weißt immer noch nichts.

Sie sind im Wasser, ich bin am Strand. Ich sehe mit geschlossenen Augen. Der warme Sand schmiegt sich meinem Körper an. Vicky knetet das bisschen Fleisch, das von mir noch übrig ist. Ihre Hände, sanft und zupackend zugleich, massieren mit Ausdauer jede Schwellung, kreisen, dringen zwischen Wirbel und Rippen. Die Hände einer Frau berühren mich –

Nicht Mitleid, nicht Lust, nur Pflege.

Auch Pflege ist Liebe, vielleicht die einzige, die es in schweren Zeiten gibt.

GOLDMANN

Das Gesamtverzeichnis aller lieferbaren Titel erhalten Sie im Buchhandel oder direkt beim Verlag.
Nähere Informationen über unser Programm erhalten Sie auch im Internet unter:
www.goldmann-verlag.de

★

Taschenbuch-Bestseller zu Taschenbuchpreisen
– Monat für Monat interessante und fesselnde Titel –

★

Literatur deutschsprachiger und internationaler Autoren

★

Unterhaltung, Kriminalromane, Thriller
und Historische Romane

★

Aktuelle Sachbücher, Ratgeber, Handbücher und Nachschlagewerke

★

Bücher zu Politik, Gesellschaft, Naturwissenschaft und Umwelt

★

Das Neueste aus den Bereichen
Esoterik, Persönliches Wachstum und Ganzheitliches Heilen

★

Klassiker mit Anmerkungen, Anthologien und Lesebücher

★

Kalender und Popbiographien

★

Die ganze Welt des Taschenbuchs

★

Goldmann Verlag • Neumarkter Str. 18 • 81673 München

Bitte senden Sie mir das neue kostenlose Gesamtverzeichnis

Name: ______________________________

Straße: ______________________________

PLZ / Ort: ______________________________